어두운 터널 속에 있더라도

함께 나란히 걷고 싶은 마음을 담아

_____ 에게

죽음을 읽는 시간

죽음을 읽는 시간
Time to read death

이유진 지음

오티움

삶에도 죽음에도
따뜻한 외투가 필요하다

나는 한국의 정신과 전문의이자 미국의 호스피스 완화 의료 전문의다.

좋은 삶과 죽음이란 어떤 것인지 공부하고 싶어 의사가 되었고, 한국에서 전문의 과정과 세부 전문의 과정을 거쳤으며, 미국에서 다시 한번 전문의가 되고 세부 전문의가 되었다. 두 가지 다른 언어로 두 가지 다른 문화 속에서 11년간의 고된 의학 수련을 받았지만 삶은 여전히 어렵고 죽음은 여전히 두렵다.

어깨를 누르는 삶의 무게를 조금은 덜어내도 좋을 나이를 코앞에 두고 글쓰기를 고민했다. 글을 쓴다는 것은 해도 그만 안 해도 그만인 숙제 같기도 하고 옷에 착 달라붙어 털어내려 해도 잘 털어지지 않는, 못 본 척하면 그만인 겉가지 같기도 했다.

그럼에도 매일 환자들과 만나 삶과 죽음에 대해 얘기를 나누고 생각을 섞으며 그들로부터 배우고 강의를 다니고 책을 읽고 학회에 가며, 다른 전문가들과 이야기를 나누는 데서 오는 보석 같은 깨우침과 내적 성장을 아무 기록 없이 공중에 흩뿌리기가 아깝다는 생각이 수백 번쯤 들었다. 글을 써야겠다는 생각은 그렇게 13년의 숙성을 거쳐 손끝으로 옮겨갔다.

글은 느긋하게 쓰일 예정이었다. 지켜보는 이나 재촉하는 이가 없었기에 어쩌다 가끔씩 마음 내킬 때만 후루룩 글을 써 내려갔다. '덜 아픈 이별, 가능할까요'라는 제목의 글이 쓰이고 한 편의 이메일을 받기 전까지는 그랬다.

"전 세계적인 재앙에 몸과 마음이 닫히고 힘든 요즘, 무장 해제될 만큼 따뜻한 글을 써주셔서 감사합니다. 더 많은 사람들이 이 글을 읽었으면 하는 바람에서 연락드립니다."

다산북스의 윤세미 팀장이 별안간 내 삶으로 들어왔다. 동그란 얼굴에 큰 눈을 가진 그는 반짝이는 눈빛으로 나를 바라보며 '사람을 구하는 책'을 함께 만들자고 했다. 나의 진심이 그를, 그의 진심이 나를 움직여 지금 이 글이 쓰이고 책으로 엮여가고 있다.

이 책은 서른네 가지의 각기 다른 삶과 죽음에 관한 이야기를 담고 있다. 대부분은 어떻게 살 것인가와 어떻게 죽을 것인가에 대한 이야기이고, 몇몇은 한국과 미국의 병원에서 만난 사람들 이야기이며, 나머지 조금은 나의 이야기다. 오늘도 환자를 위해 영혼을 갈아 넣는 동료 의사들과, 고통받는 가족을 어떻게 대하는 게 최선일지 고민하는 이들, 무엇보다도 지금의 힘든 시간을 공감받고 싶어 하는 이들 모두를 돕고 싶어 과한 욕심을 냈다.

글은 결국 글쓴이의 마음과 인생을 담는 일이었다. 한 편의 글을 쓰는 동안 나는 나의 세상으로 깊이 침잠해야 했다. 내가 걸어온 길을 돌아봐야 했고, 내가 해온 선택들을 마주해야 했고, 내 삶에 들어왔던 사람들을 다시 한번 만나야 했고, 슬픔도 아픔도 부끄러움도 다시 경험해야 했다. 내면으로 유영하지 않고서는 나다운 글이 쓰이지 않았다. 나를 마주하고 삶을 있는 그대로 받아들일 수 있어야 가능한 일이었다. 결국 글쓰기란 용기였고 나를 이해하는 행위였다.

삶의 고통과 죽음의 공포를 안고 나를 찾은 환자 한 사람 한 사람을 도울 때의 노력과 정성으로 글 한 편 한 편을 완성했다. 부족한 영어 실력을 채우기 위해 진심을 다해 환자를 대했던 것처럼 부족한 솜씨를 채우기 위해 진심을 다해 글을 썼다. 조금 덜 고통스러운 삶과 조금 덜 두려운 죽음은 어떻게 준비되는 것인지 생각해보기 바라는 마음을 담았고, 한 줄을 읽더라도 건조한 지식보다는 촉촉한 온기가 전해지기를 바랐다.

정신의학이 삶의 고통을 완화하고 호스피스 완화의학은 죽음의 고통을 완화한다는 측면에서 볼 때, 서로 다른 두 학문은 같은 목표를 향하고 있다. 완화(palliation)의 어원은 라틴어 'palliare'이며 '외투(clock)'라는 뜻이 담겨 있다. 그러므로 동트기 직전 칠흑 같은 어둠과 추위를 견뎌낼 한 벌의 외투가 필요한 이들에게 온기가 되어주는 일이 나의 역할이고 이 책의 존재 의미다. 마음이 시린 날에 다시 찾게 되는, 당신 옷장 속의 톡톡한 외투처럼 오랫동안 곁에 두고 싶은 책이 되길 바란다.

이 책의 마지막 장까지 읽어낸 당신이 책을 내려놓고 가만히 눈을 감는 모습을 상상해본다. 그때 당신이 따스함을 느낄 수 있기를, '삶이란 원래 이런 거지' 하며 지금의 고통과 불안을 조금이나마 덜어낼 수 있기를, 스스로를 용서하고 칭찬할 수 있기를, 당신 얼굴에 옅은 미소가 번지기를 소망한다.

차례

제3장 아프고 힘들어도, 그래도 삶

좋은 삶에 대해 더 깊이 알기 위해서 죽음에 대한 공부를 해야겠다고
결심한 것은 결국 내게 너무나 자연스러운 일이었다. 끝이 있음을
아는 것은 인생의 모든 순간을 약간의 슬픔으로 물들여놓는다.
행복한 지금 이 순간도 언젠가는 끝날 것이기 때문이다. 그래서 지금
우리의 시간은 더 열렬히 반짝여야 한다.

나는 인생을 축제처럼 살기 위해 죽음을 공부하기로 했다.

제1장

죽음을
공부하는
의사

Time to read death

혀를 잃은 남자

2013년 6월에 나는 미국으로 오게 될 운명이었다.

2010년 어느 날, 서른 살의 남자가 내 진료실을 찾았다. 병원에 암센터가 설립되어 암 환자들의 정신건강을 돌보는 외래 진료실이 갖추어지고 시스템이 구축되기 시작하던 때였다.

여러 장의 티슈로 입을 막은 채 수줍고 발간 얼굴을 한 남자가 진료실로 들어왔다.

"오늘 어떻게 오셨나요?"

……. 아무 말이 없는 그는 여전히 티슈로 입을 가린 채였다. 나는 가만히 그의 다음 행동을 기다렸다. 그는 책상 위의 메모지를 가리키며 써도 좋으냐는 허락을 눈빛으로 구했다. 나는 말없이 고개를 끄덕했다. 그가 흘겨 쓴 메모지에는 '제가 혀가 없어서 말을 잘 못해요'라고 적혀 있었다. 글을 쓰지 않은 손은 여전히 입을 가린 채다. 입에 상처가 있는지 묻고 잠시 진찰을 해도 좋을지 동의를 구했다. 그는 천천히 입가에서 티슈를 떼어놓았다. 젖은 티슈 조각이 입술에 남아 있는 것 말고는 겉에 보이는 입 주변의 상처는 없었다. 그는 다시 메모지로 한 손을 가져가 썼다. '제가 침을 자꾸 흘려서요.'

그는 혀에 생긴 암을 진단받고 최근에 혀 전체를 절제하는 수술을 받은 환자였다. 혀가 없는 그는 제대로 말을 할 수도, 음식을 씹어 넘길 수도, 침을 삼킬 수도, 음식의 식감이나 맛을 느낄 수도 없었다. 방사선 치료로 인한 입안의 손상으로 입에서는 심한 냄새가 나고 두꺼운 점액이 자꾸만 쏟아져 나왔다. 흐르는 점액을 삼키지 못하고 뱉어내다가 차마 다 막지 못해 넘쳐흐르는 침은 티슈로 받치듯 하여 닦아내고 있었다.

혀가 없어 발음을 정확히 알아들을 수 없었지만 나는 그가 겪는 어려움을 그의 목소리를 통해 듣고 이해하고 싶었다. 격려에 용기를 내서 그는 어눌한 발음으로 천천히 자신의 이야기를 시작했다. 혀를 잃은 후 그의 삶은 많은 부분이 달라졌다고 했다. 고형의 음식을 삼키지 못하니 식당에서 남들처럼 평범하게 음식을 먹는 일이 불가능해졌고, 장시간 외출할 때면 가방 가득 식사를 대신할 단백질 음료를 무겁게 짊어지고 다녀야 했다. 액체로 된 음식만 먹다 보니 타인과 함께 식사를 하는 것도 편치 않고, 잦아진 용변을 해결하기 위해 대화 중에도 양해를 구하고 화장실로 달려가는 일이 반복되었다. 혀와 함께 사라진 미각은 먹는 즐거움을 잃게 했고, 입에서 나는 역한 냄새는 삶을 더욱 비참하게 만든다고 했다. 낯선 사람들이 자신을 쳐다보고 쑥덕대거나 입에서 나는 냄새를 맡을까 두려워 대중교통을 이용하기도 어렵고, 말을 제대로 할 수 없으니 택시를 타는 것 역시 쉽지 않다고 했다. 택시를 탔다가도 의사소통이 제대로 안 되어 생뚱맞은 목적지에 도착하거나 기사의 짜증을 받아내는 일도 자꾸만 생겼다. 혀가 없어서 겪는 장애를 극복하기 위한 재활 치료를 받고 있었지만 그 과정이 힘들고 호전 속도는 더디기만 해서 모든 것을 포기하고 싶은 마음이 든다고 했다. 자신감을 잃은 그는 결국 다니던 직장도 그만두고 약혼자에게 일방적인 이별을 통보했다. 친구와 가족들도 멀리하고 스스로를 고립시켰으며 대부분의 시간을 집에서 혼자 보내기 시작하면서 우울증이 발병되었다. 급기야 차라리 죽는 게 낫겠다는 생각이 삶을 짓누르자 그는 용기를 내여기까지 찾아왔다고 했다.

나는 그가 겪고 있을 고통을 감히 이해한다고 말할 수 없었다. 그의 어려움을 나의 미약한 상상력을 통해 겨우 짐작만 할 뿐이었다. 대신 그와 같은 상황에 놓인 누구라도 지금처럼 힘들어했을 거라고 확인시켜주며 우울증의 원인은 그가 아니라는 점을 분명히 했다. 또한 지난한 여정일지라도 내가 그의 시간에 함께할 것을 약속하며 지속적인 정신과 치료를 권했다. 그의 동의를 얻고 합의를 거쳐 약물 치료와 함께 주 1회 45분간의 면담 치료가 계획되었다. 약을 꾸준히 복용하면서 바닥을 치던 우울감이 조금씩 사라지기 시작했고 면담을 하면서 그는 서서히 다시 세상 밖으로 나갈 용기를 얻었다.

1년여의 시간이 지나 치료 과정이 막바지에 이르렀을 때쯤, 그는 잃어버린 미각 대신 후각을 통해 음식이 주는 즐거움을 다시 느끼게 되었고 혀 대신 목의 다른 근육들을 통해 말하는 법을 배우게 되었다. 마지막으로 면담을 나누던 날, 그동안 나누었던 생각들을 함께 정리하며 나는 그의 회복과 성장을 격려하고 응원했다. 작별 인사를 하려는데 그가 떠나기 전 마지막으로 내게 꼭 해주고 싶은 말이 있다고 했다.

"선생님과 함께한 지난 1년 동안의 시간이 마치 한 권의 좋은 책을 읽은 것 같은 느낌이에요."

우리의 시간이 한 권의 책과 같았다는 그의 말에 나는 한동안 다른 생각을 할 수 없었다. 먹먹함이 가라앉으면서 내가 만나는 환자들을 위해서 더 좋은 책이 되어주고 싶다는 생각이 해일처럼 밀려 들어왔다. 꿈이 생기는 순간이었다.

꿈 없이도 그럭저럭 괜찮게 살아지던 때였다. 정신과 의사가 되겠다는 어린 시절의 꿈은 이미 이루었고 나의 배움으로 다른 사람을 돕는 삶에 감사했다. 그런 내 삶에 새로운 꿈이 들어찼다. 나는 암 환자들의 정신건강을 돕는 전문가가 되고 싶었다. 마음 깊은 곳에서 알 수 없는 에너지가 부글부글 끓었다. 그러다가 더 많은 공부와 경험을 위해 미국으로 가야 한다는 결론에 가닿았다.

꿈이 분명하다면 망설일 시간이 없었다. 지금을 후회하지 않으려면 부지런히 계획하고 실행해야 하기에 마음이 급했다. 한국에서는 정신과 전문의지만 미국은 한국에서의 수련 즉, 내가 이미 끝낸 레지던트 과정을 인정해주지 않았다. 정신과 전문의가 되기 위한 수련을 미국에서 다시 밟아야만 내가 배우고자 하는 세부 전문분야, 암 환자의 정신건강을 돌보는 정신종양학에 발을 들여놓을 수 있는 상황이었다. 그래도 해야만 했다. 아니, 하고 싶었다.

그와 나의 시간은 한 권의 책이 되었고 함께 써 내려간 그 책은 그와 나의 삶을 바꾸어놓았다. 그렇게 나는 미국에서의 삶을 시작했다.

호스피스 의사가 되어볼까

정신종양학 전문의가 되기 위한 나의 여정은 정작 미국 의사로서의 삶을 시작하면서 예상하지 못한 길로 이어졌다.

레지던트 1년 차로 병원에서 야간 당직을 하던 어느 날이었다. 당직을 서는 동안은 4년 차 레지던트와 팀을 이뤄 밤새 정신과 병동에서 일어나는 일들을 해결해야 한다. 일이 많을 때는 정신없이 바쁘지만 병동이 안정적일 때는 4년 차 레지던트와 서로의 일상과 앞으로의 계획에 대한 이야기를 나눌 만큼 여유가 있다. 호스피스 완화의료 펠로우십에 관한 이야기를 난생처음 들은 날은 그런 안정적인 날들 중 하루였다.

나는 4년 차 레지던트에게 수련이 끝난 후의 계획을 물었다. 그는 세부 전문의가 되기 위한 펠로우십을 계획하고 있다며 호스피스 완화의료를 전공할 거라고 했다. 나는 눈을 크게 뜨고 정신과 의사도 선택할 수 있는 전공인지 물었다. 그는 "물론이지. 왜 안 돼?"라고 유쾌하게 대답했다. 내가 알기로 한국의 호스피스는 가정의학이나 내과를 전공한 의사들만의 영역으로 정신과 의사가 호스피스 의사가 될 수 있는 길은 현실적으로 존재하지 않는다. 미국의 호스피스 완화의료도 내과 의사들이 주류인 것은 맞다. 그러나 직접 환자를 진료하는 대부분의 전문과목 의사가 호스피스 의사가 되기 위한 추가 수련을 받을 수 있고 세부 전문의 시험을 합격한 뒤에는 호스피스 완화의학 전문의로 활동할 수 있다. 원하기만 하면 정신과 의사도, 외과 의사도, 산부인과 의사도 호스피스 의사가 될 수 있는 것이다.

호스피스 완화의료는 완치될 수 없는 심각한 병을 앓고 있고, 그 병으로 인해서 사망할 가능성이 높은 환자들을 돌보기 위한 의학의 한 세부 분야다. 심각한 병을 앓아서 완치를 목적으로 모든 치료 방법들을 시도해봤지만 낫긴커녕 오히려 악화되었으며 더 이상 완치를 기대하고 시도해볼 만한 방법이 없다면, 이제부터 이 사람에게는 어떤 치료가 필요할까? "더 이상 해줄 것이 없으니 집으로 모시고 가서 먹고 싶은 것 다 먹게 하고 편안하게 해드리세요." 이 한마디로 환자와 가족들은 걱정 없이 병원을 떠날 수 있을까?

아니다. 죽을병을 안고 퇴원하면서 집에서 편안하게 지낼 수 있는 사람은 이 세상에 없다. "더 이상 해줄 수 있는 치료가 없습니다"라는 말을 들었을 때 환자와 가족은 말로다 할 수 없는 절망감을 느낀다. 나를 돌보아주던 병원과 의사가 나를 포기한다고 느낄 수 있고, 이제 남은 것은 죽음을 기다리는 시간뿐이라는 생각에 삶의 의미와 목적을 잃고 차라리 지금 생을 끝내는 게 남아 있는 가족들을 위해서 더 낫겠다고 판단할 수도 있다.

완전하게 치유되지 않는 병이라고 해서 의료 서비스가 끝난 건 아니다. 완치를 위한 치료가 모두 끝나는 순간부터 본격적으로 시작되는 것이 바로 완화의료다. 이제부터는 환자가 편안하게 여생을 보낼 수 있도록 돌보면 된다. 여기서 돌봄과 편안함이란 신체적, 정신사회적, 영적 고통을 덜어내는 치료를 말한다. 치료의 초점이 달라졌을 뿐이다.

치료되지 못한 병은 여전히 통증을 일으키고 다양한 증상을 유발하며 죽음에 가까워질수록 더욱 심해진다. 병으로 인해 얻은 정신적인 고통은 병원 치료가 끝나고 홀로 남겨진 다음부터 악화된다. 증상이 심해질수록 죽음에 대한 공포는 점점 커진다. 불안하고 우울하며 통증 때문에 깊이 잘 수도 없다. 먹고 싶은 것을 마음껏 먹으라는데 입맛은 없고 미각은 변해서 좋아하던 음식을 먹어도 그 맛이 느껴지지 않고, 무엇보다도 소화 기능이 떨어져 음식을 먹고 나면 속이 더부룩하고 가스가 차며 몸이 붓는 게 느껴진다. 대소변을 조절하는 기능도 약해져 패드를 착용해야 하고, 기운이 쇠약해 몸을 뒤척이는 것도 힘들어 피부가 짓무르기 시작한다.

남아 있는 시간 동안 어디에 삶의 의미를 두고 어떤 마음으로 살아가며 누구를 만나 어떻게 시간을 보내고 누구에게 연락해 작별 인사를 나누어야 하며 남은 가족들을 위해 어떤 것들을 정리해야 하는지를 결정해야 한다. 시간이 얼마 남지 않았으므로 일의 우선순위를 정해서 중요한 순서대로 처리해야 하지만 머리가 복잡하고 집중하기 힘들며 기억력마저 떨어진다. 환자의 가족들 역시 이별을 받아들일 준비를 해야 한다. 환자에게 무슨 말을 하고 어떤 표정과 말투로 대해야 할지, 무엇을 어떻게 도와줘야 할지, 사랑하는 가족을 잃는 나의 슬픔은 어떻게 다스릴지 모든 것이 어렵다.

죽어가는 과정도 삶의 일부다. 그러니 죽어가는 과정도 살 만해야 한다. 아무 도움도 없이 집으로 돌려보내진 환자와 가족들이 맛있는 음식을 먹으면서 편안하게 지내는 것은 드라마에서나 가능한 일이다. 그들은 여전히 누군가의 도움이 절실하며 이것이 호스피스 완화의료의 존재 이유다. 호스피스 완화의료에 대한 가장 흔한 오해는 호스피스 완화의료 서비스가 시작되면 환자를 포기하는 것이고, 더 이상 치료를 하지 않는 것이고, 환자가 더 빨리 사망할 것이라는 생각이다.

호스피스 완화의료의 가장 중요한 목표는 환자의 삶을 질적으로 향상하는 데 있다. 그 목적이 삶을 양적으로 연장하는 데 맞추어져 있지 않을 뿐, 그렇다고 이 의료 서비스를 통해 환자의 생명이 단축된다는 과학적 근거는 전혀 없다. 반대로 환자의 신체 상태에 대한 고려 없이 완치를 위한 치료를 지속했을 때 그 부작용으로 인해 오히려 더 빨리 사망하는 경우는 있다. 남은 삶이 6개월 이내라고 판단되어 호스피스 서비스가 시작되었는데, 적절한 돌봄을 받으면서 6개월을 훌쩍 넘어 생존하는 사람들도 있다. 삶의 질이 높아진다면 기대 수명을 넘어서 예상보다 더 오래 삶을 이어갈 수도 있는 것이다.

나는 정신과 의사로 10년이 넘는 삶을 살면서 어떻게 살아야 좋은 삶인지 고민하고 배웠다. 내가 정신과 의사가 되어서 감사했던 일은, 어린아이부터 노인까지 다양한 연령층의 사람들을 만나서 그들이 살아가는 이야기를 들을 수 있었던 것이다. 그들은 나의 과거 현재 미래를 비추는 거울이 되어주었고 나의 삶을 그들의 생애주기에 맞춰 대입해

보도록 했다. 그들을 통해 나는 어떻게 살아왔고 지금 어떻게 살고 있고 앞으로 어떻게 살아가야 할지를 늘 생각하며 살게 되었다. 특히 노년기에 접어든 환자들은 살아오면서 무엇을 후회했고 시간을 돌릴 수 있다면 무엇을 바꾸고 싶은지 들려주었다.

앞만 보고 쉼 없이 달리던 대부분의 사람들은 삶에서 중요한 것들을 잃었을 때 그제야 잠시 멈춰 서서 자신의 삶을 돌아보았다. 이혼을 했거나 자녀를 잃었거나 사별을 했거나 친구에게 배신을 당했거나 실직을 했거나 은퇴를 했을 때, 또는 큰 병을 진단받거나 사고를 당해서 자신의 신체 일부를 잃어버리는 경험을 했을 때, 그들은 지금까지 살아온 삶을 돌아보았고 후회했고 절망했으며 앞으로 어떻게 살아야 할지 고민했다.

나는 그들을 통해 상실감이 삶에 끼치는 영향력에 대해 생각해보게 되었다. 인생에서 무언가를 잃는 경험은 삶을 멈추게 했고 돌아보게 했고 변하게 만들었다. 그렇다면 죽음은? 사람이 살면서 겪을 수 있는 가장 큰 상실인 자신의 죽음을 경험한다는 것은 그에게 어떤 영향을 미칠까. 목숨을 잃을 뻔했던 사람들은 그 경험이 자신의 인생을 바꾸어놓았다는 말을 종종 한다. 그들은 삶의 우선순위를 재정비하고 인생에서 중요한 것들에 집중하고 타인이 아닌 내가 중심이 되는 새로운 인생을 살기로 결심한다. 이런 변화를 위해 죽을 뻔한 아슬아슬하고 위험한 경험이 꼭 필요한 것만은 아니다. 우리는 모두 죽는다는 것을 이미 잘 알기 때문이다. 그 사실의 필연성을 뜨겁게 떠올리기만 해도 된다. 예외는 없다.

좋은 삶에 대해 더 깊이 알기 위해서 죽음에 대한 공부를 해야겠다고 결심한 것은 결국 내게 너무나 자연스러운 일이었다. 끝이 있음을 아는 것은 인생의 모든 순간을 약간의 슬픔으로 물들여놓는다. 행복한 지금 이 순간도 언젠가는 끝날 것이기 때문이다. 그래서 지금 우리의 시간은 더 열렬히 반짝여야 한다.

나는 인생을 축제처럼 살기 위해 죽음을 공부하기로 했다.

잃어버린 자아를 찾아서

미국에서 레지던트로 일하던 어느 날, 4년 차 치프 레지던트로부터 전화가 왔다.

"닥터 리, 한국인 환자가 병동에 입원했는데 네가 와서 좀 도와주면 안 될까? 1년 차 레지던트가 봤을 때 조현병인 것 같다는데 네가 한번 재평가를 해줬으면 해."

"영어를 못하는 환자인가요?"

"아니, 영어는 잘해. 그런데 자꾸 맥락에 안 맞게 실실 웃는 게 환청 때문인 것 같고 조현병으로 의심되는 증상들이 보이는데, 우리가 놓치고 있는 게 있나 싶어서."

"아, 네. 알겠습니다. 오늘 일정이 끝나는 대로 병동으로 가보겠습니다."

정신과 병동에 입원한 환자들을 담당하는 주치의 업무는 레지던트 1년차들의 일이었다. 2년 차 레지던트로서 다른 과의 상담 업무를 주로 맡고 있던 나는 서둘러 일을 마무리하고 병동으로 갔다. 미국에 온 후로 한국인 환자를 만나는 것은 처음 있는 일이어서 반가운 마음이 앞섰으나, 낯선 나라의 정신과 병동에서 홀로 도움을 기다리고 있을 그를 떠올리니 마음이 말랑해질 틈이 없었다.

병동에서 만난 1년 차 레지던트는 상황을 설명하기 시작했다. 환자는 19세의 밴더빌트 대학교 신입생으로, 학기가 시작된 지 얼마 되지 않아 방에서 잘 나오려 하지 않고 수업도 참석하지 않으며 혼잣말을 하는 모습이 관찰되었다고 한다. 수업 참석일이 부족해 학기를 무사히 마치기 어려워지자 기숙사 친구들과 지도교수님 손에 이끌려 병원으로 오게 된 것이었다.

2인 1실로 이루어진 정신과 보호병동의 구석진 곳에 환자의 병실이 있었고 방문은 활짝 열린 채였다. 조심스럽게 노크한 뒤 안을 들여다보자 무척 앳되어 보이는 작은 체구의 여학생이 하얀 시트가 깔린 침대 가장자리에 몸을 약간 뒤로 빼어 아슬아슬하게 걸터앉아 있었다. 침대에서 떨어져 곧 바닥에 주저앉을 것만 같은 불안정한 모습이었다. 나는 그에게 영어로 첫인사를 건넸다. 소개와 함께 내가 병실을 찾은 이유를 짧게 설명한 뒤 영어가 편한지 한국어가 편한지 물었다. 그는 무표정하게 "Both(둘 다요)"라고 짧게 대답하였다. 나는 한국어로 대화를 이어나갔다.

그가 들려준 이야기는 이랬다. 어릴 때 부모님과 함께 캐나다로 건너가 중고등학교를 졸업한 그는 혼자 미국으로 왔다고 했다. 이전까지 부모님의 뜻에 따라 열심히 공부했으나 정작 자신이 어떤 공부를 하고 싶은지 잘 알지는 못했고, 부모님이 권한 학과를 택해 대학에 진학했으나 막상 시작해보니 적성과 전혀 맞지 않았다. 흥미는 가지 않고 힘들기만 한 공부를 하자 스트레스는 쌓이고 자존감은 낮아졌다. 매사에 자신감이 없으니 새로운 친구를 사귀는 것도 어려워졌고 혼자 있는 시간이 많아졌다. 미국 대학의 기숙사 문화에 적응하지 못하고 점차 고립되었으며 외로움에 혼잣말을 터트리기도 했다. 수업에 참석하지 못하는 날이 많아지자 성적은 연이어 바닥을 쳤다. 그는 이런 어려움을 부모님에게 차마 말할 수 없다고 했다. 이민 생활을 힘들게 버텨낸 부모님을 실망시킬 수 없다며 이런 자신은 차라리 세상에 없는 편이 나을 것 같다고 했다.

나는 그가 주요우울장애나 적응장애를 앓고 있는 것으로 판단했다. 적응장애란 새로운 환경이나 큰 스트레스를 맞닥뜨렸을 때 겪는 행동과 감정의 변화 때문에 건강할 때 잘 해내던 일들을 하지 못하는 상태를 말한다. 그와의 대화를 끝내고 1년 차 레지던트를 다시 만나 정확한 진단에 대해 논의했다. 조현병은 10대 후반이나 20대 초반에 주로 발병하므로 시기상으로는 환자가 조현병의 위험군에 속하는 것이 맞다. 또한 그가 이전까지 유지했던 높은 수준의 학업 능력이 대학에 온 뒤 확연히 떨어진 점과 자신의 꿈을 이해하지 못해 부모님이 정해준 대로 대학과 학과를 정했던 수동적인 모습을 조현병에 의한 역할 상실로 해석할 수도 있었을 것이다. 대화 중간중간에 민망하고 부끄러운 듯 자주 어색한 웃음을 짓고 혼잣말을 하며 상황에 맞지 않게 반복적으로 웃는 모습도 환청이나 망상에 의한 증상으로 오해받을 수 있었다. 나는 한국의 가정에서 부모가 자녀의 미래를 결정하는 데 영향력을 미치는 것이 드물지 않다는 점과 한국인들 중에는 불편하고 어색한 상황을 웃음으로 무마하는 경우가 종종 있다는 것을 레지던트에게 알려주며, 적응장애와 우울감을 치료하는 게 맞을 것 같다는 의견을 주었다. 레지던트는 도통 이해가 안 된다는 표정을 하면서도 수긍하고 자리를 떴다. 한국 사회와 한국인에 대한 이해가 부족해 하마터면 환자가 잘못된 진단과 치료를 받을 뻔했을 것을 생각하니 아찔했다.

나는 다시 환자를 만나 앞으로의 계획을 물었다. 처방한 약으로 어느 정도 우울감을 덜어낼 수는 있으나 꿈을 찾아주거나 인생의 중요한 선택을 도와주는 약은 이 세상에 없기 때문이었다. 그는 머뭇거리며 "그걸 아직 잘 모르겠어요"라고 했다.

그는 스스로 고민해서 선택하고 실천에 옮겨본 경험이 거의 없었다. 실수와 실패를 피하기 위해 부모님의 결정을 믿고 따르는 삶을 살아왔기에 자신이 어떤 것을 좋아하고 무엇을 잘하는지 생각해보고 시도해볼 기회가 없었다. 지금까지 부모가 자녀의 정체성을 결정했고 삶을 계획해왔다. 그 역시 자신을 가장 잘 아는 사람이 부모님이라고 믿었기에 그들이 원하는 선택을 따라왔다. 그렇지만 만 19세의 그는 자신이 어떤 사람인지, 무엇을 좋아하고 무엇을 잘할 수 있는지, 어떤 삶을 살아야 스스로 행복한지 아직 아무 답도 찾지 못했다. 결국 그는 휴학을 결정하고 부모님이 있는 캐나다로 돌아갔다.

우리는 무언가 결핍된 상황에서 새로운 도전을 꿈꾼다. 모든 게 충족되어 만족스러운 환경에서는 살던 대로 사는 것이 더 자연스럽다. 주어진 환경에 결핍이 있고 그 결핍을 채워나가는 시간을 겪으면서 우리는 자기 자신을 좀 더 잘 알게 되고 세상을 배운다. 무엇을 원하는지 알고 이루기 위해 최선을 다해 노력하는 경험은 성패와 관계없이 인생의 큰 자산이 된다. 이 경험은 누구도 빼앗아 갈 수 없고 돈으로도 살 수 없는 삶의 동력으로 화석처럼 남아 우리가 더 큰 세상으로 나아갈 수 있게 한다. 내가 어떤 사람인지 알아가고 삶에서 무엇을 원하는지 알기 위해서는 나를 세상 밖으로 내어놓아야 한다. 나를 드러내고 표현하며 행동해야 한다. 이런 경험 없이는 진정한 나를 알지 못하고 내가 어떤 삶을 살 때 행복한지 알 수 없으며 결국 내가 행복할 만한 선택을 하며 살 수 없다. 다양성이 부족하고 경쟁적이며 성공지향적인 우리 사회는 축적된 정보와 경험으로 무장한 부모의 결정에 따르는 것이 실패를 피하는 가장 안전한 선택이라고 유혹한다. 책임지는 게 두려워 타인에게 선택을 미루는 경우도 있고, 부모가 못다 이룬 꿈을 자녀에게 강요하는 경우도 있다. 하지만 삶의 주도권을 타인에게 의탁하는 시간만큼 우리는 자기다운 삶을 살 시간을 잃어버린다.

그 후로 내가 또 다른 한국인 환자를 만난 건 레지던트 3년 차가 되었을 때였다. 중년의 나이를 훌쩍 넘긴 남자 환자는 만성 통증과 자살 사고에 시달리는 상태였다. 미군 장교 출신으로 영어를 구사하는 데 어려움이 없지만 미국인 의사는 자기를 이해하지 못한다며 나에게 진료받기를 원했다. 그는 얼마 전 이혼을 했고 전 부인이 양육권을 가져가 딸을 키우고 있다고 했다. 함께 살 때는 딸과 사이가 좋았는

데 이제는 연락조차 잘되지 않는다고 했다. 그는 젊을 때 일을 하다 허리와 무릎 관절을 다쳤고 이는 만성적인 통증으로 이어졌다. 비교적 쉽게 구할 수 있었던 탓에 오랫동안 마약성 진통제를 복용하게 되었고 이제는 금단 증상 때문에 쉽게 끊을 수 없다고 했다. 시간이 갈수록 통증을 줄이기 위해 더 많은 용량이 필요하게 되었다. 더불어 마약성 진통제를 복용했을 때 딸에 대한 그리움과 외로운 마음이 잦아드는 것 같아 마음이 힘들 때도 수시로 복용한다고 했다. 결국 약물 의존 증상과 통증 때문에 그는 직장도 잃었다.

나는 그에게 최근 며칠과 지금의 기분 상태를 물었다. 그는 쉽게 대답하지 못하고 주저했다. 그가 감정을 표현할 수 있도록 몇 가지 예시를 주고 골라보도록 했다. 슬픈지, 외로운지, 좌절했는지, 우울한지, 화가 나는지, 예민한지. 그는 자신의 감정을 읽는 데 매우 서툴렀다. 감정을 알아채지 못하니 스스로 무엇을 원하고 어떤 삶을 살고 싶으며 어떨 때 행복하다고 느끼는지 알아가는 데도 무관심했다. 그는 가족과 직장, 몸과 마음의 건강까지 모두 잃은 후에야 살아온 삶을 후회했다. "어디서부터 뭐가 잘못된 것인지 모르겠어요." 되돌리고 싶지만 너무 늦었다는 말과 함께 죽고 싶은 마음을 털어놓았다.

타국에서 이방인으로 살고 있는 이민자들은 정신질환에 취약하다. 하지만 이들에게 정신과의 문턱은 매우 높다. 외국인 의사로부터 한국의 문화와 정서를 충분히 이해받지 못할 거라는 두려움이 크고, 양질의 진료를 제공할 만한 좋은 한국인 정신과 의사가 외국에 많지 않기 때문이다. 또한 한국에서 환자들이 느끼는 정신질환에 대한 사회적인 낙인을, 타국의 좁은 한인 사회에서 사는 한국인들은 더 크게 느낀다. 이민자로서 성공했든 실패했든 관계없이 집안에 정신과 환자가 있다는 사실을 받아들이기 어려워하고 부정하며, 인정하더라도 환자의 존재를 감추기에 급급한 경우가 많다. 정신과 질환 역시 다른 신체적 질환과 마찬가지로 진단이 늦어질수록 치료가 힘들어진다. 병이 한참이나 진행된 후에 병원을 찾았을 때는 이미 너무 많은 시간과 인생의 소중한 것들을 잃어버린 경우가 많아 안타깝다.

　이 글에 등장한 두 사람은 세대와 성별이 다르지만 자아를 잃어버린 채 살고 있다는 공통점이 있다. 내가 어떤 사람인지, 무엇이 나를 행복하게 하는지 알지 못하면 우리는 타인이 이끄는 대로, 사회가 원하는 대로 살게 된다. 결국 삶의 결정권을 잃고 주체적이지 못한 인생을 그저 흘러가는 대로, 살아지는 대로 사는 것이다. 특히 이런 이들이 자살에 취약하다. 삶의 의미를 찾거나 의지를 갖지 못했으니 살아 있는 동안의 삶이 이미 존재하지 않은 것과 마찬가지라 느끼기 때문이다. 참된 자아, 진짜 나를 망각하고 사는 사람은 결국 모든 것을 잃는다.

우리는 다른 누구보다도 나 자신에게 먼저 귀 기울이고 나의 본모습을 읽어낼 줄 알아야 한다. 나를 알아야 나를 행복하게 하는 법도 배워갈 수 있다. 내가 행복해야 타인도 행복하게 해줄 수 있다. 나를 억누르고 지워가며 사는 삶인지, 나를 알아차리고 있는 그대로의 본모습을 가꿔가는 삶인지 뒤돌아보며 살아야 한다.

삶의 모든 순간에서, 타인이 아니라 내가 먼저다.

미국에서 다시 의사가 되다

2013년 6월에 나는 이름도 낯선 미국 테네시주 내슈빌 공항에 홀로 도착했다. 어깨를 무겁게 누르는 배낭을 짊어지고 두 개의 이민 가방을 힘겹게 밀어내 공항 밖으로 빠져나오자 날은 이미 어둑했다. '겨우 도착했다.' 밤하늘을 올려다보며 숨을 크게 들이쉬었다. 낮 동안의 온기를 머금어 따뜻하긴 했으나 지난날의 어떤 추억도 불러일으키지 않는 낯설고 무심한 공기가 순식간에 들어찼다.

처음으로 ABC를 배운 건 중학교 입학 직전이었다. 그 후에도 조기 교육이나 해외 유학의 경험 없이 평범한 학창 시절을 보냈으며, 대학 수학능력시험과 몇 번의 토익이 영어 실력의 전부이고, 미국 드라마 〈프렌즈〉 말고는 미국에 대해 아는 게 없는 어른이 되었다. 듣기와 말하기보다 독해와 문법이 편한 보통의 한국인으로 사는 게 그리 불편하지 않던 삶에, 미국 의사가 되겠다는 꿈이 찾아온 것은 꽤나 무모한 일이었다. 하지만 시간이 지나면 잊힐 꿈으로 남겨두기에 그때의 나는 너무 젊었고 가보지 못한 세상에 대한 호기심은 무척 컸다.

한국에서 의대를 나온 의사로서 미국 병원의 수련의 즉, 레지던트로 일을 시작하기 위해서는 미국 의사자격시험

(USMLE, United States Medical Licensing Examination)을 먼저 치러야 한다. 미국 의대생들이 졸업하며 치르는 이 시험은, 한국에서도 치를 수 있는 두 번의 필기시험과 본국에서만 치러지는 한 번의 실기시험으로 이루어져 있다(2021년 현재는 코로나19 바이러스로 인해 시험 체계가 바뀌었다).

　두 번의 필기시험을 준비하고 치러내는 데 10개월이란 시간이 들었다. 필기시험을 끝낸 다음에는 열두 명의 모의 환자들을 만나 진찰하고 병을 진단하는 실기시험을 준비했다. 수십 개의 예상 시나리오들을 정리하고, 각각의 시나리오별로 영어 대본을 만들었으며, 모든 문장을 꾸역꾸역 외우는 데 다시 3개월의 시간을 썼다. 미국 의사자격시험에 최종 합격한 후 그다음 관문은 미국 병원에 원서를 넣고 서류전형을 통과한 뒤 면접시험을 치르는 일이었다. 실기시험 때처럼 예상 질문들을 미리 뽑아내고, 답변들을 한국어로 적어 생각을 다듬은 뒤, 그것을 다시 영어로 작문하고, 적은 문장들을 통째로 외워냈다. 미국 전역의 총 115개 정신과 레지던트 프로그램에 원서를 넣었으며 그중 19개 프로그램으로부터 서류전형을 통과했으니 면접을 보러 오라는 초대를 받았다. 면접 일정은 11월에서 1월 사이에 잡혀 있었으나 당시 서울의 한 대학병원에서 전문의로 일하고 있던 내가 미국에 길게 머무는 것은 불가능했다. 병원과 지도교수님의 배려로 11월에서 1월 사이에 미국과 한국을 5번 왕복했고 총 14곳의 병원을 방문해 면접시험을 치렀다. 그제야 2013년 3월에 최종 합격 통보를 받았다.

한 문단으로 압축해서 표현할 수 없을 만큼의 힘든 시간들을 지나 미국 대학병원의 레지던트로 입사하게 되었지만, 그사이에 내 영어 실력과 미국에 대한 경험은 크게 변한 것이 없었다. 곧 마주하게 될 현실은 토익 점수를 받기 위한 영어나 면접용 자기소개 지문도 아니며 잘 짜인 의학 드라마의 시나리오도 아니었고 〈프렌즈〉 속의 콩트도 아니었다. 그날 공항에 도착한 순간부터 나는 미국 의사들과 함께 배우고 일하는 동료이자 미국의 환자들을 치료하는 정신과 의사가 되어야 했다.

'어떻게든 되겠지. 그래도 한국에서 정신과 전문의로 일하다 왔는데. 닥치면 다 하게 돼.' 이런 마음으로 레지던트 1년 차의 삶을 시작했지만 상황은 예상보다 더 심각했다. 영어는 잘 들리지 않았고 말하기는 듣기보다 몇 배나 더 어려웠다. 내가 들은 게 맞는지 불안했고 내가 하는 말들이 제대로 전해지는지 의심스러웠다. 그뿐만 아니었다. 한국인

평균에도 못 미치는 작은 키로 길쭉길쭉한 미국인들 사이에 끼어 병실을 드나드는 아침 회진 때에는, 내 머리 서너 뼘 위에서 나누는 그들의 대화가 귀에 제대로 와 닿지 않았다. 까치발을 들어보면 좀 나을까 해서 총총거리는 나 자신의 안쓰러운 모습에 실소가 번졌다. 한 문장이라도 더 알아듣고 싶어서 고개를 빳빳이 들고 그들의 표정과 입 모양을 읽으며 온정신을 모아 대화에 집중해 하루를 보내고 나면 두드려 맞은 듯 온몸이 아팠다.

하루 일과를 마치고 퇴근하면 녹초가 되었고 아침에 눈을 뜨면 또다시 병원으로 출근해야 한다는 사실에 가슴이 두근거리고 식은땀이 흘렀다. 영어도 못하는 외국인 의사가 왜 우리와 함께 일하는지 병원 사람들이 수군댈 것 같았고 센 억양과 부정확한 발음, 불쑥 튀어나오는 엉터리 영어를 듣는 환자들은 나를 신뢰할 수나 있을지 불안했다. 정신과 의사는 환자의 말을 들으면서 그들 내면에 잠재한 감정과 생각을 읽어내야 하고, 이를 바탕으로 환자에게 건넬 적절한 다음 말을 생각해내야 한다. 듣고 생각하면서 분석하고 동시에 새로운 문장을 만들어내는 일을 영어로 하자니 말 그대로 바보가 되는 느낌이었다. 영어로 들은 것은 내 머릿속에서 한글로 한 번 번역되어 이해되었다가 다시 영어로 만들어졌다. 여러 차례 번역을 거치다 보니 들어야 하는 말을 전부 듣지 못하고 해야 하는 말을 제대로 전하지 못하는 일이 되풀이되었다. 더 좋은 의사가 되기 위해서 미국에 왔는데 한국에서보다 더 못한 의사가 되어 있는 것 같았다. 내가 무엇을 위해 여기까지 왔는지 잊었고 열정은 힘을 잃었으며 과거의 내가 내린 결정을 의심했다.

야간 당직을 서던 어느 날엔가는 문서에 내 이름과 직함을 적어 넣었어야 했는데 직함인 MD(Doctor of Medicine, 의사) 대신 MDD(Major Depressive Disorder, 주요우울장애)를 적어 넣는 실수를 했다. 사람의 무의식을 연구해 정신분석학을 창시한 지크문트 프로이트는 사람이 하는 모든 실수엔 숨겨진 의미가 있으며 실수를 분석하면 그 사람의 무의식을 이해할 수 있다고 했다. 그에 따르면 MD 대신 MDD를 입력한 내 실수는 우연이 아니며 나는 스스로를 의사로 인정하지 않고 있었고 되레 깊은 우울감에 빠진 상태였다.

미국에서의 첫해는 낯설고 힘든 시간이었다. '낯섦'과 '힘듦', 이 두 단어가 짊어진 무게는 나에게 무자비하며 가혹했고 당시 내 삶에 위로가 되는 것은 아무것도 없었다. 아는 이 하나 없는 미국 남부의 낯선 도시에서 내가 매일 마주한 것은 좀처럼 친숙해지지 않는 백인들의 옅은 눈동자뿐이었다. 할리우드 영화를 많이 보고 와서 금세 익숙해질 줄 알았는데 〈맨 인 블랙〉의 외계인을 보는 듯한 이질감이 마음 가득 차올랐다. 입에 맞지 않는 식사를 밀어내고 스스로를 돌보지 않은 탓에 영양실조로 입원도 했고 패혈증에 걸려 죽다 살아나기도 했다. 다 관두고 가족과 친구들이 있고 모든 게 익숙하고 편한 한국으로 돌아가고 싶은 유혹이 수시로 찾아왔지만 그럴수록 내가 한 선택에 끝까지 책임져야 한다는 생각이 마음속 깊이 똬리를 틀었다. 몸과 마음이 바스러질 것같이 힘든 날에는 차라리 병원에서 나를 해고해주었으면 하고 소심하게 희망도 했다. 그러면 남들이야 뭐라든 나는 최선을 다했으니 스스로에게 부끄러운 역사가 되지는 않을 일이었다.

풍경도 사람도 공기도 낯선 곳에서 결국 믿고 의지할 것은 나 자신뿐이었다. 그래서 오늘보다 내일, 내 영어 실력이 조금 더 나아질 것이라는 믿음을 가져보기로 했다. 그런 다음 앞으로 나아가겠다는 욕심을 버리고 두 발을 땅에 굳게 딛고 버티기만 해보자고 결심했다. 멈춰 있으려 해도 어차피 시간은 가줄 테니 말이다. 살아남을 수 있을지 막막할 때는 지금 이 순간만 잘 견뎌내보자고 스스로 다독였다. 한 치앞을 가늠할 수 없을 만큼 눈앞이 캄캄할 때는 앞이 아니라 발밑의 땅을 보고 걷는 것이 낫다.

버티기에 집중한 순간들이 차곡차곡 쌓여 하루가 되고 한 달이 되었으며 1년이 되다가 그렇게 8년이 흘렀다. 오늘날에도 나는 MD와 MDD 사이에서 시소를 타고 하루를 살아내는 데 온 힘을 집중한다. 잘 살아남지 못한 날들도 있었지만 다행히 살아 숨 쉬고는 있고 매일 새로운 하루가 주어지고 있다.

나는 별로 내세울 것 없이 그저 오늘 주어진 몫을 그럭저럭 해내는 삶을 사랑하는 법을 배웠다. 잘 해내지 못하면 큰일이 나는 줄 알았는데 아무 일도 일어나지 않는다. 성취에 목매지 않고 훌륭함과는 거리가 먼 오늘, 기본만 하고 살아도 충분히 바쁘고 충만하다. 이만하면 됐지 싶다.

정신과 약을 먹는 의사들

미국에서의 고된 날들이 이어지자 몸은 하루하루 지쳐 갔고 평소 중요하게 생각했던 가치들은 어느새 보잘것없게 여겨졌다. 즐거운 일이 그다지 없고 삶의 의욕도 바닥을 쳤다. 가까이에 마음 놓고 신세 한탄할 한국인 친구 하나 없던 그때, 내 존재는 아득하고 텅 빈 우주 공간에서 목적 없이 부유하는 먼지 같았다. 이대로 내가 사라진다고 해도 괜찮지 않을까 하는 마음이 문득 들었다.

그날은 일주일에 한 번씩 멘토인 교수님과 환자 사례를 의논하는 날이었다. 나는 환자 대신 나의 정신 상태를 대화의 주제로 끄집어 올렸다. 응급정신의학을 전담하는 교수님은 응급실로 오는 모든 정신과 환자들을 관리하는 중책을 맡고 있었다. 그는 나의 하소연을 듣더니 선뜻 이렇게 말했다. "항우울제를 좀 먹어보는 건 어때?" 우울감이 들기 시작한 지 일주일이 채 되지 않았고 업무를 보거나 대인관계를 맺는 데 큰 지장은 없었으므로 항우울제의 도움을 받을만큼 상태가 심각하지 않다고 여겨 전혀 고려하지 않았던 사안이었다. 그의 생각은 나와 달랐다.

"가벼운 우울감이 있을 때 일찍 시작해서 빨리 도움을 받는 게 낫지. 나도 이미 먹고 있는데."

그는 에너지가 넘치는 워킹맘이었다. 젊은 나이에 의사인 남편과 결혼해 아직까지는 손이 많이 가는 어린 아들 둘을 키우며 직장에서 중책을 맡고 있는데도 피곤한 기색 없이 늘 밝고 의욕이 넘쳐 보였다. 언젠가 그의 집에 식사 초대를 받아 간 적이 있었는데 일과 가정 모두 성공적으로 이끌어가는 모습이 대단해 보였다. 그런 교수님이 우울증 치료제를 복용하고 있다는 사실과 그것을 나에게 거리낌 없이 터놓는 모습이 낯설고 놀라웠다.

또 다른 교수님인 R은 내가 미국에서 만난 첫 번째 지도교수로 정신과 입원 병동과 외래에서 약물 중독으로 고통받는 환자들의 치료를 전담하는 분이었다. 이제 막 미국으로 건너와 모든 면에서 서툰 나를 가르치며 부족함을 많이 느꼈을 텐데도 그는 나의 장점과 강점을 먼저 알아보고 좋은 정신과 의사가 될 자질을 이미 갖추고 있다며 용기와 격려를 북돋아주었다. 후덕하고 인심 넘쳐 보이는 외모, 인자한 미소, 전형적인 백인 남성의 여유까지 갖추었으니 제자의 모자람도 널리 이해하고 보듬어줄 수 있는가 보다 싶었다. 미국 사회의 주류로 산다는 게 저런 삶인가 하는 생각도 들었다.

그런데 그는 정신분석 치료를 공부하는 의사들이 모여 환자 사례를 의논하는 자리에서 폭탄선언을 했다. 자신은 오래전부터 조울증을 앓고 있으며 증상이 심각하여 자살 시도를 한 적도 있고 그 때문에 정신과에서 여러 차례 입원 치료를 받았다고 말했다. 그뿐만 아니라 우울증과 조증을 앓는 동안에 자의로 약을 끊고 마약을 남용하다가 중독에 빠져 가족과 직업을 모두 잃을 뻔한 위기를 몇 번이나 넘겼다고 털어놓았다. 그러면서 지금도 기분조절제인 리튬을 복용 중이며 재발을 막기 위해선 평생 리튬을 먹어야 한다고 덧붙였다. 처음 그 말을 들었을 때 나는 내가 영어 실력이 부족해서 잘못 이해한 건가 의아했다. 두리번거리며 옆자리에 앉은 다른 의사들의 반응을 둘러보자 그들은 하나같이 고개를 끄덕끄덕하며 공감을 표하기만 할 뿐 누구도 나처럼 놀라거나 당황하는 기색이 없었다. 모두 이미 알고 있는 이야기를 듣는 것 같은 담담한 모습이었기에 금세 민망해졌다.

　R은 29살 되던 해에 조울증 진단을 받았다고 했다. 정신과 레지던트 1년 차일 때 이유를 알 수 없는 우울감에 휩싸였지만 우울증을 앓고 있다는 사실을 쉽게 받아들일 수 없었다. 잠을 잘 못 자고 식욕이 사라졌으며 절망감이 커져가

는 등의 증상이 따랐지만 스트레스 때문이라 넘기며 스트레스가 풀리면 금세 나아질 거라고 믿었다. 항우울제를 복용하기 시작하면서부터는 자신이 위대한 정신분석가가 된 듯한 과대망상도 나타났다. 얼마 지나지 않아 그는 스스로 행동을 통제할 수 없고 극도로 초조해하며 폭력적이고 충동적인 모습을 보였고 결국 정신병원에 강제로 입원되어 치료를 받아야 했다. 입원 중 병원에서 탈출한 그는 고속도로에서 알몸이나 다름없는 상태로 경찰에게 발견되어 병원으로 다시 돌아오게 되었고, 약을 복용하길 거부하여 결박된 상태에서 주사를 맞아야 하는 때도 있었다. 약을 입안에 숨기거나 의료진 몰래 버리는 일도 자주 있었고, 퇴원하고 나서는 약을 자의로 중단하고 우울감이 심해지자 습관적으로 술을 마시면서 서서히 알코올 중독에 빠졌다.

단순 우울증이 아닌 조울증으로 진단이 바로잡아지고 항우울제 대신 기분조절제를 복용하기 시작하면서 그의 상태는 점차 나아졌다. 본래의 자신으로 다시 돌아오면서 그에게는 새로운 두려움이 생겼다. 스스로 정신과 환자로 분류되는 것이 무서웠고 정신과 입원 치료를 받은 병력이 자신의 앞날에 어떤 영향을 미칠지 걱정이 앞섰다. 정신과 레지던트로 수련받는 병원에서 쫓겨날 것 같다는 불안감에 휩싸였고 앞으로 의사로서 일하지 못할 것이라 낙심했다.

사실 R은 정신과 레지던트가 되기 전에 부검의로 활동했었다고 한다. 그러다 보니 죽음과 마주하는 경우가 많았는데, 갑작스럽고 설명할 수 없는 이유로 사랑하는 사람을 떠나보낸 이들을 대하면서 무슨 위로의 말을 어떻게 전해야 할지 몰라 어려움을 겪었다고 했다. 죽음이 있기 이전, 살아 있는 이들을 위해 할 수 있는 무언가가 있었으면 하고 점차 바라게도 되었다. 이것이 그가 정신과 의사로 직업을 바꾸기로 한 계기였다. 그는 정신과 레지던트 수련 도중에도 세 번 더 정신병원에 입원해야 했지만 애초의 걱정과는 달리 수련하던 병원에서는 매번 그를 따뜻하게 맞아주었고 그가 수련을 무사히 끝마치도록 도왔다. 조울증 증상 때문에 환자를 돌보는 데 어려움이 있다고 느껴질 때는 자신의 상태를 병원에 솔직하게 알리고 환자를 보는 일에서 잠시 물러났다. 증상이 잘 조절된다고 스스로 생각하는 때라도 종종 동료 의사들의 판단을 구하고 그들의 의견을 따라 필요하다면 환자를 보는 업무에서 자신을 배제했다. 병을 가진 그를 이해하고 받아들여주었던 수련 병원의 배려 없이는 정신과 의사로서의 경력을 이어나가지 못했을 것이라고 그는 회고한다.

두려움을 이겨내고 조울증이라는 병을 삶의 일부로 받아들인 R은 수련하던 병원에서 레지던트를 지도하는 정신과 교수가 되었을 뿐 아니라 병원의 다른 의사들과 직원들을 위한 직장 정신건강 프로그램의 책임자로도 일하고 있다. 26년째 금주를 이어가고 있으며 여전히 약을 복용 중인 그는 정신과 환자로서의 경험이 수치스럽거나 부끄럽지 않다고 했다. 환자들이 "당신은 의사이니까 내가 무슨 일을 겪고 있는지 아마 상상도 못 할 겁니다"라고 할 때면 그는 "잠깐만요. 당신은 내가 어떻게 살아왔는지 나에 대해서 아무것도 모르잖아요"라고 말하며 환자로서의 경험을 들려주고 그들과 더 단단한 치료적 관계를 맺기도 한다.

얼마 전 『가디언』 미국판에는 '징벌적인 면허 규정들은 의사들이 정신질환을 숨기도록 강요하는가?'라는 제목의 기사가 실렸다. 미국에는 총 50개의 주가 있고 개개의 주는 그 주에서 활동할 의사들의 면허 발급을 위해 각기 다른 규정과 기준을 세운다. 그중 몇몇 주들은 의사 개인의 과거 정신질환 병력을 자세히 기술하도록 강제하는 조항을 만들었다. 과거에 정신과 치료를 받은 병력이 있을 때 경우에 따라 의사 면허 발급이 거절될 수도 있는 것이다. 이 때문에 의사들은 정신적으로 어려움이 있어도 치료받기를 꺼리거나,

정신과 치료를 받는다는 사실을 숨기고 보험에 기록이 안 남도록 비싼 비용을 치르고 비보험으로 진료를 받으며, 자신이 일하는 지역과 멀리 떨어진 다른 주로 몇 시간 동안 운전해 가서 진료를 받고 온다. 기사에는 코로나로 인해 많은 의사들이 겪는 정신적 어려움이 장기화되고 번아웃뿐만 아니라 트라우마까지 호소하고 있는 상황에서 제대로 된 도움을 받지 못하고 자살에 이르기까지 하는 현실이 보도되어 있었다.

R처럼 약을 꾸준히 복용하고 금주를 유지하면서 증상이 잘 조절되고 현재 의사로서 일하는 데 아무 문제가 없는 경우에도, 과거에 정신과 입원 치료를 여러 번 받았다는 이유만으로 의사 면허를 발급받지 못한다면 누가 마음 놓고 정신과 치료를 받을 수 있을까. 면허를 잃을까 봐 두려워서 어려움을 숨기고 정확한 진단도 받지 못한 채 증상이 조절되지 않은 상태에서 환자를 진료하는 의사가 우리 주변에 있는 것이 더 큰 문제가 아닐까. 과거의 병력을 기재하도록 강제하는 이런 규정들은 잠재적으로 개인 정보 유출의 문제를 낳을 뿐 아니라 정신질환에 대한 사회적 편견을 강화시키고, 자신의 질환을 애써 숨기고 치료를 미룸으로써 이후에 의사 개인과 환자들에게 돌이킬 수 없을 정도로 치명적

인 결과를 가져올 수 있다.

앞서 두 교수가 정신과 약을 오랫동안 복용하며 일하고 있다는 사실에 나는 놀랐다. 정신과 의사인 나 역시도 정신질환은 숨겨야 하는 비밀이라 믿어온 것은 아닌지 스스로 돌아보았다. 사회가 심어놓은 정신질환에 대한 편견은 고집스럽게 우리 안에 자리하고 있다. 내가 태어나고 자란 이 사회가 편견을 심어두었다고 책임을 돌릴 수만은 없다. 우리는 이제 자신의 생각과 주관을 바꿀 힘이 있는 다 자란 성인이다. 마음속 편견을 없애기 위한 개인적인 노력을 우리가 충분히 하지 않은 것은 아닐까.

항우울제 복용을 권유받았던 당시에 나는 가벼운 우울증을 앓았던 것 같다. 이 세상에서 없어져도 별 상관이 없을 것 같다는 생각에 가 닿았을 때야 정신이 번쩍 들었다. 이대로 내버려두다가는 우울증이 걷잡을 수 없을 정도로 더 진행될 거라는 생각에 스스로를 도울 용기를 냈다. 햇빛 아래로 나아가 몸을 따뜻하게 했고 바람을 느끼며 맑고 시원한 공기를 깊이 들이켰으며 햇살에 반짝이는 나뭇잎의 선명한 연둣빛을 한참 동안 바라보았다. 때마침 찾아온 봄이 나를 도왔다. 이렇게 아름다운 세상을 두고서 혼자만의 세상에 빠져 있어선 안 된다는 생각이 들었다. 나를 잘 재우고 잘 먹이고 많이 웃게 하는 데 더 많은 정성과 시간을 쓰고, 말이 덜 통해도 마음이 통할 만한 친구들을 붙잡고 수다를 떨면서 우울증은 서서히 사라졌다.

"정신과 의사라고 들었는데 맞나요? 전 사실 조울증을 앓고 있어요. 약도 몇 가지 먹고 있는데 혹시 궁금한 거 있으면 연락해도 돼요?"

이전에 사적으로 몇 번 만나 안면을 텄던 사람이 공개된 자리에서 알은체를 했다. 지나가던 사람들이 듣든 말든 전혀 상관하지 않는 당당한 말투가 신선하고 반가웠다. 인간으로 살아 있는 한 마음의 문제는 몸의 문제만큼 흔하고 언제든 생길 수 있다. 특히 코로나로 전 세계가 고통받는 요즘 같은 때에 심리적인 어려움이 전혀 없이 잘 살고 있다는 사람이 있다면 나는 그 사람이 더 걱정스럽다. 몸의 병이든 마음의 병이든 숨기고 감출수록 치료는 어렵고 힘들다. 안전한 공간에서 믿을 만한 사람에게 나의 내밀한 상처를 내보이는 것에서부터 치유는 시작되어야 한다. 상처는 숨길수록 곪는다.

괜찮지 않아도 괜찮다

살면서 암을 진단받는다는 것은 어떤 의미일까. 한국에 있을 때 혈액종양내과 의사의 상담 요청으로 '눈물이 멈추지 않는' 30대 초반의 남자 환자를 만난 적이 있다. 그는 최근 혈액암 진단을 받고 검사와 치료를 위해 입원 중이었다. 비교적 치료에 잘 반응하는 종류의 암을 진단받아 완치될 거란 희망을 크게 갖고 있었다. 그는 모든 것이 괜찮고 치료를 잘 받으면 곧 완치될 거라 믿으면서도 왜 눈물이 멈추지 않는지 자기 자신도 의아하다고 했다. 건장한 체격의 그는 암 진단을 받기 전까지 잔병치레 한 번 하지 않았다고 했다. 집안의 장남으로 늘 책임감이 넘치고 독립적인 성격이었으며 부모님이 의지하는 든든한 아들이었다. 좋은 대학을 졸업하고 직장 생활을 무난하게 해내가던 중에 갑작스럽게 암 진단을 받게 된 것이다. 기분이 어떠하냐고 묻자 그는 망설임 없이 말했다.

　"좋아요. 눈물이 나는 것 빼고는 다 괜찮아요."
　나는 그를 바라보며 다시 물었다.
　"암을 진단받았는데 어떻게 괜찮죠?"
　"진짜 괜찮다고 생각해요. 전 완치될 거니까요."
　나는 그의 눈을 응시하며 말했다.
　"건강하게 살고 왕성하게 사회 활동을 하던 30대가 갑자기 그런 진단을 받는다는 게…… 이건 절대 괜찮을 일이 아닌데요."

순간 그는 쏟아지듯 허리를 굽힌 채 머리를 감싸 안으며 통곡하기 시작했다. 한참을 우는 그의 등에 나는 손을 가볍게 얹고 말했다.

"괜찮지 않아도 괜찮아요."

그는 힘든 일이 있어도 누구에게도 속을 털어놓지 않는 사람이었다. 늘 완벽한 모습으로 남들 앞에 보이기를 원했으며 힘든 감정을 표현하는 건 남자가 해선 안 되는 나약한 행동이라 믿고 살았다. 긍정적인 태도로 최선을 다하면 뭐든 잘될 거라고 믿어온 그에게 암은 그저 극복해야 할 삶의 과제 중 하나였으며 큰 병을 진단받고도 늘 그래왔듯 긍정적인 태도를 취하기만 했다. 그 과정 속에서 암이 자기 삶에 어떤 영향을 미칠지 생각해보거나 감정을 들여다보지 않은 것이다. 머리로는 괜찮다고 생각하지만 마음은 힘들었을 수 있다. 그는 강한 이성으로 자신의 마음을 속이는 데도 성공했다. 하지만 스스로 알아봐주지 못한 마음의 고통은 온전히 몸으로 감당해야 했고 슬프지는 않은데 눈물이 멈추지 않는 독특한 증상을 보였던 것이다.

나는 그에게 치료가 쉽든 어렵든 암을 진단받는 사건 자체가 삶 전체에 돌이킬 수 없는 큰 변화를 미침을 명시적으로 말해주었다. 특히나 젊은 나이의 사람이라면 말이다. 암을 진단받았을 때 어떤 감정이 들었는지 생각해보고 그 감정을 인지할 수 있어야 한다. 왜 하필 나에게 이런 일이 생겼나 억울하다고 느낄 수도 있고 화가 날 수도 있으며 내 인생은 이제 끝났다고 생각하며 좌절하거나 과거에 저지른 잘못을 떠올리며 천벌을 받는 거라고 믿을 수도 있다. 암은 큰일이 맞다. 자신이 암을 진단받을 때 어떤 감정의 변화를 겪는지 알지 못하면 다음 행동을 예측하거나 통제하기 어렵다. 감정은 무의식과 맞닿아 있어서 우리가 알아채지 못하는 사이에 행동의 변화를 가져오기 때문이다.

내가 만난 60대 후반의 여성 환자가 그런 경우였다. 그는 종양내과 외래에서 초기 대장암 진단을 받았다. 곧바로 수술할 수 있는 상태였고 완치도 기대해볼 수 있었다. 그는 외래 교수님으로부터 일시적으로 인공 항문과 장루를 내야 할 수도 있다는 말을 듣고 충격을 받은 듯하더니 갑자기 치료를 거부하겠다고 가족들에게 선언했다. 그러고는 어떤 대화에도 반응하지 않고 움직이기도 거부하는 긴장증 상태에 빠졌다. 부랴부랴 정신과 병동으로 옮겨진 그의 상태는 나날이 나빠졌다. 말을 걸어도 아무 반응이 없고 눈을 마주치지도 않고 병동에서 큰 소리가 나도 돌아보거나 놀라는 일도 없었다. 병실에 미동도 없이 가만히 서 있거나 침대에 누워 있기만 했고 식사도 거부했다.

면담이 불가능하니 그의 마음 상태를 알 길이 없었다. 나는 그가 어떤 사람이고 어떤 삶을 살아왔는지 알기 위해 가족들을 모두 불러 모았다. 가족들을 한 명씩 따로 면담하면서 그가 가족들을 위해 평생을 희생해온 가정주부라는 사실을 알게 됐다. 아이들을 키우고 남편을 내조하는 것 말고는 자신만의 삶이 전혀 없는 인생을 살아왔다고 했다. 그는 엄마와 아내로서의 역할을 잘 수행할 때만 자신의 존재감을 느낄 수 있었다. 암을 진단받았을 때 가족들 중 누군가는 그에게 가장 먼저 이렇게 말했다고 한다. "이제 우리 밥은 누가 해줘?"

가족들의 이야기에 비추어봤을 때 그는 암 진단이 자신에게서 엄마와 아내로서의 역할을 빼앗아 갈 것이라고 생각했고, 더 이상 그런 역할을 못 하게 될 삶은 살아갈 가치가 없다고 무의식적으로 느꼈을 수 있겠다는 생각이 들었다. 나는 이런 그의 극단적인 무의식이 우울증과 긴장증으로 나타났다는 의학적 판단을 내리고 가족들에게 전달했다 (물론 자기가 먹을 밥부터 걱정한 가족들에 대한 실망과 분노가 긴장증으로 표현되었을 수도 있다). 그들은 한참 동안 말이 없다가 떨리는 목소리로 이렇게 말했다. "엄마는 엄마여서 다 괜찮아요. 이제부터 우리가 밥도 챙기고 청소도 하면 돼요."

나는 이런 가족들의 생각을 그가 직접 들어야 한다고 판단했다. 미동도 없는 그를 부축하여 가족들이 모두 모여 있는 면담실로 함께 갔다. 암은 많이 진행되지 않아 지금이라도 치료를 잘 받으면 좋은 결과가 있을 것이며 인공 항문도 잠깐 동안만 가지고 있을 가능성이 큰 점을 먼저 분명히 말해주었다. 또한 치료를 받는 중에도 지금 하고 있는 일들의 대부분을 여전히 할 수 있을 것이며 혹시라도 신체 기능을 상실하게 될 경우에는 의료진이 그에 맞게 적절히 도움을 제공할 것임을 알려주고 안심시켰다. 가족들은 엄마가 밥을 하고 청소를 하고 나를 챙겨줘서 필요한 존재가 아니라, 그저 엄마이기 때문에 그의 존재 자체가 가족들에게 가장 중요한 의미임을 진심을 담아 전했다.

가족 면담 이후 그의 상태는 아주 조금씩 나아졌다. 그가 퇴원하고 몇 달이 지난 후 나는 병원 복도에서 그와 가족들을 우연히 마주쳤다. 그는 활짝 웃는 얼굴로 내게 고마움을 표현했다. 그렇게 웃는 표정은, 나는 그날 처음 보았다.

암은 누구에게나 갑작스럽게 찾아온다. 기존에 정신질환을 앓고 있던 사람은 물론이고 건강한 정신으로 정상적인 생활을 하던 사람에게도 암 진단은 결코 '괜찮지 않은' 큰일이다. 암을 진단받고 치료받는 과정에서 직업을 잃을 수도 있고, 가족들과 사이가 멀어질 수도 있고, 사회적인 지위나 관계를 잃을 수도 있다. 또한 신체 기능의 상실이나 신체 외형의 변화가 자아상에 오랫동안 부정적인 영향을 미치기도 한다. 앞으로의 삶의 패턴이나 계획이 변할 수도 있고 인생을 대하는 자세가 달라질 수도 있다. 암이 완치된 후에도 정기적으로 병원을 방문하는 데 시간과 노력을 써야 하고 언제 재발할지 모를 위험을 안고 살아야 한다. 이렇게 암은 사람의 현재와 미래를 통째로 흔들어놓을 수 있다.

그러므로 암을 진단받는 순간부터 환자들의 정신건강을 돌보는 일은 중요하다. 조기에 정신과적 치료가 개입되었을 때 암 치료에 대한 순응도가 높고 그에 따른 완치 확률도 높아질 수 있다. 그뿐만 아니라 가족 내 역할 변화로 인한 혼란을 최소화할 수 있고 치료를 마친 후 일상으로 돌아가는 경과도 조금 더 순조롭다.

암 치료가 발달하면서 우리는 이제 암을 가진 채로도 꽤 오랫동안 살 수 있게 되었다. 암이 삶의 전부가 되지 않도록 하고, 견딜 수 없을 정도의 고통을 견딜 만하게 낮추고, 여전히 웃고 일상의 행복을 느낄 수 있도록 돕기 위해 정신종양학은 존재한다.

꿈꾸지 않는 우리

의대생 때 나는 공부를 곧잘 했다. 공부는 적성에 꼭 맞았고 인간의 몸을 이해하는 일은 나 자신을 이해하는 일 같아서 의학을 통해 나를 깨닫는 과정이 흥미로웠다. 배움이 깊어질수록 인간의 몸을 유기적이고 통합적으로 이해하는 즐거움은 커졌고 하루 종일 이어지는 방대한 양의 수업에도 힘든 줄 모르고 공부에 몰입했다. 하루가 다르게 성장하는 스스로가 뿌듯했고 의사가 되겠다는 어릴 적 꿈을 매일매일 이뤄가며 사는 삶이 행복했다. 의대 친구들은 나를 '브레인' 또는 '에이스'라 불렀고 내 몸은 뇌로 꽉 차서 온몸에 혈액 대신 뇌척수액이 흐를 거라고 놀리기도 했다. 졸업식 때 어떤 친구는 마지막 인사를 하며 "넌 언젠가 노벨상 같은 걸 탈지도 몰라"라는 말로 위대한 미래를 점쳐주기도 했다. 꿈과 야망으로 부풀었던 나는 하늘을 둥둥 떠다닐 수도 있을 것 같았다.

의학 연구에 대한 불타던 나의 열정은 레지던트가 되면서 화력을 잃어갔다. 막상 연구에 몸을 던져 시간을 써서 노력을 제대로 했더니 그 일은 내가 그다지 잘할 수 있는 일이 아니었다. 무엇보다도 환자를 진료할 때 나는 더 행복했고 보람을 느꼈다. 연구를 통해 더 많은 사람들을 돕고 다른 의사들을 가르치고 그 분야의 권위자가 되는 의사들이 부러

웠지만, 내 역량과 그릇의 크기를 받아들이기로 했다. 연구자로서의 꿈을 내려놓은 뒤에는 나를 만나러 오는 환자들에게만큼은 최고의 임상 의사가 되고 싶다는 새로운 꿈을 품었고 그 꿈을 위해 미국행을 택했다.

미국에서 만난 동기나 선후배들의 약력은 대단했다. 평생 살면서 이름만 들어본 미국의 유명 대학 출신 의사들이 친구가 되고 동료가 되었다. 한국의 작은 지방 의대 출신인 내가 이들과 함께 일한다는 사실에 마음속에는 마치 자석의 같은 극끼리 가까이 가지 못하고 동동거리는 듯한 이질감이 자리했다. 뛰어난 학력과 논문 실적, 영특함으로 무장한 이들이야말로 세계 의학의 흐름을 바꾸는 사람들이겠구나 싶어 나는 이들의 꿈과 미래가 궁금했다. 당연히 펠로우 과정을 밟을 것이고 대학병원의 교수로 남겠지, 아니면 국가 연구소로 들어가서 의학의 역사를 새로 쓰겠지, 다국적 제약회사로 들어가서 신약을 개발할 수도 있겠지, 이런 상상을 했다.

하지만 곧 기대는 깨지고 말았다. 대부분의 동료들은 레지던트 과정을 마친 후 가족이 있는 고향으로 돌아가거나 자신이 살고 싶은 도시로 가 작은 병원에 취업하는 삶을 택했다. 나는 그들의 선택이 낯설었다. 남들이 부러워할 만한 인맥과 배경을 바탕으로 유수의 대학을 나와 좋은 병원에서 수련을 받고 훌륭한 의사로 성장했으면 세상을 더 나은 곳으로 만들기에 충분한 힘과 영향력을 갖춘 것인데, 이름도 잘 모르는 도시의 작은 병원에서 일하기로 결정한 그들이 왠지 아까웠다. 더 당황했던 이유는 나를 보는 그들의 시선 때문이었다. 한국에서 전문의가 되어 안정된 직장에서 일할 수 있으면서도 일가친척이나 친구 하나 없는 먼 이국까지 와서 고된 레지던트 수련을 다시 받는 나를 도리어 그들이 의아하게 여겼다.

"커서 뭐가 되고 싶니? 네 꿈은 뭐야?"

어렸을 때부터 장래희망에 대한 질문을 받는 우리는 꿈 꾸기를 강요하는 사회에 살고 있다. 자신의 꿈을 생각해볼 기회가 별로 없었던 과거 어린이들의 장래희망은 부모들이 대신 채워놓는 일이 흔했다. 덕분에 대통령, 과학자, 의사, 교수가 전국적으로 가장 인기 있는 장래희망이었다. 그럴 듯한 장래희망을 내놓지 못하고 '아빠가 되는 것' 또는 '엄마가 되는 것'이라고 적어놓는 친구들은 웃음거리가 되었다. 아무것도 적어내지 못한 아이들은 커서 뭐가 되려고 저러나 하는 걱정을 듣기도 했다. "죽을 때까지 꿈을 꾸세요.

꿈은 클수록 좋아요. 꿈은 이루어집니다. 꿈꾸기만 하면 전 우주가 도와줍니다." 이런 말을 귀가 닳도록 들으면서 우리는 꿈을 강요받은 어른이 됐다. 꿈꾸지 않는 어른은 염려의 대상이다. 꿈이 있어도 그 크기가 소박하면 남들과 비교를 당하거나 야망이 없다는 소리를 듣는다.

여기 꿈이 없어 태어나지 못한 영혼이 있다. 그의 이름은 22이다. 탄생을 원하는 영혼들에게는 꿈을 찾아야 하는 과제가 주어진다. 꿈 없이는 삶이 시작될 수 없다. 생전에 위대한 성취를 이룬 거장들이 22에게 꿈을 심어주기 위해 일대일 특훈을 감행했지만 오랜 세월이 흐르도록 그 누구도 성공하지 못했다. 꿈과 야망으로 가득 찬 인물 조는 그런 22를 이해할 수 없다. 조는 자신의 꿈을 이루기 위해 태어났으며 꿈을 이루지 못한 삶은 살아갈 의미가 없다고 믿는다. 이제 막 꿈을 실현하려는 순간 불의의 사고로 육체를 잃고 영혼만 남은 조는 어떻게든 다시 태어나 꿈을 이루고 싶다. 꿈이 있는 조의 육체에 꿈이 없는 22의 영혼이 깃들면서 영화는 꿈 없는 인간이 어떻게 삶을 사랑하게 되는지를 담는다. 2020년 출시된 픽사 애니메이션 〈소울〉의 이야기다.

현실에 안주하며 평범하기 그지없는 일상을 사는 남자도 있다. 그의 이름은 월터다. 삶이 평범하다 못해 지루해서 데이팅 앱의 프로필도 제대로 채워 넣지 못한다. 빛 한 줌 들지 않는 건물 지하에서 일하는 그답게 직장에서의 존재감도 바닥이다. 정리 해고가 시작되어도 그는 무기력하게 상사의 지시만을 따른다. 시도 때도 없이 그의 의식을 덮치는 백일몽 때문에 동료들의 놀림도 받는다. 비록 보잘것없어 보이는 삶이긴 하지만 월터에게는 사랑하는 가족과 일에 대한 뿌리 깊은 애정이 있다. 그런 그에게 진짜 위기가 찾아왔다. 꿈이 없는 월터에게 꿈꾸는 자를 쫓는 임무가 주어진 것이다. 꿈꾸는 자를 만나기 위해서는 알을 깨고 세상 밖으로 나가야 한다. 월터는 타인의 꿈을 쫓으면서 자신의 백일몽이 점차 사라지는 묘한 경험을 한다. 꿈꾸는 자가 꿈이 없는 월터에게 남기는 삶의 교훈은 이 영화의 반전을, 월터의 삶의 절정을 장식한다. 이 영화는 〈월터의 상상은 현실이 된다〉이다.

꿈이 없는 이들을 향해 혀를 차는 세상에 사는 우리는 삶에서 꿈의 중요성이 과대평가되어 있지는 않은지 생각해보아야 한다. 나는 의사가 되겠다는 꿈을 이룬 뒤에 미국 의사가 되겠다는 새로운 꿈을 꾸었다. 실현된 꿈은 다시 현실이 되고 일상이 되었다. 그토록 꿈꿔왔던 일이지만 막상 이루어진 뒤에는 달려갈 목표를 잃은 것처럼 허무해졌다. 꿈이 없는 삶이 불편했고 허전했다. 안주하는 내가 누군가의 눈에는 게을러 보일까 봐 다시 무언가를 꿈꿔야 하나 조바심이 났다. 하지만 시간이 흐르면서 나는 꿈이 없는 삶에 조금씩 적응하기 시작했다. 꿈 없는 삶은 훨씬 느긋했고 편안했다. 꿈을 갖고 이루기 위해 달리던 때의 긴장감과 스트레스를 내려놓으니, 그동안 눈여겨보지 않았던 사소한 것들이 눈에 들어왔고 작은 일상의 아름다움을 발견하는 마음의 여유도 생겨났다. 여유가 생기자 자신뿐만 아니라 타인에게도 친절해졌다. 그동안 미뤄두었던 그림과 피아노를 시작하고 글을 쓰고 소설을 읽으며 테니스를 배웠다. 내 삶에 여유가 생기니 다른 사람들의 삶에도 관심을 가질 수 있게 되어 병원에서 만나는 환자들뿐만 아니라 내가 살고 있는 커뮤니티, 지역 사회를 위해 할 수 있는 일들에도 조금씩 참여하게 되었다. 커뮤니티 활동을 통해 얻은 인연들은 친구가 되었고 내가 사는 동네와 이웃을 위해 무언가 할 수 있다는 사실이 감사했다. 꿈이 사라진 자리에는 그렇게 삶의 의미가 자리 잡았다.

내게 꿈은 함정과도 같았다. 꿈이 주는 두근거리는 설렘이 좋았지만 그래서 늘 바빴고 몸은 지쳐갔으며 마음은 예민하고 날카로워졌다. 꿈 말고 다른 건 생각할 겨를이 없어 삶의 다른 중요한 것들을 돌보지 못했다. 〈소울〉의 조처럼 꿈을 이루는 것을 삶의 유일한 목표로 삼는 사람은 꿈을 이루지 못한 삶을 실패로 본다. 실패로 정의한 삶을 내동댕이치는 건 어쩌면 당연한 일이다.

꿈꾸는 삶은 살아가는 많은 방식들 중의 하나일 뿐이다. 꿈꾸는 법을 안다면 꿈을 수정하거나 내려놓는 법도 함께 알아야 한다. 언제 꿈을 꾸고 바꾸고 내려놓을지는 우리 각자가 모두 다르다. 꿈을 위해 달리다가 멈추어야 하는 시점 또는 멈추고 싶은 시점은 내 삶의 주인인 내가 가장 잘 안다. 그 누구도 당신에게 왜 더 큰 꿈을 꾸지 않느냐고, 왜 꿈을 포기하느냐고 훈계할 수 없다. 멈추고 싶지만 멈출 수 없다면 왜 그런지도 고민해보아야 한다. 다른 사람의 시선에 신경 쓰며 그 굴레에서 못 벗어나고 있는 것인지, 꿈을 내려놓았을 때 누군가를 실망시킬까 봐 걱정되는지, 꿈꾸지 않는 삶이 초라하다고 믿고 있진 않은지 생각해보아야 한다.

현재를 잘 사는 것은 원대한 미래의 꿈을 품는 것만큼이나 험난하고 위대하다. 꿈꾸는 삶은 솟구치는 아드레날린으로부터 추진력을 얻지만, 현재에 집중하는 삶은 그와 같은 원동력이 없다. 그래서 현재에 집중하는 평범한 일상에는 더 많은 고민과 균형감각이 필요하다. 평범한 일상이란 밋밋하고 지루한 삶이 아니다. 지금 내가 맡은 일을 언제나처럼 충실히 하고 건강과 안녕을 돌보며 내 곁의 사람들에게 친절을 베풀고 사랑하는 사람들을 지키면서 사는 삶이다. 자극적이거나 드라마틱하진 않지만 은은하고 담백하며 삶의 의미와 크고 작은 행복을 발견하며 사는 안정된 시간이다. 그리고 꿈보다는 의미를 좇는 삶이 낫다. 꿈이 손가락 마디만 한 비좁은 칸에 장래희망을 적는 것이라면, 의미는 커다란 종이 한 장에 내가 어떤 어른이 되고 싶고 무엇이 나를 행복하게 하며 어떤 삶을 살고 싶은지를 넉넉하게 적어보는 것이다.

나는 22가 생전에 훌륭한 업적과 큰 꿈을 이루었던 영혼들로부터 아주 오랫동안 가르침을 받은 존재라는 사실이 흥미로웠다. 22는 원대한 꿈을 이루고 인류의 역사를 움직이며 세상을 바꾸었던 영혼들의 삶에 전혀 매력을 느끼지 못했다. 나는 22의 입장이 되어 위대한 스승들과 보낸 시간을 상상해보았다. '참으로 대단한 삶을 살았군요. 그런데요, 그런 당신의 삶은 행복했나요? 당신의 업적 말고 당신 자신

의 행복을 위해 무엇을 했나요? 혹시 혼자 그 큰일들을 해
내느라 외롭지는 않았나요? 이해받지 못해 슬프지는 않았
나요? 당신 곁에서 당신을 있는 그대로 아껴주고 사랑해주
는 사람은 몇이나 존재했나요?' 아마도 22는 스승들의 이
야기를 들으며 그런 의문을 품지 않았을까. 원대한 꿈, 위대
한 업적 대신 삶의 아름다움과 의미, 진정한 행복을 알려주
었다면 아마도 22는 삶을 시작할 용기를 진작에 내지 않았
을까.

꿈을 내려놓았지만 세상을 더 나은 곳으로 바꾸려는 꿈
을 품고 실천하는 사람들을 보면 여전히 가슴이 뛴다. 그럴
때마다 나는 꿈꾸는 자가 월터에게 알려준 삶의 '본질'을 떠
올려본다. 미래의 꿈을 좇는 삶도, 지금 여기를 사는 삶도
똑같이 가치 있는 삶이라는 것을. 행복은 내 안에 있고 나다
움 속에 있다는 것을. 내게 주어진 삶을 사랑하고 나를 사랑
하는 일, 그것만이 중요하다는 것을. 나는 이미 잘 살고 있
다는 것을.

의사 K의 죽음

외과 레지던트 K를 처음 알게 된 것은 내가 의대를 갓 졸업하고 의사로서 첫발을 내디뎠던 때다. 의대를 졸업하고 병원에서 근무를 시작하는 의사를 우리는 인턴이라고 부른다. 자신이 전공할 진료과를 정하고 전문의가 되기 위한 과정을 밟는 레지던트 수련을 시작하기 전에 1년간 인턴으로 근무하는 것이다. 인턴은 자신이 일하는 종합병원의 대부분의 진료과에서 한 달씩 순환 근무를 해야 한다. 나처럼 정신과 의사가 되고 싶어도 정신과 레지던트가 되기 전에 인턴으로서 산부인과의 제왕절개 수술이나 자연분만에도 참석하고, 내과 암병동에서 환자를 돌보고, 간이식 수술도 보조하고 병리조직도 들여다보아야 한다.

1년 동안 여러 진료과를 돌며 일하는 인턴은 각 과의 근무를 마칠 때마다 A, B, C로 매겨진 성적표를 받는다. 인턴 때의 성적은 내가 지원하는 레지던트 프로그램의 합격 여부를 결정할 만큼 영향력이 막대하다. 당시 경쟁률이 높았던 정신과 레지던트가 되려면 내가 순환 근무한 모든 진료과로부터 가장 높은 점수를 받아내야 했고, 말 그대로 1년간 병원 전체의 의료진을 만족시켜야 가능한 일이었다. 성적은 각 과의 교수님들이 결정하지만 교수님들은 인턴과 긴밀히 일했던 레지던트들의 평가를 바탕으로 점수를 매긴다. 인턴 입장에서 레지던트가 시키는 일은 묻지도 따지지도 않고 슈퍼맨처럼 무엇이든 해내야 했다.

외과 순환 근무가 시작되던 첫날, 1년 차 레지던트 K는 내 직속 상사가 되었다. 나는 그가 시키는 일은 무엇이든 할 준비가 되어 있었다. 긴장된 표정으로 각을 잡고 서서 어떤 지시가 떨어질지 기다리며 그의 입만 바라보고 있는 나에게 다가온 그의 첫마디는 "왜 그러고 섰어. 이리 와서 앉아. 긴장 좀 풀어"였다. 그는 외과 인턴이 해야 할 기본적인 일들에 대해 소개해주고는 나를 병원 지하에 있는 편의점으로 데려갔다. "아이스크림 하나 골라." 엉거주춤 냉동고에서 가장 저렴해 보이는 아이스크림을 하나 고른 뒤 쭈뼛쭈뼛 계산대로 가져갔다. K는 "먹고 싶은 거 고른 거 맞아?"라고 물으며 재미있다는 듯 웃었다. 이것이 그와 나의 첫 만남이었다.

외과 특성상 하루의 일정은 새벽 4시 전부터 시작된다. 외과 의사들은 아침 7시 수술이 시작되기 전에 오전 회진을 돈다. 전날 수술했던 환자들의 상태를 점검해야 하기 때문이다. 교수님, 레지던트, 인턴, 간호사들이 함께 하는 병동 회진은 보통 새벽 5시에 시작된다. 레지던트들은 새벽 4시

전부터 환자의 차트를 읽고 환자들이 밤새 어떤 증상을 호소했는지, 어떻게 치료가 되었는지, 현재 상태는 어떤지 알아보고, 활력 징후와 피검사 결과를 확인하고, 그날의 치료계획을 세워보며 준비한다. 저녁까지 잡혀 있던 수술이 끝나면 또다시 오후 회진을 준비한다. 늦은 저녁이 되어서야 회진이 끝나고 겨우 숨 좀 돌리는가 싶으면 어김없이 간호사로부터 연락이 왔다. 잠깐의 휴식에도 마음 놓고 쉬지 못하고 K는 다시 입원 환자들의 불편함을 해결해주러 병동으로 뛰어가야 했다. 밤이 되어서야 차트를 쓰기 시작하고 당직실 한편에서 쪽잠을 자다가 새벽 3시를 겨우 넘기기 시작할 때쯤 새로운 하루가 다시 펼쳐졌다.

레지던트들 사이에도 엄연한 서열이 있고 연차가 높은 레지던트는 연차가 낮은 레지던트를 교육할 의무가 있다. 몸이 바쁘고 힘들면 마음의 여유도 없어지는 법이다. 그런 경우 교육은 때로 갈굼과 태움의 형태로 표현된다. 하지만 수술실에 처음 들어와서 보조가 서툰 인턴을 대할 때도 K는 다그치거나 화내는 법이 없었다. 서글서글한 그는 동료들에게도 인기가 많았다. 그와 같은 의과대학을 졸업하고 같은 병원에서 근무를 시작한 친구들도 낳아 병원에서 그를 모르는 사람은 거의 없었다.

시간이 흘러 나는 근무하던 병원의 정신과 레지던트로 무난히 합격했다. 좋은 정신과 의사가 되고자 바쁘게 하루하루를 살아가던 어느 날이었다. 그중 K의 자살 소식을 들었던 날이 언제였는지 기억나지 않는다. 내가 뭘 하고 있었는지, 어쩌다 소식을 접하게 되었는지, 그날의 하늘은 무슨 색이었는지 아무것도 생각나지 않는다. 다만 병원 건물 전체를 뒤틀어버릴 정도의 큰 파동 같은 것이 느껴졌고, 그 떨림이 내 몸 깊이 파고들어 중심을 미친 듯이 흔들어댔던 충격만 잔상처럼 남아 있다. 도대체 왜…….

K의 소식은 순식간에 병원 전체에 퍼졌다. 그는 새벽 5시가 넘어 회진을 시작할 준비가 되었는데도 병동에 나타나지 않았다고 한다. 그를 찾아 동료 레지던트가 당직실로 갔을 때 평소와 다르게 문이 굳게 잠겨 있었다. 이를 이상하게 여긴 동료들이 보안팀을 불러 강제로 문을 열었고 그들은 이미 생명이 빠져나간 K의 육체를 마주해야 했다. 전날에 환자의 보호자와 불화가 있었고 교수님에게 혼이 났었다는 소문만 무성하게 떠돌았을 뿐 아무도 그가 자살한 이유를 정확히 알지 못했다.

며칠이 지났다. 의국에서 업무를 보던 중에 내 옆자리에

앉은 고연차 레지던트를 찾는 전화가 왔다. 그는 짧게 탄식을 내뱉고는 수화기를 내려놓더니 책상 위에 얼굴을 묻고 울기 시작했다. "선생님, 괜찮으세요?" 걱정이 되어 물었을 때 그는 아무 말도 해주지 않았다. 나중에 알고 보니 그의 친구이자 K의 친구이기도 한 병원 레지던트 한 명이 자살을 시도했다고 했다. K의 죽음은 함께 일하던 많은 동료들에게 정신적으로 큰 충격을 주었고 곧 다른 레지던트들의 연쇄적인 자살 시도로 이어졌다.

병원은 K의 죽음을 목격했던 동료 의사들의 트라우마를 치료하기 위한 프로그램을 황급히 마련했고, 인턴과 레지던트를 위한 24시간 핫라인 상담 전화를 개설하여 마음이 힘들고 일에 지친 사람이라면 누구나 이용할 수 있게 했다. 정신과 레지던트와 전문의들이 상담을 맡아 동료들을 돕도록 했다. 나에게도 생각보다 많은 전화가 걸려왔다. 병원이라는 폐쇄된 환경에서 수련의로서의 빡빡한 삶을 함께하며 서로의 어려움을 누구보다도 잘 이해해왔던 동료이자 친구를 잃어버린 이들은 이루 말할 수 없을 정도의 큰 상실감과 죄책감, 그리고 권위자들에 대한 분노와 좌절감에 휩싸여 있었다. '왜 미리 알지 못했을까. 왜 돕지 못했을까. 왜 살리지 못했을까.' 친구를 지키지 못했다는 죄책감은 스스로를 향한 비난으로 이어졌고 우울증으로 발전했다.

가까운 이들의 자살은 전반적으로 자살에 대한 문턱을 낮춘다. 내 주변에서 일어난 일이므로 내게도 일어날 수 있는 일처럼 생각하는 것이다. 만성적인 피로와 불면, 여기에 동반된 우울감은 '이렇게까지 해서 살아야 하나?'라는 질문을 낳는다. 병원에서의 상담 전화는 한동안 이어졌고 치료를 받는다는 사실이 알려지면 나약하고 능력이 부족한 의사로 여겨질까 봐 걱정하는 이들도 많았기에 전화를 처음 거는 순간부터 익명성은 철저히 보장되었다.

자살에 대한 생각을 떨칠 수가 없다던 의사에게 전화가 걸려왔을 때 나는 대면 상담이 필요하다고 결정했다. 다른 사람들의 눈을 피해 비밀스럽게 자리가 마련되었고 상담이 시작되었다. 그는 이제 막 레지던트를 시작한 내과 의사였다. 낯선 업무들을 처음부터 새롭게 배워나가고 밤늦도록 환자들을 돌보고 틈틈이 보호자들을 만나면서 그는 조금씩 지쳐갔다. 작은 실수가 있을 때마다 자신이 부족해서라는 생각에 더 많이 노력하려 했다. 잠을 줄이고 먹는 시간을 아끼고 화장실 가는 시간마저도 아까워하면서 일에 몰두했다. 자신의 능력을 보여주고 싶었지만 늘 남들에 비해 뒤처지는 것 같자 급기야 그는 퇴근을 포기했다. 남들보다 두 배세 배로 노력해야 남들만큼 할 수 있다는 그 나름의 믿음 때문이었다. 그렇게 집에 가지 못하고 병원 당직실에서 먹고 자는 생활이 몇 달째 이어지자 그의 하루는 온통 일로만 채워졌다. 그에게 일 이외의 삶이란 없어 보였다. 친구도 가족도 만나지 않고 오로지 주어진 일을 잘 해내는 데에만 모든 노력을 쏟아부었다.

그러던 어느 날 교수님께 크게 혼나는 일이 생기자 그는 죽음을 떠올렸다. 이 정도 일도 제대로 해내지 못하는 자신이 쓸모없는 사람 같았다. 살아갈 가치가 없으니 죽음만이 이 고통에서 벗어나기 위한 유일한 탈출구라 믿었다. 그런 그가 전화기를 들고 핫라인 번호를 누르는 일은 아주 큰 용기를 낸 것이었다. 자존감이 무너질 대로 무너진 사람이 자신의 취약한 모습을 남에게 드러내기로 마음먹는다는 것은 엄청난 결심이다.

나는 그의 용기를 칭찬했다. 전화로 이야기를 들었을 때는 약물 치료나 입원 치료가 필요할지도 모른다고 생각했는데 막상 만나서 이야기를 직접 듣고 나서는 생각이 바뀌었다. 지금 그에게 가장 필요한 것은 병원 밖으로 나가는 일이었다. 나는 그에게 분명하고 힘 있는 목소리로 전했다. "내가 처방전을 하나 써줄 건데, 반드시 따라야 해요. 알겠죠?"

나는 내게 주어진 권한으로 그에게 3일간의 휴가를 처방했다. 휴가는 그가 상담실 밖으로 나가는 순간부터 시작되며 휴가가 끝나기 전까지는 병원으로 절대 돌아오면 안 된다고 덧붙였다. 또한 3일 동안 구름을 보고 바람을 느끼고 햇볕을 쬐고 길가에 심긴 꽃과 나무를 보며 향기를 맡고 집으로 돌아가 가족과 식사를 하고 자신을 사랑하는 오랜 친구들을 만나 수다를 떨 것을 처방했다. "항우울제는 안 주시나요?" 떨떠름한 그의 표정에 나는 설명을 덧붙였다.

"선생님은 일단 병원 밖으로 나가야 해요. 3일간 제가 말씀드린 대로 생활해보세요. 일에 대해서는 최대한 생각하지 않으려고 노력하시고요. 3일이 지나 돌아온 뒤에도 우울감이나 자살에 대한 생각이 사라지지 않는다면 그때 약물 치료를 고려해보도록 할게요."

휴가가 끝난 뒤 병원으로 복귀한 그는 한결 밝고 건강해진 모습이었다. 그에게 필요한 치료는 삶이었지 항우울제가 아니었다. 그는 자살하지 않았다.

일이 삶의 전부인 사람에게는 일이 잘못되면 삶 전체가 사라진다. 주어진 업무를 만족스럽게 수행하지 못했다고 생각할 때 삶을 살아갈 가치가 없다고 느끼는 것이다. 일은 삶의 일부일 뿐 전부가 될 수 없다. 이제 막 새로운 일을 시작해 그 일을 잘 해내고 싶어서 모든 것을 포기하고 일에만 몰두하는 마음도 이해가 된다. 나 역시 그런 시간이 있었다. 하지만 결국에 삶을 구성하는 다양한 요인들에도 일할 때만큼의 노력과 시간을 쏟아야 한다. 그래야 건강하고 균형 잡힌 삶이 완성된다. 가족, 친구, 여행, 취미, 종교, 봉사활동, 누군가를 향한 팬심…… 이 모든 것들이 삶이다.

병원 지하 편의점과 연결된 주차장 한구석에서 마주 보고 서서 아이스크림을 핥으며 실없는 얘기를 던지던 K의 모습을 나는 아직 잊지 못한다. 왜 그렇게 세상을 떠났어야 했는지 더는 궁금하지 않다. 그의 선택이 옳았다고 생각하진 않지만 이제 그만 그의 마음을 이해하고 싶다. 그의 선함을 기억하는 나의 마음이, 나의 이 글이, 어딘가에 있을 K에게 작은 위로로 전해지길 바란다.

당신이 '함께'여야만 하는 이유

돈보다 시간이 귀하다는 말이 당연해진 나이가 되면서부터 나는 나에게 시간을 쓰는 사람들이 가장 고맙다. 한 공간에 머물고 싶지 않은 사람과는 단 1분의 시간도 보내고 싶지 않은 고집스러운 성정 때문일까. 시간을 내서 얼굴을 마주하고 나를 떠올려주는 사람들이 참 귀하다.

한국에서 살 때는 친구의 중요성을 별로 의식해본 적이 없었다. 원하면 만날 수 있고 이야기 나눌 수 있는 친구가 어딜 가든 공기처럼 존재했고 필요하다면 새로운 친구를 사귀는 것도 어렵지 않았다. 사는 게 바빠 자주 만나지 못하더라도 그들이 내 주변에 존재하고 언제든 맘만 먹으면 가닿을 수 있음을 아는 것만으로도 충분했다. 믿고 의지할 친구가 없는 삶을 걱정해본 적도 없었다. 스스로 독립적이고 외로움을 잘 타지 않는 성격이라 단정했고, 또래 친구 없이도 씩씩하게 잘 살 타입이라고 생각했다. 적어도 미국 남부의 낯선 도시 내슈빌에 혼자 떨어지기 전까지는 말이다.

내슈빌에는 애초에 한국인이 많지 않다. 게다가 내 또래의 한국인들은 나타났다가도 얼마 안 가 자취를 감추었다. 그들은 학위 취득이나 연수를 목적으로 1~2년 정도 머물나가 한국으로 돌아가거나 미국의 다른 대도시로 떠나갔다.

계획된 일정에 따라 왔다가 돌아가는 이미 예고된 이별임에도 그들을 보내는 내 마음은 한 번도 제때 준비되지 않았다. 매년 새로운 친구를 사귀는 일이 어렵지 않았다 해도 매년 친한 친구들을 떠나보내는 상실감이 컸다. 정이 들 만하면 떠나버리니 시간이 갈수록 마음이 닳고 내 일부가 그들과 함께 사라지는 느낌이었다. 오래가는 친구가 필요했다. 특별한 날뿐만 아니라 평범한 일상도 함께하며 서로를 기록해주고, 속속들이 말하지 않아도 마음을 헤아리며 서로의 참모습을 찾아내고 우리만의 역사를 쌓아갈 사람이 그리웠다.

그때까지만 해도 내 모든 선택의 기준은 학문과 직업적 성취에 집중되어 있었다. 좋은 의사가 될 수 있고, 수련받고 싶은 학문을 잘 배울 수 있는 환경이고, 나를 잘 이끌어줄 멘토가 있는 곳을 최우선 기준으로 하여 일할 병원을 선택하고 그 병원이 있는 도시로 삶의 터전을 옮겨왔다. 지금의 나를 만들어 준 그 선택들을 후회하진 않지만 이제는 선택의 기준을 바꾸어야 할 때라는 생각이 들었다. 그래서 한국인 친구들을 사귈 수 있는 환경을 찾아 떠나기로 했다. 여의치 않다면 한국에서 가장 가까운 도시로 가야겠다고 생각했다. 미국에서 친구를 사귀기 힘들다면 차라리 한국에라도 자주 가고 싶었다. 그렇게 나는 물 좋고 산 좋고 친구들과 놀기 좋은 곳으로 나의 생태계를 옮겨왔다. 일과 성취에서 가족과 친구로 삶의 우선순위가 재정비되는 순간이었다. 그렇다면 그 순위를 '성취'에서 '관계'로 바꾼 나는 과연 더 행복해졌을까?

1937년, 소매업계의 거물 그랜트는 한 가지 궁금증이 들었다. '평직원들 중에 누가 훗날 훌륭한 관리자로 성장할지 미리 예측할 수 있을까?' 그는 답을 찾기 위해 보스턴의 하버드대학교와 연구팀을 조직하고 비용을 지원했다. 하버드대학교 학부생들을 연구 참가자로 모집했고 설문조사, 인터뷰, 피검사, 심리검사 등의 많은 검사를 진행하여 다양한 정보를 수집했다(당시 하버드 학생들은 모두 백인 남자뿐이었고 필체, 몸에 난 점, 머리 모양과 크기까지 검사했다고 한다). 정기적으로 참가자들을 다시 만나서 검사 결과를 얻었고, 이후에는 보스턴의 가장 불우한 환경에서 성장하고 있는 비슷한 나이의 10대 후반 남자들을 모집해 같은 정보를 수집하고 정기적으로 추적 관찰을 시작했다. 연구팀에는 참가자들의 사회성과 정신건강을 평가하는 정신과 의사가 항상 속해 있었다.

처음에는 이렇게 모은 방대한 자료들로 정확하게 무엇을 연구해야 할지 잘 몰랐다고 한다. 세월이 흘러 1990년대로 접어들면서 몸과 마음의 연관성에 대한 연구가 유행하기 시작하자 연구팀도 몸과 마음의 건강 그리고 행복을 연구의 목표로 잡았다. 이 연구는 80년이 훌쩍 지난 지금까지도 계속되고 있으며 현재는 참가자들의 배우자와 자녀들도 추적 관찰 대상에 포함시켜 성인기 발달과 성장에 관한 폭넓은 가설들을 증명하는 훌륭한 자료로 활용되고 있다. 연구 참가자들 중에는 대통령이 된 사람도 있고, 언론업계의 거물로 성장한 이도 있었으며, 알코올 중독자가 되거나 조현병이 발병한 이들도 있었다. 장기간에 걸친 이 연구의 결과는 '행복의 비밀'이라는 제목의 책으로 출간되었다.

많은 사람들이 명예, 부, 높은 성취가 행복의 열쇠라고 믿었고, 연구자들은 낮은 콜레스테롤 수치와 같은 피검사 결과나 적절한 운동량이 건강의 비결이라고 믿었다. 하지만 하버드 연구팀에 따르면 건강하고 행복한 삶과 가장 직접적인 연관성을 보인 요소는 다름 아닌 관계였다.

연구 초창기부터 참가자에게 항상 빠지지 않고 했던 질문 중 하나는 이것이었다. "한밤중에 당신이 아프거나 곤경에 처해 있을 때 전화할 수 있는 누군가가 있나요?" 있다고 대답한 참가자들은 없다고 대답한 참가자들보다 더 높은 행복 수치를 보였다. 흥미로운 점은 이들이 신체적으로도 더 건강했다는 것이다. 정서적으로 깊은 유대 관계를 맺은 친구가 있을 때, 사람들은 신체의 건강을 더 오랫동안 유지했고 기억력과 같은 인지 기능도 쉽게 저하되지 않았으며 노년기의 행복감도 더 높았다. 마음을 나누는 친구가 없는 이들은 노화가 빨리 진행되었으며 기억력도 더 젊은 나이에 더 빠른 속도로 떨어졌고 신체 건강도 좋지 않았으며 스스로 불행하다고 말했고 결과적으로 수명도 짧았다. 행복한 관계를 맺고 있는 사람들은 고통을 감내하는 역치도 높았다. 이에 반해 외로운 사람들은 통증도 더 쉽게 느꼈고 더 오래 아파했다.

외로움과 고립은 사람을 죽이는 독과 같다고 연구팀은 결론지었다. 외로움은 술이나 담배만큼 건강에 안 좋은 영향을 미쳤다. 몇 명의 친구가 있고 주변에 얼마나 사람이 많은지는 별로 중요하지 않았다. 소수의 친구라도 그들과 얼마만큼 만족스럽고 친밀하며 진실된 관계를 유지하는지가 중요했다. 진심으로 마음을 나누고 의지할 수 있으며 이려움을 털어놓을 수 있는 친구가 내 삶에 단 한 명이라도 들어와 있다면, 몸과 마음의 건강을 유지하고 기억력을 유지하고 노화를 늦추고 행복을 느끼는 데 충분했다.

　행복한 인간관계가 어떻게 신체적 건강으로 이어질까? 우리는 매일의 일상에서 크고 작은 스트레스를 마주한다. 스트레스가 높으면 몸속의 염증 반응이 치솟고 만성질환을 앓기 쉬우며 통증에도 예민하게 반응한다. 스트레스를 풀기 위해 과식, 술, 약물 남용, 누군가를 향한 폭력성 등 건강하지 않은 방법을 찾는다면 우리의 신체와 정신은 더 큰 위협을 받는다. 하버드 연구팀은 만족스러운 인간관계를 통해 높은 수위의 스트레스를 적정 수준으로 낮출 수 있다고 보았다. 우리는 좋은 친구와 함께 있을 때 마음이 안정되고 기분이 좋아지며 에너지가 차오른다. 긴밀하고 따뜻한 인간관계는 스트레스 호르몬을 낮추고 뇌를 행복하게 하는 옥시토신과 도파민을 뿜어내기 때문이다. 친한 친구와 맛있는 음식을 먹고 차 한 잔 함께하며 수다를 떨면 힘들었던 시간도 어느새 견딜 만해지는 것이다.

　그렇다면 우리는 나의 친구와 가족, 내 주변의 소중한 사람들을 위해 얼마나 많은 시간을 쓰며 노력하고 있을까? 현재 하버드 연구팀을 이끌고 있는 정신과 의사 로버트 월딩

거는 질 높은 인간관계가 건강과 행복에 가장 중요한 요소임을 알면서도 이를 위해 노력하는 일을 소홀히 하는 이유가 있다고 한다. 인간은 쉽고 빠른 것을 원하기 때문이다. 질 높은 인간관계를 유지하는 데는 오랜 시간과 많은 노력이 필요하다. 서로 건강하게 대화하는 법을 알아가야 하고 갈등이 생겼을 때 성숙하게 해결하는 길도 함께 모색해야 한다. 나의 관심을 타인에게 온전히 집중하고 선입견이나 편견 없이 서로를 대하며 나를 필요로 할 때 그곳에 있어주어야 한다. 타인과 꾸준히 좋은 관계를 지속하는 일은 마치 흐르는 강물 속에서 균형을 잡는 것과 같다. 역동적인 시간의 흐름 속에 사는 우리는 성숙과 퇴행을 반복하며 끊임없이 변하는 존재다. 우리가 변하면 우리가 맺는 관계 역시 변한다. 그러므로 친밀하고 만족스러운 관계를 유지하려는 노력은 평생 계속되어야 한다. 역시 불로장생의 비법은 결코 쉽게 얻어지지 않는다.

삶의 터전을 옮기고 기쁨과 슬픔을 나눌 수 있는 친구들이 생기면서 나는 이전보다 훨씬 행복해졌다. 우리는 가끔가다 모임을 갖고 서로에게 시간을 쓰며 함께 운동하고 식사를 만들어 먹기도 하고 여행을 떠난다. 다양한 직업에 나이도 다른 우리는 마치 한 마을의 구성원처럼 유기적으로 연결되어 서로를 위한 품앗이도 든든하게 지원한다.

모임 도중에 누군가 말했다. "나는 애인이 생기면 우리 모임에 데리고 나올 거야. 우리가 함께 모이면서 나는 더 건강해진 것 같아. 더 좋은 사람이 되고 싶게 하는 뭔가가 우리에게 있어. 우리라는 울타리 안에 있으면 연인으로서의 나도 더 건강하게 성장할 수 있을 것 같아." 나는 그 말을 듣고 '치료적인 환경(therapeutic milieu)'이란 용어를 떠올렸다. 그 환경에 속해 있는 것만으로도 치료적인 효과가 있음을 의미한다. 스트레스와 자극으로 가득 찬 일상에서 벗어나 외부로부터 차단되고 안전한 장소에서 따뜻한 보살핌을 받는 것만으로도 입원 환자들의 상태가 호전되는 것을 나는 정신과 의사로서 종종 목격했다. 그런 환경은 우리 모두에게 필요하다. 혹독하고 바쁜 일상에서 벗어나 남들에게 보이는 나를 내려놓은 채 안전하고 편안한 공간에서 있는 그대로의 나를 온전히 드러낼 수 있는 친구들과 함께 있다면, 이것이 진정한 쉼이고 치유의 환경이다.

인생은 공책이다. 엄지와 검지 사이에 넣고 스르륵 넘기다 보면 얼마 지나지 않아 뒤표지가 엄지손톱에 걸리고 마는 공책에 매 순간을 기록하는 것은 삶이다. 이미 넘겨진 페이지와 남은 페이지를 양손에 넣어 맞잡아보았을 때, 그 양쪽의 두둑함에 차이가 없어질 무렵부터는 공책에 무엇을 기록할지 더욱 신중해진다. 이쯤 되면 충분히 남아 있다고 생각했던 페이지들이 갑자기 우두둑 뜯겨나가는 경험도 했고, 의미 없는 낙서로 공책을 채워나가다가 어느새 홀쭉해진 걸 보며 당황한 경험도 했을 나이가 된다. 영원하지 않고 얼마가 남았을지도 모를 나의 시간을 하필 너에게 쓴다는 것의 의미는 그래서 무겁다. 누군가에게 시간을 쓴다는 것은 서로의 공책에 기록되는 일이고 서로의 일부가 되는 사건이다.

80년 넘도록 이어진 건강과 행복에 관한 연구는 우리에게 분명한 메시지를 전한다. 나의 건강과 행복은 나 혼자서 결정하는 게 아니라 우리 서로가 결정한다는 것이다. 그러니 오늘 당신이 누구를 만나 어떤 시간을 보낼지 신중하길 바란다. 그 선택의 결과는 결코 가볍지 않다.

거울 속에 사는 낯선 노인

두경부암 외래 진료실에서 만난 그의 말을 나는 도저히 믿을 수가 없었다.

"본인 얼굴을 안 보신 지 얼마나 되셨다고요?"

"글쎄요. 기억도 안 나는데…… 몇 년은 됐을 거예요. 집에 거울이 없거든요."

"아니 아무리 그래도……."

"제 얼굴을 보고 싶지가 않아요. 언젠가부터 거울을 보면 낯선 노인이 앞에 서 있는 거예요. 이게 누군가 싶고 거울을 보면 너무 우울하더라고요. 그래서 아예 거울을 싹 다 치워버렸죠. 어차피 혼자 사니까 뭐라 할 사람도 없고요. 사진을 안 찍은 지도 몇 년 됐어요."

"……거울만 좀 보고 사셨어도 좀 더 일찍 암을 발견하셨을 텐데요."

데이브의 왼쪽 뺨은 한눈에 봐도 오른쪽 뺨과 달랐다. 마치 사탕을 머금은 듯 뺨 아래가 볼록했고 그 위를 덮은 피부는 붉게 변해 염증 반응이 시작됐다. 입안에 생긴 구강암이 커지면서 존재를 더 숨기지 못하고 뺨을 불쑥 밀어냈고 피부를 뚫을 기세로 빠르게 커져가고 있었다.

이혼 후 데이브의 삶은 전과 많이 달라졌다고 한다. 만나고 싶은 사람도, 만나자는 사람도 줄어들었고 집에서 혼자 보내는 시간은 늘어만 갔다. 재택근무를 하면서부터는 직장 동료들과 얼굴을 마주하는 일도 거의 없어졌다. 고립된 채 살다 보니 우울감이 스멀스멀 기어 올라왔다. 그때쯤부터 그는 거울을 볼 때마다 환멸감을 느꼈다. 이마와 눈 주변에는 움푹 파인 주름들이 하나둘 생겨났고 입가에도 둥글게 말고 내려간 팔자주름이 진해져, 젊었을 때 선해 보였던 인상은 심술궂게 변했다. 검고 굵던 머리카락은 어느새 숱이 줄어들다가 하얗고 가늘게 변해갔고 이마도 휑하니 넓어졌다. 어느 날 거울을 보던 그는 문득 눈썹에 회색빛이 감도는 것을 알아챘고, 더는 참지 못하고 집에 있던 모든 거울을 없애버렸다.

마음은 아직 20대 못지않다고 생각했다. 예전 같진 않아도 또래에 비해 힘이 좋고 체력도 괜찮은 축에 속한다 믿었다. 얼굴과 머리만 빠르게 늙어버린 것 같아 그는 속상했다. 달리 해결할 방법이 없어 외모의 변화를 무시하고 마주하지 않기로 결심했다. 그는 거울을 보지 않는 삶에 점점 익숙해져갔고, 결국 구강암이 한참 진행되어 얼굴이 일그러질 때까지 암의 존재를 알지 못했다. 입안 한쪽 벽에 단단하게 자리 잡아 혀로 밀어내도 꿈쩍하지 않았을 덩어리를 그가 눈치채지 못했다는 사실이 믿기지 않았지만, 이혼 후 심한 고립과 우울로 삶의 의욕을 잃은 그가 자신의 건강에도 무신경했다면 가능한 이야기였다. 거울만 보았어도 더 일찍 암을 발견할 수 있었을 거라는 생각이 들자 노화를 받아들이기 힘들다 해도 거울까지 치울 일인가 싶어 답답하고 속상한 마음에 한숨이 새어 나왔다.

노화는 자연의 섭리에 따르는 생명 현상이다. 계절이 변하는 것처럼 우리의 몸도 변하며 이는 우리 인간이 자연의 일부임을 절감하는 계기다. 따라서 사람마다 사정을 봐주지 않고 가혹하고도 냉철하다. 늙기 시작하면 우리는 많은 것을 잃는다고 생각한다. 30대에 접어들면서부터 팽팽하던 피부, 단단하던 근육, 윤기 나던 검은 머리카락은 힘없이 변하고 기억력과 총명함마저 점차 사라진다.

두뇌의 노화로 기억력과 집중력을 상실하면서부터는 이전에 거뜬히 해냈을 만한 과제들을 해내는 데 더 많은 노력과 시간이 든다. 나이가 들수록 다치기 쉬우니 오랫동안 해왔던 운동이라 해도 강도와 난이도를 조절해야 한다. 또 노화로 인해 면역력이 떨어지면 병에 취약한 상태가 된다. 인간에게 가장 흔히 발생하는 질환이며 우리를 죽음에 이르게 하는 주요 원인인 암, 심장병, 뇌졸중, 폐렴, 만성 폐쇄성 폐질환, 당뇨, 신장질환, 치매 발병의 가장 강력한 위험인 자 역시 고령의 나이다. 치료를 위해 병원에서 보내는 시간이 길어질수록 독립적이고 자유로운 삶의 방식을 잊어버리고 타인에게 의존하는 삶을 살게 된다.

노화는 우리 스스로를 있는 그대로 사랑하는 데도 걸림돌이 된다. 신체의 기능과 아름다움을 잃어가면서, 나는 이 사회에서 쓸모없어지고 더 이상 나를 사랑할 사람은 아무도 없을 거라는 두려움이 커진다. 우리는 건강하고 아름다웠던 자신과 매일 이별하며 살고 있다. 상실이 주는 슬픔이 감당할 수 없을 만큼 커지면 "늙으면 죽어야지" 하는 곡소리가 절로 터져 나온다.

나이가 들어서 인간에게 이득이 되는 것은 정말 하나도 없을까? 고대 철학자 키케로는 기원전 44년에 쓴 『노년에 대하여』에서 인간이 노화로 신체 기능을 잃더라도 세월과 함께 쌓인 경험과 지혜를 바탕으로 한 지적 능력이 그 상실을 보상한다고 했다. 그의 말이 일리는 있지만, 당시 키케로가 치매와 같은 인지 기능 저하는 실재하지 않는 미신에 불과하다고 믿었다는 점에서 조금 아쉽다. 정신과 의사들 중에는 나이가 들면 세상을 보는 관점이 너그러워지고 성격도 조금 더 둥글둥글해져서 전반적으로 더 행복해진다고 믿는 이들도 있지만 그렇다고 해도 이것이 아주 매력적인 노화의 이점이라고 보긴 어렵다.

노화를 멈추려는 노력은 인류의 역사와 함께했다. 현재는 몇 가지 후보 약물을 연구 중에 있고 실제로 노화를 늦추는 데 성공할 수 있을 것으로 점쳐진다. 만약 노화를 늦추는 약이 개발되어서 우리의 수명이 100년 정도 연장되었다고 가정해보자. 그 약은 과연 우리 모두에게 공평하게 주어질까? 돈과 권력을 가진 소수의 사람에게만 주어지지는 않을까? 만약 모두에게 공평하게 주어져서 우리 모두 200살까지 살 수 있게 된다면 우리가 살고 있는 지구는 이 많은 사람들을 감당해낼 수 있을까? 이미 심각한 식량난, 환경 오염, 기후 온난화에 시달리는 지구는 현재의 상태를 언제까지 유지할 수 있을까? 100년의 시간이 더 주어진다면 우리는 그 시간을 의미 있고 가치 있게 채워나갈 수 있는 존재일까? 무엇보다도, 우리는 지금보다 더 행복할까? 늙고 싶지 않고 죽고 싶지 않은 것을 인간의 본능이라 단순화하고 당연하게 받아들이는 것은 지구 역사상 가장 이기적인 생명체로 우리 스스로를 만드는 것은 아닌지도 생각해보아야 한다.

아직까지 노화는 우리의 운명이다. 그러니 피할 수 없는 늙음을 거부하고 발버둥치는 데 시간을 쓰느니 잘 받아들이는 데 마음을 쓰는 편이 낫다. 어쩌면 우리는 90세, 100세까지는 살 것이다. 시간이 흐르는 한 나이 듦을 막을 방법이 없지만 내가 어떤 노인이 될지는 어느 정도 스스로 결정할 수 있다. 안 늙는 방법 말고 어떻게 늙을지를 고민하는 것이다.

"늙으면 죽어야지"라는 말 속에 담긴 뜻은 단순히 '나이가 많으면 죽는 게 낫다'가 아니다. 몸이 예전 같지 않고 병 때문에 스스로 독립적인 생활을 할 수 없어서 누군가에게 의지해야 일상을 보낼 수 있는 상태가 된다면, 이 세상을 살아갈 의미가 없다는 한탄이다. 나이가 들어도 젊을 때 못지않은 의욕과 에너지 수준을 유지하고 이를 감당할 수 있을 정도로 건강해서 젊을 때 즐기던 활동들을 여전히 즐길 수 있고 나답게 살 수만 있다면 늙는다고 해서 죽음을 떠올릴 이유는 없다. 침대에서 나올 기력도 없고 사회적으로 고립된 85세가 될지, 여전히 꿈을 실현하며 사랑하는 사람들과 와인 한 잔을 곁들인 저녁 식사를 즐기는 85세가 될지에 노력의 초점을 맞추어야 한다.

미국의 정신과 의사 조지 베일런트는 30년간 이루어진 노년기 건강에 대한 연구를 통해 2002년 『10년 일찍 늙는 법 10년 늦게 늙는 법』을 출간했다. 그는 건강하게 나이 들기 위해 필요한 여섯 가지 요소를 다음과 같이 꼽았다. 신체 활동, 금주, 금연, 인생의 굴곡을 순탄하게 극복하고 삶의 변화에 잘 적응하게 하는 성숙한 방어기제의 활용, 적당한 체중, 그리고 안정된 결혼 생활이 그것이다. 모두 우리의 노력으로 이루고 개선할 수 있는 요소들이다. 노화는 막을 수 없어도 건강하게 노년을 맞이하는 것은 가능하다.

노화는 삶의 여러 부분에서 동시다발적으로 일어나는 상실의 총합체이고 그 종착역은 죽음이다. 노화를 두려워하는 것은 죽음을 두려워하는 것과도 같다. 독일의 철학자 니체는 죽음에 대한 두려움을 '제대로 못 산 삶에 대한 후회'에서 비롯된다고 보았다. 내가 원하는 삶이 어떤 삶인지 생각하지 않았고 알지 못했으며 나를 실현하며 살지 못했던 이들은 죽음의 공포를 더욱 크게 느낀다. 나이는 들었는데 제대로 이룬 게 없는 듯하고 지금 뭔가를 시작하기에 늦었다고 생각한다면 불행한 노년을 맞이할 가능성이 높다.

건강하게 늙기 위해서는 내가 잘 살고 있는지, 진정으로 원했던 삶과 가까워졌는지, 죽음 앞에서 후회할 일이 무엇일지 생각하며 살아야 한다. 거울을 보는 것은 노화와 직면하는 일이다. 살아온 시간에 대한 후회가 많을수록 외모의 변화에도 더 집착하게 된다.

새로운 한 해가 오고 또 한 번의 생일을 맞을 때 우리는 흐르는 시간을 원망하고 잃어가는 것들을 애도한다. 달리 생각해보면 생일은 우리에게 세상을 탐험할 시간이 1년 더 허락된 날이다. 못다 한 일들을 하고 여행을 떠나고 맛있는 음식을 먹고 사랑하는 사람들과 새로운 추억을 쌓을 수 있는, 누군가에게는 허용되지 않은 시간이 내게 선물처럼 주어졌으니 감사하고 축하할 일이다. 거울 속의 낯선 나와도 당당히 마주하자. 살아온 시간이 없다면 지금의 나도 없다. 그러니 세월의 풍파를 겪어낸 거울 속 나에게 인사를 건네고 수고했다 말해주자. 혼자가 힘들다면 친구들을 불러 함께 거울 앞에 서자. 낯설어진 서로의 얼굴에 말을 걸고 살아온 세월을 추억하며 다가올 시간을 함께 계획하길 바란다. 베일런트에 따르면 행복하고 건강한 노년을 결정하는 가장 중요한 요소는 노화 방지 유전자가 아니라 타인과 얼마나 만족스러운 인간관계를 맺고 있는가에 달려 있다. 함께 늙어가는 좋은 친구가 곁에 있다면 나이 듦도 견딜 만해진다.

오늘을 나답게 살고, 친구들을 내 삶에 들이고, 일과를
무사히 마친 거울 속 나에게 칭찬과 격려를 보내자. 언젠가
마주할 거울 속 낯선 내가 기대의 대상일지 두려움의 대상
일지는 우리 자신에게 달려 있다.

덜 아픈 이별, 가능할까요

최근에 다른 병원으로 자리를 옮기게 되면서 그동안 만나왔던 많은 환자들에게 작별 인사를 했다. 이직이 결정되고 나서 한 달간의 여유가 주어져 매일 누군가에게 이별을 통보했는데 그때마다 반응이 다 달랐다.

　환자들과의 이별은 마치 연인과의 이별과 흡사하다. 어쩌면 더 격렬하다. 환자 입장에서는 누구에게도 말하지 못한 비밀을 나눴고 좋은 일은 함께 기뻐하고 나쁜 일은 함께 아파했으며 일관된 태도로 있는 그대로의 자신을 안아주었던 사람을 잃어버리는 일이기 때문이다. 갑작스러운 통보에 자신을 버리는 거냐며 소리 지르고 분노하는 사람, 그동안 힘들게 해서 미안하다고 맥락에 맞지 않는 용서를 구하는 사람, 얼마나 좋은 병원으로 가길래 떠나느냐고 시기심을 내보이거나 개인적인 질문을 하는 사람 등 다양한 생각과 감정 표현들을 쏟아낸다.

　사람들은 정신과 의사에게 자신의 비밀을 털어놓고 이해받기까지의 과정을 '무기력하게 발가벗겨진 기분'이라 표현하곤 한다. 수치스럽고 부끄러운 나만의 기억을 누군가에게 털어놓는 과정은 쉽지 않으며 때로는 그 기억을 떠올리는 것만으로 감정적 고통을 다시 겪기도 한다. 내 앞에

앉은 의사가 나의 비밀을 누설하지 않을 만큼 믿음이 가야하고 그 공간이 안전하다고 느껴야만 가능한 과정이다. 그렇기에 기존의 의사를 떠나보내고 새로운 의사를 만나 다시 믿음의 과정을 쌓아가는 것이 무척이나 불편하고 걱정되며 어쩌면 불가능할지도 모른다고 생각하게 된다. 이런 환자들의 고민을 알기에 이별을 고하는 나의 마음도 매일 닳아 해지는 느낌이었다.

그런 와중에 나에게 의외의 이별을 선물한 환자들도 있다. 특별히 당장 진료를 볼 이유가 없었는데도, 내가 병원을 떠난다는 소식을 듣고 진료를 예약해서 직접 얼굴을 보고 인사하고 싶었다며 내 양손을 부여잡고 눈을 맞추며 감사 인사를 전하는 사람도 있었다. 이별은 싫지만 또 다른 선생님을 만나 새로운 것을 얻고 배워가는 기회를 얻게 되어서 좋게 생각한다고 껄껄 웃으며 마지막 인사를 한 사람도 있었다. 새로운 병원에서 선생님을 만나게 될 환자들은 행운이라며 그들에게도 좋은 의사가 되어달라고 당부한 사람도 있었고, 다른 병원으로 옮기는 일이 나에게 좋은 일인지 먼저 묻고는 축하를 건네며 나의 앞날을 축복해준 사람도 있었다.

오늘이 마지막 진료가 될 것 같다고 했을 때, 나와 눈을 맞추지 못하고 서둘러 진료실을 떠나버린 중년의 여성 환자가 있었다. 화가 난 것인지 슬픈 것인지 모르겠지만 더 붙잡아 묻지 못하고 그대로 보내버려서 안타까운 마음이었는데, 병원을 떠나기 하루 전 내게 이런 편지를 보내왔다.

그동안 도와줘서 고맙다는 말을 전하고 싶었어요. 선생님이 떠난다는 사실을 알고 난 후 저는 힘든 시간을 보내고 있습니다. 하지만 저보다 선생님을 더 필요로 하는 사람들이 있다는 것을 알아요. 새로 올 의사에게 제가 신뢰를 줄 수 있게 되기를 바라야겠어요. 선생님의 행운을 빕니다.

그에게 나는 아래와 같이 답장을 보내주었다.

당신을 돌볼 수 있어서 영광이었습니다. 나에게 당신을 도울 기회를 주어서 감사했어요. 우리가 치료 시간 동안에 함께 나눈 이야기들을 잊지 말았으면 합니다. 기억하는 한, 그 시간은 당신 안에 남아 있을 겁니다. 새롭게 당신의 치료를 담당할 의사도 당신을 위해 최선을 다할 것이라 믿어 의심치 않습니다. 저 역시 행운을 빌어드립니다.

마음을 나누었던 사람을 잃는 것은 큰 아픔이다. 때로는 몸의 일부를 뜯어내는 듯한 신체적 고통이 따른다. 막을 수 없는 이별이라면 아픔을 온몸으로 받아내기보다는 상실의 아픔을 조금이라도 줄여보려 노력해야 한다. 그럴 수 있어야 진정한 어른이다. 정신과에서 흔히 얘기하는 성숙한 방어기제(승화, 이타주의, 유머, 억제)를 동원하는 것이 한 가지 좋은 방법이겠으나, 이는 웬만큼 정신적으로 건강한 성인이 아니고서는 도대체 현실적이지 않다. 그보다 나는 덜 아픈 상실을 위해 세 가지 이야기를 해준다.

첫째는 기억하는 한 잃는 게 아니라는 것이다. 그 사람과 함께했던 시간과 나누었던 생각들을 기억하는 한 그는 영원히 나의 일부가 된다. 현실 속 인간관계에서도 마찬가지다. 누군가와 이별한다고 해도 그 관계를 통해서 얻은 것들, 알게 된 것들, 깨달은 것들을 잘 솎아내고 내 것으로 만드는 과정이 필요하다. 그래야 덜 아픈 이별을 할 수 있다. 다 잃는 것이 아닐 뿐만 아니라 내 세계가 더 넓어지고 농익는 계기가 되기 때문이다.

두 번째는 내가 그리워하는 방식대로 상대가 나를 그리워하지 않는다고 해서 더 아파하지는 말자는 것이다. 내가 사랑하는 방식과 다르게 상대가 나를 사랑했으므로, 우리의 사랑은 예측 불가능했고 자극적이었으며 즐거웠고 풍성했다. 사랑을 표현하는 방법이 개인마다 다르듯, 이별을 마주하는 방식도 다른 것이 당연하다. 나는 이만큼이나 아파서 이런 생활을 하는데 왜 상대는 나만큼 아파하지 않는지 분노하고 억울해하지 말자. 겪어내고 표현하는 방식이 다를 뿐 더 아파하고 더 오래 고통스러워할 수도 있는 것이다.

끝으로, 나는 대부분의 환자들에게 "당신은 지금 충분히 잘하고 있어요. 치료를 잘 견뎌준 당신이 자랑스러워요"라는 말을 해주곤 한다. 완벽하게 건강한 상태란 존재하지 않으며 지금 우리 모두는 이 자리에서 최선을 다하고 있다고 믿을 필요가 있다. 남의 시선으로 평가했을 때 내가 어떻게 비칠지 모르고, 그래서 스스로를 매일 더 채찍질하는 삶을 살기 쉽다. 우리는 지금보다 더 잘해야 한다고, 더 나아져야 한다고, 아직도 부족하다는 말을 어릴 때부터 차고 넘치게 들었으며 덕분에 '아직 멀었다'는 생각은 우리 머릿속 깊이 이미 박혀 있다. 나를 잘 알고 있으며 내가 의지하고 믿는 누군가로부터 '이만하면 충분해. 잘하고 있어. 나는 네가 자랑스러워'라는 말을 듣기 위해 실제로 얼마나 낳은 사람들이 매일을 소진하듯 살고 있는지는 세상의 많은 영화와 소설과 각종 뉴스들이 매일 보여주고 있다. 나를 잘 알고 내가 믿는 누군가로부터 인정받는 경험은 결국 건강한 자존감으로 이어지고 우울과 불안을 이겨낼 수 있는 밑거름이 되어준다. 자신의 몸과 마음을 나에게 맡긴 환자들의 믿음, 나는 그에 대한 고마움을 나는 인정과 격려로 돌려준 셈이다.

　살아 있는 한 우리는 크고 작은 이별을 한다.
　지갑을 잃어버리는 것, 추억이 담긴 소중한 물건을 잃어버리는 것,
　실직하는 것, 친구를 잃는 것,
　가족의 사망, 연인과의 이별, 배우자와의 사별,
　젊음을 잃어가고, 신체 기능을 하나둘 상실하며, 총명함을 잃어가는 것.
　종국에 나 자신을 잃어버리는 죽음까지.
　상실감은 우리가 살아 있는 한 평생 겪어내야 할 예외 없는 아픔이다.

　잃어가면서 살고 있다는 것을 안다면 지금 내 곁에 있는 존재들이 고맙고 애틋해진다. 나의 죽음을 생각한다면 내 삶을 한 번쯤 더 돌아보고 남은 삶을 의미 있는 순간으로 채워갈 의지를 품어보게 된다. 결국 덜 아픈 이별을 위해 나의

현재에 집중하고 지금을 소중하게 여기고 있다면 당신은
이미 잘하고 있는 것이다.

매일 밤 잠에 들 때 우리의 삶은 잠시 멈춘다. 수술대 위에 누워
마취를 받고 의식을 잃을 때에도 마찬가지다. 시간은 흐르지만
우리의 삶은 멈춘다. 그래서 수면과 마취는 일시적이고 가역적인
죽음의 경험이다. 죽음을 미리 연습하며 우리는 삶을 돌아볼 기회를
얻는다.

통계적으로 열 명 중 한두 명은 예고 없이 갑작스러운 죽음을
맞는다고 한다. 반대로 말하면 대부분의 사람들은 다행히 예고된
죽음을 맞는다는 뜻이다. 예고된 시간만큼 우리는 좋은 죽음을
준비할 시간을 얻는다.

제2장

남은 삶이
단 하루라도
후회 없이 살기 위하여

Time to read death

이제 치료는 그만 받겠습니다

외과 중환자실에서 응급으로 정신과 상담 요청이 왔다.
"자의 퇴원을 원하는 환자입니다. 평가 부탁드립니다."

자의 퇴원이란 의료진의 반대에도 불구하고 환자가 치료를 중단하고 퇴원을 요구하는 경우를 말한다. 이런 경우 정신과 의사는 환자가 스스로를 위한 옳은 결정을 내릴 수 있는 상태인지 먼저 확인해야 한다. 의학적 자기 의사결정 능력을 평가하는 것이다. 이는 환자 본인이 받을 의료 서비스를 이성적이고 논리적인 사고 과정을 통해 스스로 선택할 수 있는 능력을 말한다. 환자에게 의학적 자기 의사결정 능력이 있다고 판단되는 경우에 환자는 의료진의 동의 없이도 퇴원할 수 있으며 병원과 의료진은 환자의 조기 퇴원이 가져오는 의학적 결과에 대한 어떠한 법적인 책임도 지지 않는다.

외과 중환자실에서 노년의 여성 환자가 나를 기다리고 있었다. 오랫동안 앓은 당뇨병의 합병증으로 만성적인 신장질환과 혈관질환, 감염에 시달려왔던 그는 양쪽 무릎부터 발까지 이어진 피부 조직이 심하게 괴사되어 있었다. 감염 치료를 위해 여러 가지 항생제를 정맥 수사를 통해 두어 받고 있었지만 항생제에 저항을 보이는 균들 때문에 좀처럼 나아질 기미가 보이지 않았다. 괴사된 피부 조직을 계속해서 제거하는 시술이 여러 번 시행되었지만 여전히 전신 감염, 즉 패혈증에 걸릴 위험이 높았다. 환자의 나이와 건강 상태를 고려했을 때 패혈증이 진행되면 사망까지도 이를 수 있었다.

환자는 비교적 밝은 표정이었다. 정신과 의사를 만나는 일은 생전 처음이라며 호기심 어린 눈으로 나를 바라보았다. 그는 내가 준비한 질문들을 듣고 차분히 하나씩 대답해 나갔다. 하지만 대답을 듣는 내 마음은 시간이 갈수록 점점 초조해졌다. 그에게는 충분한 자기 의사결정 능력이 있었다. 병원에서 권한 치료는 이미 받을 만큼 받았으며 자신의 남은 생을 고통스러운 시술을 받으며 보내고 싶지 않다고 했다. 그는 지금까지 충만하고 후회 없는 인생을 살아왔고 병원에 입원한 후 치료에도 최선을 다했으며 이제는 사랑하는 가족들 곁으로 돌아갈 때가 되었다고 말했다. 집으로 돌아가 오랜 병원 생활 동안에 잃어버린 자신의 삶을 되찾을 계획이라고 했다.

그가 살아온 삶에 대한 이야기를 듣는 동안, 나는 그를 객관적으로 평가해야 하는 본분을 잊고 그가 죽음이 아닌 자신이 그토록 사랑한 삶을 선택하기를 설득하고 싶어졌다. 치료를 멈추면 그는 얼마 지나지 않아 패혈증으로 사망할 것이었다. 여전히 삶이 소중하다면 병원에서 고통스러운 시간을 견뎌낼 가치가 있는 것 아닌가. 시술을 받는 동안에 통증 치료를 더 강하게 해서 고통을 덜어내준다면 마음을 바꿀 생각이 있는지 그에게 물었다. 그러자 잠시 생각에 잠기는 듯하더니 이내 고개를 저었다. 그의 고통은 신체적 통증에서 오는 것만은 아니었다. 병원의 환자로 몇 주 또는 몇 달의 생명을 연명하며 사는 것보다는 하루를 살더라도 가족들이 있는 집에서 아내와 엄마로 존재하고 싶다고 대답했다.

그에게는 단순한 생명의 연장보다 삶의 질을 회복하는 게 더 우선되는 가치였다. 만약 당신이 병원 중환자실에 입원하게 되는 상황이 되었다고 해보자. 사회에서 중요한 직책을 맡았고 명예로운 위치에 있었고 명품으로 온몸을 치장한 삶을 살았다 하더라도, 벌거벗겨진 몸에 환자복을 입고 까끌까끌하고도 딱딱한 침대 시트에 눕는 순간 전해오는 서늘함은 병원 밖에서의 거대했던 자기가치감을 무기력하게 꺾어버린다. 당신은 사장님도 선생님도 교수님도 박사님도 아니며 누군가의 소중한 부모도 자녀도 친구도 아닌, 그저 몇 호실의 환자가 되어버린다. 주위 사람들은 당신을 병을 가진 하나의 육체로 대한다. 당신을 궁금해하는 대신 당신의 병을 궁금해한다. 병을 치료하는 사람들이 있을 뿐 당신의 삶에서 무엇이 중요한 가치인지 궁금해하는 이는 없다. 시도 때도 없이 의료진이 불쑥불쑥 드나들며 시공간을 침범하고 익숙한 것 하나 없는 공간이지만 벗어날 수는 없다. 당신에게 다가오는 사람들은 낯설고 무표정하다. 당신의 육체는 의료 장비와 연결되어 하나가 되고 그 장비의 힘을 빌려 간신히 최소한의 기능을 수행한다. 몸에 연결된 의료 물품과 각종 장비들 때문에 마음대로 움직이는 것도 어렵다. 언제 밥을 먹을지, 밥을 먹을 수나 있을지를 스스로 결정할 수 없다. 육체가 배설해내는 잔여물들은 낯선 이들에 의해 수집되고 분석된다. 부끄럽고 수치스러워도 가리거나 피할 수 없다. 당신이 받을 검사와 치료에 대한 선택권은 당신에게 없다. 그는 이런 중환자실 환자로서의 삶을 그만 끝내려 하고 있었다.

나는 그와 마주하는 동안 그가 치료를 포기하는 것이 아니라 내가 그를 포기하는 것만 같아서 괴로웠다. 어떻게든 그가 삶의 의미를 새로이 찾아 병원에서 환자로서 사는 삶도 견딜 만하다고 생각하게 만들고 싶었다. 하지만 결국 이

것이 나의 무지이며 교만임을 깨달았다. 그가 선택한 것은 죽음이 아니라 삶다운 삶이었다. 살아온 인생에 비춰봤을 때 참으로 그다운 선택이었다. 그는 퇴원과 동시에 가정 호스피스 서비스를 받을 것이며 가족들이 지켜보는 가운데 고통 없이 생을 마감하겠다는 계획을 갖고 있었다. 나는 그를 통해 나다운 삶을 산 사람은 나다운 죽음을 선택할 수 있음을 배웠다. 이윽고 좋은 죽음이란 어떤 것인지 더욱 알고 싶어졌다.

지금, 살 만한 삶인가요

사람들은 건강할 때 식습관을 고치고 운동을 하며 매년 건강검진을 받고 생애주기별로 예방주사를 맞아 질병을 예방한다. 병에 걸리게 되면 완치하기 위한 치료에 집중하며 병 때문에 수명이 줄지 않도록 의료 서비스를 받는다. 감염되었을 때는 항생제를 맞고 조기에 암이 발견되면 수술을 받고 필요에 따라 항암 치료나 방사선 치료를 추가로 받는 등의 치료가 이에 해당한다.

만약 암이 너무 늦게 발견되어 완치를 기대하기 어려운 상태이거나 치료에 반응하지 않은 채 암이 서서히 진행되고 있는 경우, 또는 치료를 받기에 이미 많이 쇠약해진 상태여서 치료 자체가 신체에 큰 부담이 되고 부작용으로 인해 오히려 생명이 단축될 가능성이 있거나 모든 방법을 다 써보아서 더 이상 시도해볼 치료제가 없는 경우라면, 이때부터는 병과의 이별이 아닌 동행을 선택해야 한다. 의료의 목적은 병의 완치가 아닌 고통의 완화로 바뀌고 의료의 주체는 병이 아닌 사람이 된다. 삶 자체를 대할 때 양이 아닌 질을 추구하게끔 치료의 방향을 바꾸는 것이다.

병을 제거하기 위해서 어떤 검사와 자료가 필요한지는 이미 정해져 있다. 세계적으로 합의를 이룬 표준 치료라는 것이 있고 대부분의 병원과 의사들은 이 표준 치료에 따라 진료 계획을 세우고 환자를 돕는다. 그러나 고통 완화의 측면에서는 표준이라고 할 만한 치료 방식이 없다. 고통이란 지극히 주관적이고 개인적인 것이기 때문이다.

고통은 크게 신체적·정신사회적·영적 고통으로 나눌 수 있다. 신체적 고통은 병으로 인한 통증과 증상으로 인한 고통을 말하고, 정신사회적 고통은 병으로 인해서 부차적으로 생기는 고립감·외로움·적응장애나 우울증·불면증과 같은 어려움을 뜻하며, 영적 고통은 병을 가지고 사는 새로운 나를 받아들여야 하는 어려움, 온전하지 않은 자신을 마주하며 겪는 자기애와 자존감의 손상, 자기 이미지의 변화, 내 존재 가치에 대한 부정 등을 통해 겪는 고통을 말한다. 이런 고통을 덜어낼 수 있는 단 하나의 방법이나 만병통치약은 이 세상에 없다.

고통을 덜어주기 위해서는 먼저 그가 어떤 고통을 겪고 있는지 물어보아야 한다. 이제까지는 병에 집중하여 제거하는 치료를 위해 달려왔다면 지금부터는 환자를 한 명의 완전한 인간으로 바라보아야 한다. 이 사람이 어떤 성장 배경에서 자라 어떤 삶을 살아왔고 어떤 가치관을 가지고 있으며, 무엇이 그를 행복하게 했고 가족들과의 관계는 어떠하며, 지금 가장 중요하게 생각하는 가치는 무엇인지를 알아야 한다. 우리는 그의 삶 전체를 궁금해해야 하며 귀 기울여 들어야 한다. 그를 이해하면 그를 도와줄 답을 찾을 수 있고 궁극적으로 그의 삶의 질을 높이는 치료를 해줄 수 있다.

삶의 질 평가는 간단하다. '내가 이렇게까지 해서라도 살아야 하나?'라는 의문이 드는 순간, 내가 받아들일 수 없을 만큼 삶의 질은 떨어진 것이다. '이런 부작용을 감수하면서까지 치료를 받아야 하나, 병이 진행되어 조절되지 않는 통증을 안고 살아가는 삶도 괜찮은가, 스스로 걷고 화장실에 가고 돌아누울 수조차 없는 삶이 살아갈 가치가 있는가, 가족뿐만 아니라 나 자신도 알아보지 못하는 삶은 살 만한가.' 이대로도 괜찮다면 삶의 질은 유지되는 것이다. 어디까지가 살 만한 삶인지에 대한 대답은 각자 다르고 같은 사람이라도 시간과 상황에 따라 달라질 수 있다. 정답도 오답도 없고 나다운 대답만 있다. 치료의 부작용이 너무 심하다면 부작용을 치료하게 돕고, 통증 때문에 살아갈 힘을 잃었다면 더 잘 반응하는 진통제를 처방하기 위해 고심하고, 몸의 통제력을 잃어 고통스럽다면 사랑하는 사람들과 웃으며 대화하고 따뜻한 노을빛을 즐기는 데서 삶의 의미를 찾을 수 없는지 생각해보도록 하고, 스스로도 알아보지 못하는 삶이라면 그저 당신이 살아만 있기를 바라는 가족을 위해 삶을 유지할 순 없는지 묻는다. 고통 속에서도 살아갈 만한 삶인지 생각해볼 수 있도록 돕는 것이다.

치료의 선택지가 적어지고 반응도 신통치 않고 치료를 통한 이득보다 부작용이 더 걱정되기 시작한다면 이제 치료의 목적에 대해 대화할 차례다. 치료의 목적이란 지금 받으려고 계획하는 의료 서비스를 통해 얻고자 하는 궁극적인 결과나 목적을 말한다. 그 목적은 통증 없이 편안하게 집에서 가족들과 시간을 보내는 것이 될 수도 있고, 어떻게든 내 의지로 걸을 수 있는 것, 의식이 명료하게 깨어 있고 사랑하는 사람들과 의미 있는 대화가 가능한 것, 먹고 싶은 음식을 맛보고 삼킬 수 있는 것 등이 될 수 있다. 이런 경우 나는 의사로서 통증과 증상을 줄이기 위한 다양한 치료 방법을 제안한다. 수명이 6개월도 채 남지 않는 암 환자들이 종종 항암 치료나 방사선 치료를 받는 것도 대부분의 경우 생명의 양적 연장이 아닌 개별적인 치료의 목적을 달성하기 위해서다. 만약 환자가 '의식이 없는 상태에 스스로 호흡할 수 없으며 중환자실을 떠날 수 없고 온몸에 주삿바늘과 관을 꽂아야 하고 입으로 음식을 맛볼 수 없고 가족들과 함께 있을 수 없다고 하더라도, 될 수 있는 한 생명을 양적으로 늘리고 싶다'고 한다면 그는 중환자실에서 생명 연장을 위한 모든 종류의 연명 치료를 받게 된다.

치료의 목표에는 옳고 그름이 없다. 다만 그 선택이 내가 원하는 나다운 것인지, 가족이 원하는 것인지, 내가 무엇을 원하는지 알지 못해서 다른 사람들을 좇는 것인지의 차이만 있다. 이를 잘 구분해야 모두가 고통 없는 마지막을 준비할 수 있다. 의료진은 되도록 환자가 본인다운 선택을 하게끔 돕는다.

환자가 원하는 치료의 목적을 알아가는 것은 환자가 치료 과정에 직접 참여하고 자신이 원하는 치료를 선택적으로 받을 수 있도록 삶의 주도권을 돌려준다는 데 의미가 있다. 의사는 환자가 자신의 목적을 달성하기 위해서 어떤 치료를 받아야 할지, 의학적 판단에 따라 그 선택을 도와주어야 한다. 모든 치료에는 시간과 비용과 노력이 들고 부작용이 따르기 때문에 의사는 환자에게 치료에 대한 정보를 충분히 전달해야 하고 이 치료의 결과는 환자가 이루고자 하는 궁극적인 목적에 부합하는지 함께 논의해야 한다. 대화를 통해 그를 한 인간으로 이해하고 그가 어떤 고통을 호소하는지 알게 되면 자연스럽게 그가 얻고자 하는 치료의 목적이 무엇인지도 파악할 수 있다.

대화는 일찍 시작할수록 좋다. 적절한 시기를 찾지 못하고 미루다 보면 어느 순간 상태가 악화되어 온전한 정신이 아닐 때의 그를 마주하게 되는 경우가 있다. 이때는 의미 있는 대화를 나누기에 너무 늦다. 어렵고 불편한 대화를 하기 좋은 시간대란 없다. 환자가 깨어 있고 본인다운 정신 상태를 유지할 수 있을 때 대화를 위한 시간과 장소를 애써 만들어내야 한다. 환자의 의식이 명료할 때 물어보고 기록해두어야 한다.

아래의 여섯 가지 질문은 그의 남은 삶을 위해 반드시 확인해야 할 것들이다. 병의 치료를 위해 의사와 병원이 쥐고 있던 삶의 결정권을 당사자에게 다시 돌려주고 남은 삶을 그답게 살다 갈 수 있도록 돕기 위해 필요한 질문들이다.

이대로 회복하지 못한다면 어떻게 삶의 마지막을 보내고 싶나요?
마지막 순간까지 절대 포기할 수 없는 신체 기능은 무엇인가요?

지금 가지고 있는 불편함을 다 해결할 수 없다면 무엇을 먼저 해결하고 싶나요?

죽기 전에 꼭 마무리해야 할 일이 있나요?

어떤 치료를 마저 받고 싶으며 그 치료를 통해서 얻고자 하는 목표는 무엇인가요?

어디서 죽음을 맞이하고 싶나요? 집이어야 하나요, 병원이어도 괜찮은가요?

죽기 전에 꼭 해야 하는 일이 있다면 그 일을 할 수 있도록 돕는 것도 호스피스 의료진의 역할이다. 내가 만난 어떤 분은 죽기 전에 손녀와 함께 디즈니랜드에 가고 싶다고 했다. 우리는 그가 입원 중에 잠시 외출해서 가족들과 디즈니랜드에 다녀올 수 있도록 의료 기구와 물품들을 챙겨주었으며 외출 중에 응급 상황이 생긴다면 어떻게 대처해야 하는지도 안내해주었다. 그는 의료진에게 고마워하며 무사히 디즈니랜드를 다녀온 후 얼마 지나지 않아 편안히 죽음을 맞았다.

삶의 질과 치료의 목적에 대한 대화를 시작할 때쯤 우리는 그에게 남은 시간이 얼마나 되는지, 예측된 기대 수명을 미리 알려주고 생의 타임라인을 생각해보도록 한다. 살아갈 시간이 몇 달에서 몇 년이 남은 것과 몇 주에서 몇 달이 남은 것에는 큰 차이가 있다. 남은 시간이 몇 주에서 몇 달뿐이라면 당신은 그 시간을 응급실을 오가거나 병원에서 대기하고 입원 치료를 받는 데 쓸 것인지, 병원 방문을 최소한으로 하고 집에서 가정 호스피스 치료를 받으며 가족들과 함께 지내고 싶은지, 오랫동안 꿈꿨던 곳으로 여행을 다녀오고 싶은지, 글을 쓰고 싶은지, 후학을 양성하고 나의 역사를 남기는 데 쓰고 싶은지, 인생에서 중요한 역할을 한 사람들을 만나 마지막 인사를 하는 데 쓸 것인지 생각해보아야 한다.

의사가 죽음에 대한 대화를 꺼내기 두려워하면 가뜩이나 불확실한 미래를 걱정하며 살고 있는 환자와 가족들에게 더 큰 혼란과 불안감을 안겨줄 수 있다. 삶을 잘 정리하고 떠나기 위해서 필요한 시간은 아무리 많아도 부족하겠지만 적어도 6개월은 주어져야 한다. 그보다 짧은 시간이 남았을 거라 예상된다면 죽음에 대한 대화는 지금 당장 시작되어야 한다. 우리가 태어날 때 병원과 의사의 도움을 받았듯 죽음을 앞두고 삶의 마지막을 완성할 때도 병원과 의사의 도움이 필요하다.

미국에서는 호스피스 의료진을 '죽음의 조산사'라고 표현하기도 한다. 좁은 산도를 지나는 고통을 통과해야만 삶을 부여받듯 죽어가는 고통을 지나야 죽음을 맞는다. 태어난 이상 삶을 시작하는 고통, 살아가는 고통, 죽어가는 고통을 피할 수는 없지만 완화시킬 수는 있다. 그런 의미에서 본다면 좋은 삶과 좋은 죽음이란 그저 덜 고통스러운 삶, 덜 고통스러운 죽음일지도 모른다.

무의미한 치료는 있지만
무의미한 돌봄은 없다

데이비드는 폐암 말기 환자였다. 과거에 암 치료를 한 차례 받았지만 재발했고 이번에는 다른 장기로 전이까지 된 상황이었다. 할 수 있는 항암 치료와 면역 치료를 다 해봤지만 암은 별 반응을 보이지 않았다. 데이비드의 다른 기저질환들이 악화되면서 여러 장기의 기능이 함께 떨어지기 시작했고 그의 몸은 치료의 부작용을 감당해내기 어려운 상태가 되었다. 주치의가 그에게 이런 상황을 설명하며 더 이상의 치료는 무의미하고 쓸데없으며(futility) 호스피스 완화의료를 시작하기 위해 상담 의사가 그를 방문할 것이라고 말했다. 그러자 데이비드는 소리를 지르며 화를 냈다.

"치료가 쓸데없다니요. 나 같은 것한테는 약을 쓸 만한 가치가 없다는 건가요? 왜 치료를 안 해준다는 겁니까? 너무하잖아요!"

주치의가 이런 계획을 설명하던 와중에 사용한 단어가 문제였다. 'futile'라는 단어 속에는 '헛된, 무의미한, 쓸데없는, 소모적인'이라는 뜻이 담겨 있다.

이 단어는 알베르 카뮈가 쓴 『시지프 신화』에도 등장한다. 인간의 숙명인 죽음을 거부하고 도망치려 했던 시지프는 제우스 신의 벌을 받게 된다. 제우스는 시지프가 바위를 산꼭대기까지 올리는 일을 평생 무한히 반복하도록 한다. 바위는 곧장 다시 산 아래로 굴러 내려왔으므로 시지프는 끊임없이 바위를 산 위로 밀어 올려야 했다. 알베르 카뮈는 이를 '쓸데없는(futile)' 행위로 보았다.

의료에서의 무의미함(futility)에는 크게 세 가지 의미가 있다. 첫 번째는 생리적인 무의미함이다. 바이러스에 감염된 환자에게 박테리아 치료제인 항생제를 쓴다거나 암 치료를 위해 아스피린을 쓰는 등 효과가 없는 치료를 하는 예가 여기에 속한다. 두 번째는 양적인 무의미함이다. 어떤 의료 행위가 환자에게 이득을 가져다줄 가능성이 1퍼센트 이하로 매우 희박할 때 의료 행위를 하는 것이 무의미하다고 보는 경우다. 세 번째는 질적인 무의미함이다. 이것은 의료 행위를 통해서 얻는 이득이 있다고 해도 그 이득이 질적으로 매우 낮은 경우를 뜻한다. 심장이 멎은 말기 암 환자에게 심폐소생술을 시행하는 것이 여기에 속한다. 0퍼센트에서 10퍼센트의 확률로 심장을 다시 뛰게 하는 데 성공한다고 해도, 의미 있는 생을 연장하기보다는 중환자실에 누워 생명 유지 장치로부터 벗어나지 못한 채 삶을 마감하거나 얼마 지나지 않아 또다시 심장이 멎을 것이기 때문이다. 어떤 치료의 결과가 환자가 원했던 치료의 목적을 달성하는 데 부합하지 못한다면 그것 역시 무의미한 치료라고 볼 수 있다. 생리적 또는 양적 무의미함과 달리 어떤 의료 행위가 질적으로 무의미하다고 결론 내리는 것에는 표준화되고 모두의 동의를 얻은 일반화된 규정 같은 것은 존재하지 않는다.

나는 UCLA 병원에서 뇌사 환자에게 생명 유지 장치를 지속하려는 가족들을 만난 적이 있다. 의료진은 뇌사 환자에게 생명 유지 장치를 지속하는 것은 환자에게 더 큰 신체적 고통을 줄 뿐이고 소생할 가능성이 없기에 무의미한 치료라고 판단했다. 뇌사 상태가 되기 전에 환자와 이런 주제로 대화를 나눈 적이 없었고 유효한 사전연명의료의향서도 없는 상황이었다. 환자를 가까이에서 돌보던 간호사들은 이런 처치가 환자를 더 고통스럽게 하고 있으며 더 이상의 의료 행위를 지속하는 것은 의료인으로서의 가치관과 직업윤리, 양심에 배척되는 일이라며 도덕적 상해(moral injury)를 호소했다. 결국 호스피스 완화의료팀과 병원 윤리위원회가 참여하여 토론을 벌였고 생명 유지 장치를 지속하는 것은 무의미한 치료임을 만장일치로 결론 내렸다. 병원은 가족들의 의사에 관계없이 환자의 생명 유지 장치를 제거할 수 있었고, 이 결정에 따를 수 없다면 가족들은 일주일 내로 환자를 다른 병원으로 이송해야 했다. 결국 가족들은 병원의 결정을 받아들이고 환자를 떠나보냈다.

미국의 텍사스주에서는 아예 무의미한 치료에 대한 내용을 명시적으로 법령화하였는데 환자에게 행해지는 의료가 무의미하다고 판단할 경우 환자와 가족들에게 치료를 중단한다는 통지서를 보내고 열흘의 시간을 준다. 열흘 내에 다른 병원으로 이송이 이루어지지 않으면 무의미한 의료 행위를 일방적으로 멈출 수 있도록 해두었다.

뇌사 상태와 같은 극단적인 상황에서 벗어나 우리 주변에서 늘 일어나고 있는 일들로 눈을 돌려 한번 생각해보자. 알츠하이머 치매를 앓고 있던 멜라니에게 급성으로 뇌졸중이 찾아왔다. 더 이상 멜라니와의 의미 있는 대화는 불가능했고 하루 중 그가 눈을 뜨고 깨어 있는 시간도 얼마 되지 않았다. 깨어 있는 동안 그는 고통스러운 듯 얼굴을 찌푸리거나 신음하고 잘 움직여지지 않는 몸을 뒤척이려 애썼다. 대화를 할 수 없으니 어디가 얼마나 아픈지 평가하는 것 자체가 불가능했고 2시간마다 자세를 바꿔주고 가끔씩 진통제를 쓰는 것 말고는 다른 도움을 줄 수 없었다.

요양 시설에서 지내던 멜라니는 삼킴 장애로 인한 흡인

성 폐렴 때문에 병원에 자주 입원해야 했다. 사전연명의료의향서를 미리 작성해두지 않았던 탓에 가족들은 이런 상황에서 그가 어떤 치료를 원하고 어떻게 살길 원하는지 알 수 없었다. 평소에 별 교류가 없던 멜라니의 언니는 동생이 식사를 잘하지 못하니 위벽에 구멍을 뚫어 외부와 연결하는 관인 지튜브를 삽입해달라고 했다. 그렇지만 주치의는 그 시술이 멜라니에게 무의미한 치료라 판단하고는 설명을 덧붙였다.

"음식을 입으로 섭취하지 않아도 자연적으로 입안에서 분비되는 침과 점액들을 삼키지 못하면 흡인성 폐렴으로 이어질 수 있어요. 관을 삽입한다고 해서 흡인성 폐렴을 막을 수도 없지요. 그보다는 멜라니의 몸이 받아들일 수 있는 만큼의 음식을 적게라도 먹게끔 하는 게 좋습니다."

그러자 언니는 멜라니를 굶겨서 죽일 작정이냐며 화를 냈다.

"음식을 삼키기 힘들어하는 환자들을 위해 만들어진 음식들이 있습니다. 삼키는 것을 도와줄 치료사들도 있지요. 이렇게 되면 어느 정도 흡인성 폐렴을 예방할 수 있습니다. 멜라니의 몸은 기능이 떨어져 필요로 하는 음식의 양이 줄었을 뿐입니다. 관을 통해 억지로 음식을 넣는다면 소화 불량과 복부 팽만, 설사 등의 증상이 생길 수 있습니다. 또한

몸을 덜 움직일 테니 욕창도 생길 수 있겠지요. 몸의 부담을
줄이기 위해서는 관을 삽입하지 않는 게 좋습니다."

외부와 연결된 관을 몸에 지니고 산다는 것은 심리적으
로도 불편하고 신체적으로도 고통스럽다. 또한 감염될 가
능성이 생기고 정신적 혼동 상태인 섬망을 겪게 될 수도 있
다. 혼동 상태에서 환자가 강제로 관을 뽑아버리기라도 한
다면 또 하나의 큰 상처가 남게 된다. 음식을 눈으로 즐기거
나 그 맛과 향과 질감을 느낄 수 없게 되니 삶의 질이 더 떨
어질 수 있다. 무엇보다도 중증 치매 환자가 지튜브를 연결
해서 수명이 연장되었다거나 지튜브를 달지 않은 치매 환
자가 더 일찍 사망한다는 의학적 근거가 없다.

멜라니의 주치의는 만약 멜라니가 의식이 깨어 있고 대
화가 가능한 상태라면 어떤 선택을 내릴지 철저히 멜라니
의 입장에서 생각해보도록 그의 언니를 설득했다. 멜라니
의 가치관이나 평소의 생각, 살아온 과정, 지금까지 결정해
왔던 선택에 비추어볼 때 그가 어떤 삶의 마지막을 원할지,
시술을 받는 게 그에게 어울리는 선택일지 환자 본인의 입
장에서 결정해달라고 부탁했다.

실제로 한국의 요양 병원에 입원한 중증 치매 환자들은 대부분 콧줄을 삽입한 채로 살아가고 있다. 가족들은 내 형제와 부모가 굶어 죽을까 봐 이런 선택을 한다. 삶의 질에 대한 고민 없이 식사를 잘하지 못하는 환자에게 일단 콧줄부터 삽입하고 보는 것은 이미 관례가 되었다. 콧줄은 지튜브보다 더 큰 신체적 불편함을 준다. 코와 위를 연결한 관을 24시간 매일 꽂고 살아야 한다고 생각해보자. 코로나 검사를 받아본 사람은 아마 상상할 수 있을 것이다. 코 뒤 끝에 무언가 닿는 불편함은 잠깐도 참기 힘든데 콧줄을 연결한 채 살아야 하는 환자의 삶은 얼마나 힘들지 상상하기도 힘들다.

환자는 식사를 잘하지 못해 사망하는 게 아니라 애초에 식사를 어렵게 만든 질병으로 인해 사망하는 것이다. 굶어 죽지는 않아야 한다는 가족들의 두려움 때문에 환자는 심장이 멎는 순간까지 불편함을 감수하고 살아야 하는데 이게 과연 환자가 살고 싶어 하는 삶인지, 용납 가능한 삶의 질인지, 진정으로 원하는 삶의 마지막인지 고민해보아야 한다. 환자가 편안한 상태에서 적은 양일지라도 삼키기 편한 제형의 좋아하는 음식을 입으로 먹을 수 있게 하려면 어떻게 해야 하는지 그 방법부터 찾아보아야 한다.

무의미한 치료를 멈추는 일은 의료진에 의해 결정되는 경우가 많지만 환자 개인이 어떤 치료의 목적을 갖고 얼마큼의 삶의 질을 원하는지에 따라 주관적으로 결정되기도 한다. 삶의 질은 삶을 삶답게 만들고 살아갈 의미와 가치를 심어주는 최소한의 기준이라고 할 수 있다.

방송인이자 가수였던 멋진 목소리의 소유자 레이 카니는 암 때문에 성대를 절제해야 한다는 이야기를 들었을 때 수술을 거부하였다. 생명이 단축되더라도 목소리를 잃은 삶은 죽음보다 못한 삶이라 생각했던 것이다. 그에게 삶의 질을 결정하는 것은 자신의 목소리였다. 그는 결국 수술이 아닌 호스피스 치료를 선택했고 병원에서 자연사했다. 수술이란 누군가에게는 생명을 연장할 수 있는 귀중한 의술이지만 다른 누군가에게는 삶의 질을 떨어뜨리는 무의미한 치료가 될 수도 있다.

무의미한 치료에 대한 우리의 고민과는 별개로 한 가지 확실한 것은 데이비드는 의사로부터 '쓸데없는(futile)'이라는 단어를 들어서는 안 됐었다는 것이다. 이 단어가 활용되는 실제 의료 현장과 환자의 상황이 주관적일 수 있는 것에 비해, 단어가 가진 부정적인 힘이 막강하고 이 단어를 들은 환자는 의사가 치료를 포기하는 것으로 자칫 오해할 수 있기 때문이다. 의사는 환자의 삶을 마음대로 쥐락펴락하는 결정권자가 아니라 환자가 최선의 이익을 얻을 수 있도록 의사결정을 돕고 그에 맞는 의료 서비스를 제공하는 사람이다.

"환자의 병을 치료하는 일이나 고통을 줄여주는 일은 종종 가능하지만, 환자를 편안하게 만드는 일은 언제나 가능하다."

1800년대에 활동했던 미국의 의사 에드워드 트뤼도의 말이다. 무의미한 치료는 있지만 무의미한 돌봄은 없다. 완치를 위한 치료를 멈춘 순간에도 환자를 위해 할 수 있는 일은 언제나 있다. 그에게 해줄 수 있는 일들이 점점 줄어든다고 느낄 때 우리는 치료의 목적과 삶의 질에 관한 대화를 시작해야 한다.

의사가 나쁜 소식을
전하는 방법

30대 초반의 제니퍼는 결혼은 했으나 아이는 없었다. 바텐더로 일을 하다 보니 독주를 마시게 되는 날이 잦았지만 좋은 바텐더가 되기 위해 필요한 과정이라고 생각했다. 그렇게 얼마의 세월이 흘렀다. 어느 날 밤, 그는 배가 심하게 아파 잠에서 깼다. 통증이 너무 심해 정신이 혼미해질 정도였다. 그의 남편은 구급차를 불렀고 응급실로 옮겨진 그는 얼마 지나지 않아 다시 중환자실로 옮겨졌다.

　　정신이 들었을 때 제니퍼는 일반 병실로 옮겨져 있었다. 그는 간신히 죽을 고비를 넘겼다고 생각했다. 독한 술을 오랫동안 많이 마신 탓에 간이 망가졌다는 의료진의 설명을 듣고 술을 끊어야겠다고 마음먹고 이제부터는 아이도 갖고 남편과 함께 행복한 일상을 되찾기를 기대했다. 그가 따뜻한 아침 햇살을 느끼며 퇴원 준비를 하던 날, 나는 내과 교수님과 함께 병실을 찾았다. 교수님은 그와 남편이 대화를 나누고 있던 침대 옆으로 다가가 단도직입적으로 이야기를 꺼냈다.

　　"안타깝지만 나쁜 소식을 전해야 할 것 같네요. 지금 당신은 의식을 찾기는 했지만 술로 인한 급성 간부전이 이미 돌이킬 수 없을 정도로 진행되었습니다."

　　"다 나은 것 아니었나요? 회복해서 퇴원하는 건 줄 알았는데요."

"아뇨, 잘못 알고 계신 거예요. 곧 다시 증상이 악화될 것이고 당신은 간이식 대상자도 될 수 없어서 이제 남은 생이 얼마 남지 않았습니다."

"……저를 포기하시는 건가요?"

"……퇴원과 동시에 가정 호스피스 서비스를 받게 되실 겁니다. 자세한 절차는 호스피스팀이 방문해서 차차 설명드릴 거예요."

충격에 휩싸여 울먹이는 환자를 뒤로하고 교수님은 곧장 옆 병실로 걸음을 옮겼다. 회진이 끝난 후 나는 교수님에게 환자와 그와 같은 방식으로 대화를 나눈 특별한 이유가 있는지 물었다. 내가 만약 평소에 지병 없이 건강하게 살던 누군가에게 '당신은 곧 죽습니다'라는 소식을 전달해야 하는 입장이었다면 이처럼 사망 선고를 내리듯 급하게 정보만 전하고 병실을 떠나지는 않았을 것 같았다. 교수님은 이렇게 답했다.

"나쁜 소식을 전할 때는 최대한 빨리 환자에게 정확한 정보를 알려줘야 해. 우리가 이렇게 단호하게 말하지 않으면 환자는 헛된 희망을 품을 수도 있고 현실을 부정하려들 수도 있어. 다가올 죽음을 부인하고 받아들이지 못하면 삶의 마지막을 준비할 시간을 충분히 갖지 못해. 환자가 느끼는 심리적인 어려움은 사회복지사들이 잘 돌봐주겠지."

마이클 키튼이 주연한 1993년 영화 〈마이 라이프〉는 말기 신장암을 앓는 젊은 남성 존스의 이야기를 그렸다. 존스가 증상을 느끼고 병원을 찾았을 때 신장암은 이미 폐로 전이된 상태였다. 항암 치료를 강하게 했지만 시간이 갈수록 암은 몸집을 불려갔고 존스는 치료의 부작용으로 목숨을 잃을 뻔한 지경에 이른다. 주치의는 존스와 그의 아내를 불러 치료 중단을 결정했고 그 말을 들은 존스는 큰 충격을 받는다. 그는 "내가 치료를 계속 받겠다면 어떻게 할 거죠? 나를 막기 위해 법원의 명령이라도 받을 건가요?"라며 의사에게 분노를 터트린다. 의사는 항암 치료는 효과가 없는 것으로 판명 났으며 부작용 때문에 그가 죽을 수도 있었다는 사실을 상기시킨다. 그러자 존스는 시도해볼 만한 다른 치료는 없는지 한 번만 더 기회를 달라며 간절하게 호소한다. 의사는 단호한 목소리로 더 이상의 치료는 시도해볼 가치가 없고 무의미한 치료제를 찾아다니는 데 마지막 남은 3~4개월의 삶을 낭비하지 말라고 조언한다. 덧붙여 의학에는 분명한 한계가 있으며 때가 되면 그 한계를 받아들여야 한다고 엄중하면서도 낮은 목소리로 말한다. 면담을 끝내고 아내와 함께 힘없이 병원을 나서던 존스는 갑자기 발길을 돌려 다시 병원으로 뛰어 들어간다. 진료실 문을 벌컥 열고 들어간 그는 의사에게 이렇게 소리친다.

"대체 당신이 뭔데⋯⋯ 그런 식으로 내 희망을 뺏어갈 수 있다고 생각하나요? 내게 남은 건 희망뿐이었는데 당신은 내 전부를 앗아갔다고요!"

존스는 결국 진료를 담당하는 의사를 교체해버린다. 나쁜 소식을 전해야 했던 그의 의사는 필요한 내용들을 압축적으로 명료하게 전달했다. 의사의 말대로 환자가 무의미한 치료나 검증되지 않은 치료들로 시간을 낭비할 수도 있고 그 부작용으로 생명이 더 줄어들 수도 있기 때문에 이에 대한 주의사항도 환자와 가족들에게 적절히 전달했어야 했다. 나쁜 소식은 어떻게 전달해도 나쁜 소식이므로 결국 이런 사태를 막을 수 없었을지도 모른다. 하지만 대화를 조금 더 잘 풀어나갈 방법은 없었을까?

나쁜 소식을 전달하는 데는 큰 용기가 필요하다. 영화 속 에피소드는 환자를 진료하는 의사들이 가장 두려워하는 장면 중 하나다. 환자가 소리를 지르고 화를 내는 건 두렵지 않다. 정작 두려운 건 환자를 위해 할 수 있는 게 없다는 무기력감에서 나온다. 의사는 환자를 살아 있게 하는 술기와 지식의 전문가일 뿐 치료가 끝난 환자를 어떻게 대해야 하는지에 대한 교육이나 수련을 제대로 받지 못한다. 나 역시 의과대학에서 환자나 보호자와 어려운 주제에 대해 대화하는 법을 배운 적이 없고 더 이상 손쓸 치료법이 없는 환자에게 무엇을 어떻게 해주어야 하는지에 대한 체계적인 교육을 받은 적도 없다. 더군다나 좋은 환경에서 실패의 경험 없이 성장하고 치열하게 경쟁하여 성공적으로 살아남은 의사들의 경우, 자신에게 맡겨진 환자를 살려내지 못했다는 생각을 개인의 실패로 받아들여 극복하기 힘든 상처를 받기도 한다. 병을 치료해내지 못한 원인을 자신의 부족함에서 찾고 스스로를 비난하거나 죄의식을 느껴 좌절감에 빠지는 것이다.

모든 치료가 효과적이어서 병에 걸린 이들이 전부 완치될 수 있는 이상적인 사회에 살고 있다면 좋겠지만 현실은 그렇지 않다. 세상에 존재하는 수천 개의 질병 중에서 치료제가 있다고 밝혀진 질병은 지금까지 500여 가지에 불과하다. 원인을 아는 병보다 모르는 병이 더 많고 완치되는 병보다는 그렇지 않은 병이 더 많다. 의사로 일하는 한 환자에게 나쁜 소식을 전해야 하는 숙명을 피할 수 없다. 다만 나쁜 소식을 어떤 방식으로 전달하는지는 온전히 의사 본인이 결정할 수 있다. 의학 기술을 습득하고 술기를 갈고닦아 어려운 시술도 결국 능숙하게 해낼 수 있었던 것처럼 환자와 대화하는 방법도 연습과 노력을 통해서 나아질 수 있다는 뜻이다.

심각한 병으로 인해 생명이 단축될 것이 확실한 환자들과 대화를 잘하는 법을 배우는 것은 매우 중요하다. 나쁜 소식을 들었을 때 제니퍼처럼 의사가 환자를 포기한다고 느끼거나, 존스의 경우처럼 모든 희망을 빼앗겼다고 느끼는 상황만은 피해야 하기 때문이다. 어떤 상황에서도 환자를 포기하는 의료는 없다. 병의 중증도에 관계없이 의사가 환자에게 해줄 수 있는 돌봄은 반드시 언제나 존재하기 때문이다. 치료법이 없다는 소식을 전해야 하는 절망적인 상황에서도 환자가 살아갈 의미를 찾고 남아 있는 생이 살아 있고 싶은 시간일 수 있게 돕는 것 또한 의사의 역할이다. 간호사나 심리치료사 등 다른 누구보다도 환자의 치료를 담당했던 의사에게 환자를 도울 수 있는 가장 큰 힘이 부여되었다. 그러니 죽음에 대한 대화와 위로는 의사가 해야만 한다.

나쁜 소식을 전해야 하는 의사는 먼저, 환자의 상태가 악화된 것을 자기 개인의 탓으로 돌리지 말아야 한다. 최선을 다해 환자를 돌봐왔고 할 수 있는 모든 것을 다했다는 믿음을 줄 수 있으려면 먼저 본인 스스로 그렇게 믿어야 한다. 우리는 오랜 시간 동안 집중적으로 이뤄진 교육과 수련을 통해 환자의 생명과 안전을 최우선 가치로 여기도록 단련되었다. 이런 가치관은 이미 당신의 일부가 되어 자동반사처럼 작동되고 있으니 자신을 의심하지 않아도 된다. 당신은 충분히 훌륭한 의사이고 할 수 있는 최선을 다했다. 단지 치료의 목적이 달라진 것뿐이다.

나쁜 소식을 전할 마음의 준비가 되었다면 제니퍼나 존스 같은 환자들과 어떻게 대화를 시작해야 할까? 먼저 환자와 가족들과 함께 이야기를 나눌 수 있는 적절한 공간과 시간을 찾아야 한다. 아무나 오갈 수 있는 복도나 열린 공간보다는 가족과의 만남을 위해 마련된 조용하고 폐쇄된 회의실 같은 곳이 좋다. 가족 면담실을 따로 마련해두는 병원들도 점점 늘어나고 있다. 환자가 입원 중이고 병실을 벗어날 수 없을 정도로 위중할 경우 병상 옆에서 대화를 나눌 수밖에 없지만 환자가 다인실을 사용하고 있다면 사생활의 비밀이 보장되지 않으므로 그런 장소는 피하는 게 좋다.

대화를 시작할 공간과 시간이 주어졌다면 먼저 환자와 가족들이 현재 상황에 대해 어떻게 이해하고 있는지 물어보아야 한다. 사실과 다르게 알고 있거나 이미 여러 번 전달된 내용인데도 기억하지 못하는 경우는 매우 흔하다. 바쁘게 휩쓸려 다니며 치료받으면서 의사에게 들은 이야기를 전부 다 기억할 수 있는 환자는 없다. 대부분은 입원 중에 한 명 이상의 의료진을 만나고 그들로부터 다양한 이야기를 듣기 때문이다. 각각 어떤 이야기를 들어왔고 어떻게 받아들였는지 물어보는 것은 환자와 가족들의 눈높이에 맞춰서 다음 이야기를 진행하기 위한 첫 번째 질문이다.

그다음으로는 환자가 맞닥뜨린 현실과 가까운 미래에 일어날 일에 대해 얼마나 알고 싶은지 묻는다. 병의 진단, 치료, 경과, 예후, 예상되는 수명에 대한 이야기를 나누어야 하는데, 있는 그대로를 알려달라는 이도 있고 선택적으로 알려달라는 이도 있으며 자신은 알고 싶지 않으니 가족들에게만 알려주라는 이도 있고 가족들이 절대 알지 못하게 해달라는 이도 있으며 환자에게는 절대로 이야기하지 말아달라는 가족들도 있다. 이 중 문제가 되는 경우는 환자에게 진실을 숨기고 다 괜찮을 거라는 거짓말을 의사에게 부탁하는 상황이다. 환자가 충격을 받고 우울해하거나 희망을 잃어버리고 삶을 포기할까 봐 걱정하는 마음은 이해하지만, 진실을 왜곡하거나 덮어버리는 것은 옳지 않다. 환자의 삶이 얼마 남지 않은 상황에서는 마지막을 준비할 충분한 시간이 주어져야 한다. 나에게 일어난 일인데 나만 빼고 모두가 알고 있으며 나를 빼놓고 내 삶의 마무리가 수습되고 있다는 사실을 환자 자신이 알게 될 때, 그가 느끼는 가족에 대한 실망감은 크다. 숨기는 데 시간과 노력을 쓰기보다는 현실을 잘 받아들일 수 있도록 돕는 것이 맞다. 정확한 정보를 당사자에게 알려주어야 그가 마지막까지 자기 삶의 결정권을 행사할 수 있다. 환자가 죽어간다는 사실을 알고 절망할 때 어떻게 대해야 할지 몰라 어렵고, 죽음에 관한 대화를 해야 하는 그 불편감이 힘들어 진실을 숨기고 싶은 것은 아닌지 가족들은 자문해보아야 한다. 만약 그렇다면 더더욱 병원의 도움을 받을 수 있을 때 환자에게 진실을 알리는 편이 낫다.

이제 본격적으로 전하고자 했던 이야기를 시작하면 된다. 먼저 입원 이후부터 지금까지 행해진 치료 및 검사 결과와 경과의 변화를 간단하게 요약해서 알려주어야 한다. 나쁜 소식을 전하게 되는 경우에는 병의 경과가 빠르게 진행되었거나 시행된 치료에 좋은 반응을 얻지 못했거나 검사 결과가 병의 진행을 알려주는 경우일 것이기 때문에 결국 나쁜 소식을 전할 수밖에 없는 현실을 잘 받아들일 수 있도록 환자와 가족들에게 객관적인 정보를 간결하고 쉽게 전달해야 한다. 또한 병이 진행될 경우 남은 수명이 얼마나 될지에 대해서도 그들이 듣기를 원한다면 이야기해줄 수 있어야 한다.

기본적으로 말은 천천히 그리고 분명하게 해야 하며, 환자에게 알려주어야 하는 정보들을 잘게 쪼개 조금씩 전해야 한다. 한꺼번에 많은 정보를 다 전하려다 보면 의학 용어를 쓰게 되기 쉽고 상대방은 감정적으로 압도당하는 느낌을 받을 수 있다. 한 가지 사실을 전달한 뒤 잠시 말을 멈추고 그들이 잘 이해했는지 물은 다음에 질문은 없는지 확인하고 다음 이야기를 이어가야 한다.

이야기를 나누는 도중에는 환자와 가족들의 언어적·비언어적 감정 변화를 잘 관찰해야 한다. 분노, 슬픔, 두려움, 공포, 또는 아무 생각도 할 수 없는 무감각한 상태 등 다양한 감정이 나타날 수 있는데 이는 같은 상황을 겪는 누구라도 느낄 수 있는 당연한 감정임을 알려주며 안심시키고 솔직한 감정이 자연스럽게 드러나도록 격려하고 공감해주어야 한다.

　나쁜 소식을 전한 다음에는 환자에게 자살에 대한 생각
이나 의도가 있는지에 대한 조심스러운 평가도 필요하다.
희망을 잃었다고 생각하는 환자들은 자살을 계획하기도 하
기 때문이다. 나쁜 소식을 전한 후, 현실을 받아들이지 못하
는 환자와 가족들을 종종 마주한다. 현실을 부정하는 환자
에게 당신이 정말로 죽게 될 것이라는 사실을 억지로 주입
시켜서는 안 된다. 대신, 받아들이기 힘든 현실이 만약 당신
에게 일어난다면 지금 남아 있는 시간을 어떻게 보내고 싶
은지 가정하고 구체적으로 상상해보도록 독려해야 한다.
기적이 일어나기를 바라는 환자와 가족들에게는 함께 기적
이 일어나길 기도해주어야 한다. 의사는 환자가 보여주는
강한 생명력에 기쁜 마음으로 놀랄 준비를 늘 하고 있으며,
자신의 판단이 틀려서 환자가 예측된 시간보다 더 오랫동
안 생존하기를 간절히 원한다. 그렇지만 동시에 기적이 일
어나지 않는 최악의 상황에 대비할 수 있도록 돕는 일도 해
야 한다. 기적은 말 그대로 기적일 뿐이다. 누구에게나 일어
나는 흔한 일이 아니다. 함께 기적을 꿈꾸고 최악의 상황을
대비하는, 의사와 환자는 같은 목적을 꿈꾸는 한 팀임을 잊
어서는 안 된다.

단 한 번의 면담으로는 모든 내용을 다 전달하기 어렵고 환자의 상태가 진행되면서 가족들은 새로운 궁금증을 가지기도 하기 때문에 면담은 입원해 있는 동안 여러 차례에 걸쳐서 이루어져야 한다. 혹시라도 환자가 얘기할 준비가 안 되었다면 시간을 주고 기다려야 한다. 매일매일의 변화를 지켜보다가 환자의 증상이 더 악화되면 다시 대화를 시도해야 한다. 자신의 상태가 어떤지는 환자 본인이 가장 잘 알고 있다. 의사와의 대화를 거부한다 해도 이미 그는 마음 깊은 곳에서 마지막이 가까워지고 있음을 알아챘을 수 있다. 시간이 갈수록 점점 기력이 줄어들고 정신이 혼미해지는 때가 잦아지며 더 강한 진통제를 써야만 통증이 조절되는 등의 증상이 더 자주 심하게 나타나기 때문이다. 그러므로 의사들은 용기를 내어 반복적으로 환자와의 대화를 시도해야 한다. 환자는 의사가 먼저 다가와주기를, 용기 내주기를 기다린다.

언제 어떻게 죽을지
내가 결정하겠습니다

의사: "준비되었나요?"

환자: "물론이죠."

의사: "혹시 질문하실 분 있나요?"

가족: "……."

의사: "로저가 60~90초 이내에 약을 먹을 겁니다. 그러면 그는 곧 코마 상태에 빠지게 될 거고요. 그러고 나서는……."

환자: "죽음을 기다리면 되는 거죠."

가족: "아빠, 그 약은 맛이 많이 쓰대요. 주스나 사탕 같은 걸 함께 먹어야 될 거 같아요."

환자: "그러게. 크림소다가 있다면 갖다 줘. 이제 얼른 약을 가져와요."

의사: "로저, 잠깐만요. 이 약을 먹기 전에 내가 해야 할 두 가지 질문이 있어요. 지금이라도 마음을 바꾸어도 돼요. 혹시 생각이 바뀌었나요?"

환자: "아니요. 전혀 바뀌지 않았어요."

의사: "이 약을 먹는다는 것이 당신에게 어떤 결과를 가져올지 충분히 이해했나요?"

환자: "네. 나를 죽일 것이고 나는 내 죽음을 기쁘게 받아들일 겁니다."

의사: "그러면 약을 가져다주세요. 로저, 아까 말한 대로

1분에서 1분 30초 안에 다 마셔야 해요. 그렇다고 벌컥벌컥 들이켤 필요는 없고 그냥 천천히 마셔도 돼요. 꽤 쓴 약이니까 먹자마자 준비해둔 음료수를 마시면 됩니다. 마지막으로 가족들에게 하고 싶은 말이 있나요?"

환자: "오늘 여기에 나를 위해서 모두 모여줘서 고맙다."

가족: "사랑해요, 아빠."

환자: "내 문제를, 내 의지에 따라, 스스로 해결하고 갈 수 있게 해준 오리건 유권자들의 현명함에 감사드립니다. 모두 고맙다. 사랑한다."

로저는 건네진 약과 음료수를 차례로 마시고 침대에 눕는다.

환자 : "아…… 이거구나. 느껴져, 느껴진다. 다정한 음성이 나를 부르는 게 들려. 모두 고맙다. 특히 이 약을 처방해준 의료진에게 감사해. 앞으로 이 약을 마실 사람들에게 알려줘. 나무 씹는 맛이 나는 약이지만 견딜 만하다고. 쉽다…… 아주 쉬워. 간단해."

가족 : "잘 가요, 로저."

환자 : "…하……."

2011년에 제작된 다큐멘터리 〈오리건에서는 어떻게 죽음을 맞이하는가〉의 첫 장면에 나오는 대화를 지면으로 옮긴 것이다. 오리건은 존엄사를 합법화한 미국의 첫 번째 주다. 존엄사법이란 의사가 말기 암 환자 등 병으로 인해 생이 얼마 남지 않은 환자들에게 고통 없이 삶을 끝낼 수 있는 약을 처방할 수 있도록 한 법이다. 이 법은 오리건의 주민들에 의해서 발의되었고 1994년과 1997년에 치른 두 번의 투표에 의해서 과반 이상의 찬성을 얻고 통과되어 합법화되었다.

테네시주 밴더빌트 대학병원에서 일할 때, 나는 루게릭병을 앓는 중년의 여자 환자를 만난 적이 있다. 그는 최대한 빨리 딸이 사는 오리건으로 이사할 계획이라고 말했다. 테네시에서는 그때도 지금도 존엄사가 허용되지 않는다. 근육의 힘이 빠져 몸이 점차 굳는 루게릭병이 더 진행되면 스스로 약을 입까지 가져갈 수 없게 되고 그럴 경우 존엄사가 허용되지 않는다. 그는 병이 진행되기 전에 이사할 계획이었다. 거주 기간이 짧더라도 오리건에 거주한다는 증빙만 있으면 상관없었지만 그는 마음이 급했다. 병이 언제 빠르게 진행될지 모르고 새로운 곳으로 이사 가서 자신에게 약을 처방해줄 의사를 찾아야 했기 때문이다.

내가 밴더빌트에서 정신과 레지던트 과정을 졸업하면서 캘리포니아에 위치한 UCLA 병원 호스피스 완화의료 프로그램에서 추가적인 수련을 받기로 결정한 이유는 존엄사법을 가까이에서 직접 경험해보고 싶었기 때문이다. 10년이 넘는 시간 동안 정신과 의사로서 나는 인위적으로 앞당기는 죽음은 자살이며 용납되지 않는다고 배웠고 또 가르쳐왔다. 아무리 죽을병을 앓고 있더라도 사람들이 너무 쉽게 삶을 포기하는 것은 아닌지 염려되었고, 미국이 한국보다 생명을 경시하는 문화가 있는 건 아닌지 걱정스럽기도 했다. 죽어가는 삶이라도 남아 있는 시간을 의미 있게 보낼 방법을 찾을 수 있을 텐데 노력할 다른 방법을 모르거나 어떤 이유에서든 노력하고 싶지 않아서 스스로 죽음을 택하는 게 아닌가 하는 의문도 들었다.

수련을 시작하면서 만난 교수님에게 어떤 계기로 존엄사를 돕게 되었는지 물어본 적이 있다. 그는 존엄사를 위한 약을 처방하는 일을 종종 하고 있었다. 교수님은 자신이 성소수자이고 주변의 많은 친구들이 성 소수자로 살고 있다는 말로 이야기를 시작했다. 캘리포니아에서 존엄사가 합법화되기 전 치료저항성 에이즈에 걸린 한 친구가 죽을 날만 기다리다 견디기 힘든 고통을 끝내기 위해 권총 자살로 삶을 마감했다고 했다. 이로 인해 함께 어울렸던 많은 친구들은 충격을 받아 우울증에 시달렸고 뒤이어 같은 방법으로 자살을 시도했다. 그는 이런 식의 자살이 가족뿐 아니라 주변 사람들에게 큰 트라우마를 남긴다는 것을 깨닫고 불필요한 자살을 막기 위해 존엄사를 지지하게 되었다고 밝혔다.

미국에서의 존엄사, 안락사는 한국에서의 존엄사, 안락사와 그 개념이 매우 다르다. 한국에서 존엄사는 의미 없는 연명 의료를 중단하는 것을 뜻하며, 미국에서 말하는 좋은 죽음(good death)에 해당한다. 여기서 좋은 죽음이란 연명 의료 중단 이외에도 VSED(Voluntarily Stopping Eating and Drinking), 즉 죽음을 앞당기기 위해 자발적으로 음식과 물을 중단하는 행위를 포함한다. 생이 얼마 남지 않은 이들이 스스로 곡기를 끊는 것은 미국 전역에서 좋은 죽음의 한 형태로 인식되며 윤리적이고 법적인 측면에서도 아무 문제가 없다.

한국의 안락사는 미국에서의 존엄사와 그 개념이 같다. 존엄사는 병으로 인해 여명이 6개월 이내로 예상되는 환자가 자신을 치료하던 의사로부터 자발적으로 삶을 중단시킬 수 있는 약을 처방받고, 내가 원하는 시간에 원하는 장소와 환경에서 스스로 약을 입으로 가져가 삼키는 것이다. 2021년 7월 현재 미국에서 존엄사가 합법화된 곳은 50개 주 중 10개 주(캘리포니아, 워싱턴, 오리건, 버몬트, 뉴저지, 뉴멕시코, 메인, 몬태나, 하와이, 콜로라도)와 미국 중앙정부가 위치한 위싱턴 D.C.이며 점점 더 많은 주들이 존엄사를 허용하고 있는 추세다. 유럽 국가 중에서는 스위스가 오리건보다 먼저 존엄사를 허용하였고 현재는 독일 역시 존엄사를 허용하였다. 한국에서 존엄사는 불법이며 행해지지 않는다.

미국에서 안락사의 뜻은 타인이 정맥 주사를 통해 나에게 약을 주입하는 것이다. 고통받는 동물의 안락사를 위해 인간이 동물에게 약을 주입하는 경우와 같다고 보면 된다. 지구상에 안락사가 합법인 곳은 스페인, 뉴질랜드, 네덜란드, 벨기에, 콜롬비아, 룩셈부르크, 호주 일부 지역과 캐나다다. 포르투갈을 포함한 점점 더 많은 나라들이 안락사 합법화를 준비하고 있다. 한국인들에게 알려진 스위스의 디그니타스는 미국의 개념으로 보면 안락사가 아니라 존엄사를 돕는 곳이다. 하지만 매우 예외적인 경우에 타인이 정맥 주사를 놓아 죽음을 돕는 행위를 허용한다. 안락사가 합법인 주는 미국에 아직 존재하지 않는다.

미국에서 존엄사의 시작에 역사적인 의미를 부여한 두 인물을 소개하고자 한다. '죽음의 의사'로 불린 잭 케보키언을 먼저 만나보자. 미시간주 병리과 의사로 일하던 그는 1990년 자살 기계를 만들었고 죽음의 신 타나토스에 착안해 '타나트론'이라는 이름을 붙인다. 타나트론은 정맥 주사 기계로 환자가 혈관에 바늘을 꽂은 채 스스로 버튼을 누르면 생리 식염수를 포함한 세 가지 약물이 차례대로 주입되어 잠든 상태에서 심장이 멎도록 제작되었다. 케보키언은 일산화탄소를 이용한 또 다른 자살 기계를 만들었는데 자비(mercy)의 뜻을 담아 '머시트론'이라고 이름 지었다. 그는 자살 기계를 이용해 최소 130명 이상의 죽음을 도운 것으로 알려져 있다. 고통받는 환자들이 편안하게 삶을 끝낼 수 있도록 돕는 건 옳은 일이었다며 그는 자신의 활동을 정당화했다.

또 다른 한 사람, 뉴욕주에서 일하는 내과 의사 티모시 퀼은 1991년 권위 있는 의학지 『뉴잉글랜드저널오브메디슨』에 45세의 말기 백혈병 환자 다이앤의 죽음에 대한 글을 실었다. 거기에는 그가 죽음을 앞두고 고통스러워하는 다이앤을 돕기 위해 치사량의 약물을 처방해주었다는 고백이 담겨 있었다. 다이앤은 퀼의 처방전으로 약국에서 바비

츄레이트를 샀으며 스스로 과량을 복용함으로써 가족들이 지켜보는 앞에서 생을 마감했다. 퀼은 이 사건으로 인해 어떠한 법적 처벌도 받지 않았으며 현재까지 호스피스 완화의료학계의 권위자로 활동하고 있다. 뉴욕주는 아직까지도 존엄사가 합법화되지 않았기 때문에 퀼은 존엄사를 원하는 환자들에게 물과 음식을 스스로 끊을 것을 권한다. 일반적인 경우 음식만 중단하면 한 달을 넘겨 생존하기 어렵고 물까지 중단하는 경우 일주일 이상 생존하기 어렵다. 생의 마지막에 입맛이 없어지고 몸이 음식을 더 이상 받아들이지 못하는 상태가 되므로 배고픔은 거의 느껴지지 않아 음식만 중단하는 일은 물까지 중단하는 것보다 비교적 수월하다. 물까지 중단한 경우 통증이 심해지고 목이 마르며 정신착란까지 보일 수 있으므로 실제로 많은 이들이 성공하지는 못한다.

존엄사는 어떤 사람들이 선택할까? 오리건주의 통계에 따르면 학사 이상의 교육을 받은 사람, 결혼을 했고 가족이 있는 사람, 백인, 남성, 암 진단을 받은 사람이 가장 흔했다. 대부분은 집에서 죽음을 맞이했으며 의료 보험에 가입해 제대로 된 완화의료와 호스피스 서비스를 충분히 받을 수 있었던 사람들이었다. 이 통계에 따르면 병원 치료를 제대로 받을 수가 없어서, 병에 관한 지식이 부족해서, 가족들이 없고 혼자 고립된 삶을 살아서 존엄사를 택하는 게 절대 아니었다. 그렇다면 그들은 왜 존엄사를 택했을까?

첫 번째 이유는 자기주도권과 결정권을 되찾기 위함이었다. 90퍼센트가 넘는 사람들이 이를 첫 번째 이유로 꼽았다. 다음으로 꼽은 이유들은 삶을 삶답게 했고 건강할 때 즐겼던 활동들을 더 이상 할 수 없게 되어서, 존엄성을 잃은 삶을 살고 싶지 않아서였다. 또한 가족에게 짐이 되고 싶지 않다거나 통증에 대한 두려움도 이유로 들었다. 존엄사 약을 처방받는다 해도 언제든지 마음을 바꿀 수 있기 때문에 실제로 그들 중 30~40퍼센트 정도는 약을 복용하지 않았고 병으로 사망했다.

존엄성의 정의는 저마다 다르다. 어떤 이들은 깨어 있는 시간에 침대에 누워 있는 일 말고는 아무것도 할 수 없더라도 가족들과 눈을 맞추고 대화가 가능하다면 충분히 살 가치가 있다고 믿는다. 반면 어떤 이들은 스스로 용변을 해결할 수 없고 씻을 수도 없으며 통증 때문에 고통 속에서 살아야 하고 망가진 장기들 때문에 몸 곳곳에 관을 꽂아야 하고 모든 활동을 남에게 의지해야 하는 상황에서는 삶이 더 이상 삶답지 못하며 존엄성을 잃은 상태라고 생각할 수도 있다.

다시 다큐멘터리로 돌아가 영상에 등장하는 중년의 여성 코디의 이야기를 들어보자. 그는 어느 날 숨이 멎을 정도의 심한 복통을 느끼고 의사를 찾았다. 그의 간에서는 항암이나 방사선 치료에 별달리 반응하지 않는 종류의 큰 암 덩어리가 발견되었다. 간 절제 수술을 받았으나 수술 합병증으로 정신을 잃고 50일 넘게 생사를 넘나들며 중환자실에서 입원 치료를 받았다. 극심한 통증과 구토에 시달리는 나날이 계속되자 그는 이런 삶을 더 이상 이어가고 싶지 않았다. 그러다 6개월이 지나자 그는 다시 스스로 일상생활이 가능해졌다. 암에서 완전히 자유로워졌다고 생각한 것도 잠시, 얼마 안 가 암은 또다시 재발했다. 코디는 재발한 암의 공격적인 성장을 막는 방법이 없다는 것을 이미 알고 있었고 주치의에게 존엄사를 택하겠다고 밝혔다.

남은 삶은 고작 3개월 정도였고 그는 그동안 어떤 과정을 겪을지 그려보았다. 말기 암으로 인한 통증과 피로, 무기력감, 구토, 몸의 악취, 배에 찬 복수로 인한 호흡곤란과 체중 증가, 온몸과 얼굴의 부종, 누렇게 변해가는 피부, 의식의 혼돈, 대소변을 조절하지 못해 자기도 모르게 옷과 이불을 더럽히는 등의 변화를 겪으면서 심장이 멎을 때까지 침대에 누워 있는 삶을 살 것인지, 삶이 삶다울 수 있도록 매 순간을 최대한 나답고 품위 있게 지내다가 때가 되었다고 판단할 때 스스로 삶을 끝낼 것인지 사이에서 그는 후자를 선택했다. 그에게 적당한 '때'란 스스로를 돌볼 수 있고 산책할 수 있고 가족에게 짐이 되지 않는 시간까지였다. 전자를 선택한다는 것은 그에게 삶을 연장하는 것이 아니라 죽어가는 과정을 연장하는 것으로 여겨졌다. 그렇게 얻어낸 시간을 그는 삶이라고 생각할 수 없었다. 가족들과 타인 앞에서 마지막까지 자신의 가치감과 존엄성을 잃지 않는 게 그에게는 무엇보다 중요했다. 스스로 몸을 추스를 수 없고 관리하지 못하고 타인의 손에 자신의 몸을 맡겨야 하는 시간을 지금까지 충분히 견뎌왔으며 이제 더 이상 그런 모습을 그 누구에게도 보여주고 싶지 않았다. 가족들에게도 아픈 엄마, 아픈 아내의 모습이 그에 대한 마지막 기억이 되게 만들고 싶지 않았다.

코디는 의사로부터 존엄사를 위한 약을 무사히 처방받아 침대 옆 서랍장에 넣어뒀다. 그 약을 가지고 있는 것만으로 죽음을 잠시 잊고 삶에 더 집중할 수 있다며 마음이 평화

롭다고 했다. 삶이 계속되는 동안 그는 가족들과 여행을 다니고 친구들에게 자신이 아끼는 물건들을 나눠 주며 사랑하는 사람들과 추억을 쌓았다. 이 약을 다시 언제 꺼낼 것인지 전적으로 자신의 결정에 달렸다는 사실에 안도했다. CT를 찍고 피를 뽑고 시술을 받고 수술을 결정하고 이 모든 과정을 일방적으로 따르도록 하는 사람은 더 이상 그의 곁에 없었다. 병원에서 대기하며 얼마 남지 않은 시간을 쓰지 않아도 되었다. 이제 모든 결정은 오롯이 그의 몫이 되었고 남은 시간은 사랑하는 사람들과 함께 쓰일 예정이었다. 언제 죽음이 찾아올지 두려워하면서 시간을 보내지 않아도 되었다. 그것은 이제 코디의 병이 아닌 코디라는 사람의 선택에 달렸기 때문이다.

살다 보면 모든 것이 내 통제 밖에 있다고 느끼는 순간이 있다. 누구나 한 번쯤은 내 마음대로 할 수 있는 게 아무것도 없다고 느낄 때가 있지 않은가. 특히 갑작스러운 병으로 의사들의 진단과 치료 계획에 내 몸을 맡겨야 할 때나 사랑하는 사람을 떠나보내야 했을 때 그렇다. 이 상황을 모면하기 위해 내 의지대로 할 수 있는 게 아무것도 없다고 믿을 때 우리는 깊은 무기력감과 우울감에 빠진다. 말기 질환으로 인해 죽는 날만 무기력하게 기다려야 한다면 얼마 안 되는 삶조차도 자신의 의지대로 살아내기 어렵다. 자기결정권과 주도권은 2~3세 때부터 발달되기 시작하며 이는 행복한 삶을 위한 필수 조건이다. 우리는 스스로 인생을 통제하고 조절하여 내가 원하는 인생을 살고 있다고 인식할 때 행복하다고 느낀다. 죽음이 주는 무기력감을 극복하고 내가 원하는 때에 삶을 멈추기로 결정하는 것, 존엄사는 바로 이런 인간의 본능에서 비롯된 어쩌면 가장 인간다운 행동이다.

존엄사를 선택한 코디를 지켜보는 가족들은 어떤 마음이었을까. 그들은 코디가 더 강해지길 바랐고 병원에서 할 수 있는 모든 치료를 끝까지 받기를 원했다. 특히 그의 아들은 엄마의 선택을 이해하고 받아들이기 어려워했다. "엄마가 힘들다는 것 알아요. 그래도 나를 위해서 고통을 참고 버텨주면 안 되나요?" 코디는 이렇게 답했다. "살 수 있는 희망이 있다면 당연히 어떤 고통이든 너를 위해 참아낼 거야. 그렇지만 그게 아니지 않니." 그렇지만 아들은 여전히 엄마가 더 노력해보지 않고 삶을 포기한다고 생각했다. 그러면서도 엄마에게 허락된 시간은 길어야 2~3개월일 것이고 그동안 고통은 점점 더 심해질 것이며 아들에게 아픈 모습을 더 이상 보여주고 싶지 않은 엄마의 마음 역시 알고 있었다. 결국 아들은 엄마의 선택을 존중하기로 했다. 무엇보다 자신이 분노하고 슬퍼한다면 엄마가 더 많이 마음 아파할 것을 잘 알고 있었기 때문이었다.

코디는 2월에 약을 받았고 5월에 먹기로 했지만 적절히 제공된 호스피스 서비스 덕분에 삶의 질이 높아졌고 기대 수명이 연장되어 약을 먹지 않아도 될 정도로 좋아졌다. 가족들과 여름 휴가도 보내고 정원을 가꾸며 예전에 즐겼던 일들을 다시 할 수 있게 되었다. 선물 같은 시간이 주어진 것에 기뻐했고 그렇게 겨울이 왔다. 간 기능이 약해져 복수가 급격하게 차고 감염이 반복되어 통증을 조절하기 위해 훨씬 더 많은 진통제가 필요할 때쯤 드디어 코디는 '때'가 왔음을 알아챘다. 그날, 코디는 가족들과 함께 노래를 부른 뒤 "사랑해, 고마웠어"라는 말을 남기고 약을 먹었다. 그렇게 잠에 들고 그렇게 삶을 끝냈다.

의대를 졸업하고 의사로서 첫걸음을 떼며 선언하게 되는 히포크라테스 선서에는 '첫째로, 환자에게 해를 끼치지 마라'라는 조항이 있다. 의사는 환자의 생명을 보호할 의무가 있다. 하지만 환자의 병을 치료하기 위해서 내가 행하는 의료 행위가 그에게 더 큰 해를 끼친다고 판단되면 어떻게 해야 할까.

말기 암 환자의 고통을 더 이상 줄여줄 수 없고 남은 생이 죽어가는 과정의 고통을 연장하는 것으로 여겨질 때, 그래도 심장이 스스로 멎을 때까지 생을 도중에 멈추지 말아야 한다고 말한다면 도움을 주는 것일까, 아니면 해를 끼치는 것일까. 고통받는 당사자가 아닌 이상 누가 감히 죽는 순간까지 고통을 참고 견뎌야 한다고 강요할 수 있을까. 대신 고통을 겪을 수 있는 것도 아닌데 말이다. 통증이나 증상을 약물로 줄일 수 있다 해도 완벽한 수준은 아니다. 마약성 진통제를 강하게 써도 허를 찌르는 돌발 통증이 예상치 못한 순간에 갑작스럽게 찾아온다. 돌발 통증을 줄이기 위해 하루에 쓰는 진통제의 총 용량을 늘릴수록 환자는 자신이 정말 죽어가고 있다는 두려움에 더 큰 정신적 고통을 받기도 한다. 이럴 경우 고통받는 당사자의 자율적인 선택권을 박탈하고 가족이나 의사의 가치관대로 또는 특정 종교나 국가가 정해놓은 대로 따르도록 강요한다면, 그것은 환자에게 해를 끼치는 것인가 아닌가. 더 이상 고통받기를 거부하고 존엄사를 선택하는 것은 그 사람을 겁쟁이 또는 의지가 약한 사람으로 만드는 것인가, 아니면 용기 있는 사람으로 만드는 것인가. 타인의 삶과 죽음을 그런 식으로 쉽게 평가

할 권리가 우리에게 있기는 한 것인가. 병이나 부상으로 인해서 죽음이 확실한 당신의 가족 같은 반려동물이 눈앞에서 고통받고 있다면 당신은 그 고통을 멈춰줄 것인가, 심장이 멎을 때까지 고통받도록 내버려둘 것인가.

안락사를 옹호하는 유럽인들은 안락사가 '간단하고 평화로운 좋은 죽음'이며 더 많은 나라에서 합법화되어야 한다고 믿는다. 그들은 죽어가는 동안의 통증과 고통이 피할 수 없는 인간의 숙명처럼 여겨져서는 안 된다고 믿는다. 또한 죽음을 대비하고 계획하는 것은 인간이 누려야 할 당연하고도 필수적인 권리라고 주장한다. 삶에서 잃어가던 자기주도권을 되찾고 삶의 마무리를 스스로 책임지는 일이 바로 안락사라고 보는 것이다. 병원에서 서서히 죽어가는 자연사를 선택했다면 그 과정을 목격할 가족들에게 평생 동안 남을 트라우마를 안기는 것으로 여기는 이들도 있다.

캘리포니아에서 의사로 활동하는 나는 존엄사 약을 처방할 수 있다. 만약 존엄사를 원하는 환자를 만난다면 나는 먼저 환자의 삶의 질을 높이기 위해서 내가 할 수 있는 일이 무엇인지 열심히 찾을 것이고, 환자가 삶의 결정권과 주도권을 되찾았다고 느낄 만한 다른 길은 없을지 그의 가족들과 의논해볼 것이고, 정신 감정을 여러 번 하여 우울증이 있는지 살펴보고, 있다면 내가 어떻게 도울 수 있을지 고민할 것이다. 이런 모든 노력에도 불구하고 환자의 뜻이 확고하다면 그때 나는 어떤 선택을 할까?

나는 나의 가치관이 환자의 선택에 영향을 주지 않도록 노력할 것이며, 환자의 선택을 있는 그대로 받아들이고 존중하기 위해 최선을 다할 것이다. 의료에서 최선의 결과를 얻기 위해서는 전문적인 지식을 가진 의사와 스스로의 심신에 대해 가장 잘 아는 환자가 팀워크를 발휘해야 한다. 내가 의사로서 할 수 있는 의료 서비스를 제공하고 환자에게 가능한 선택지를 보여준다면 최종 선택은 환자가 하는 게 맞는다고 본다. 삶의 결정권도 죽음의 결정권도, 우리 자신에게 주어져야 한다고 믿기 때문이다.

태어난 순간부터 우리는 모두 죽음을 향해 달리고 있다. 이 세상을 살아가는 사람의 숫자만큼 다양한 삶이 있고 다양한 죽음이 있다. 어떤 죽음을 맞이할지는 내가 살아온 시간이 결정한다. 주체적으로 선택하고 그 선택에 책임지는 삶을 살았던 이들은, 많은 경우에 죽음 역시 주체적이고 능동적으로 선택하기를 바란다. 죽음에 가까워질수록 우리는 자신의 본모습을 조금 더 있는 그대로 드러낼 용기를 얻는다. 다른 삶이 있을 뿐 틀린 삶은 없듯이 틀린 죽음도 없다. 죽음은 그저 태어남과 동시에 결정된 피할 수 없는 삶의 과정이다. 좋은 죽음이든 존엄사든 안락사든, 우리 모두는 그저 살던 대로 살다 가는 자기다운 마무리를 맞을 것이다.

죽음을 앞둔 이들과의 대화

피터는 1962년 콩고에서 태어나 영국에서 고등 교육을 받은 벨기에 사람이었다. 그는 스스로를 작가이자 컴퓨터 프로그래머이며 사색가라고 소개했다. 평생을 오픈 소스 커뮤니티 활성을 위해 애썼고 소프트웨어 프로그램은 사람 사이를 긴밀히 하는 선한 용도로 사용되어야 한다는 믿음을 바탕으로 메시지 시스템 ZeroMQ를 개발하였다. 아프리카 토속어 이외에도 영어, 프랑스어, 네덜란드어 등 다국어를 구사할 수 있었고 그가 마지막으로 배운 언어는 한국어라고 알려져 있다.

2010년 10월, 얼굴이 노래지는 것을 느끼고 병원을 찾은 피터는 몸에서 암이 자라고 있다는 사실을 알게 된다. 간에서 만든 담즙을 내려보내는 담관에 생긴 암이었다. 암을 치료하기 위해 절반의 췌장, 림프절, 담관, 담낭, 위의 일부를 절제하는 수술을 12시간에 걸쳐 받았고 항암 치료도 곧장 시작되었다. 치료를 무사히 끝낸 이후에도 암이 언제든 재발할 수 있다는 불안감 속에서 남은 삶이 몇 개월이 될지 몇 년이 될지 모를 시간을 살고 있었다.

피터는 상상해보았다. 지금이 내 삶에서의 마지막 해라면 나는 지금 이 시간을 어떻게 보내고 싶을지. 그는 더 많은 글을 쓰고 강연을 하고 집에서 할 수 있는 개발자로서의 일을 하고 아이들을 키우는 일에 집중하고 싶다고 스스로에게 답했다. 그는 자신의 바람대로 더욱 열정적으로 글을 쓰고 더 많은 책을 펴냈으며 독학으로 피아노를 배우고 작곡을 시작했으며 아이들에게 수영과 캠핑하는 법을 가르쳤다. 지금이 마지막일 수 있다는 생각으로 모든 일에 정성을 다했고 만나는 모든 이들을 매 순간 진심으로 대했다. 지금 먹는 음식과 지금 연주하는 음악이 마지막일 수도 있음을 자각하고 살아 있는 모든 순간을 최대한 음미하고 즐기려 했다. 피터는 암 진단 이전의 자기 삶을 완전히 되찾은 것처럼 보였다.

그리고 2016년 4월, 그의 블로그에 '죽어가는 이들을 위한 프로토콜'이라는 제목의 글이 올라왔다. 암이 재발되었다는 소식이었다. 암을 발견한 뒤 5년 동안 무사히 살아남은 것을 기념하고 얼마 지나지 않은 2월부터 그는 마른기침에 자주 시달렸다. 검사는 곧바로 이루어졌고 관해 상태인 줄 알았던 담관암이 양쪽 폐로 전이되어 있음을 알게 되었다. 암은 매우 공격적으로 빠르게 그의 몸을 지배해갔고 이를 효과적으로 막을 방법은 없어 보였다.

그는 죽음을 받아들일 준비를 시작했다. 그리고 친구와 가족들에게 자신의 죽음을 알리면서 깨달은 바를 아래와 같이 기록했다.

"무조건 버텨야지. 희망이 있어. 끝까지 싸워."

죽어가는 암 환자에게 이런 말은 하지 말자. 그의 몸은 이미 전쟁터다. 면역체계는 암세포를 막아내기 위해 이미 온 힘을 다해 싸우고 있다. 우리는 환자가 최선을 다해 스스로 할 수 있는 모든 일을 다 하고 있다고 믿을 필요가 있다. 만약 그렇지 않더라도 그 사람의 선택이기에 믿고 존중하는 편이 낫다. 죽음을 앞둔 사람에게 암과 싸워서 끝까지 이겨내라고 말하는 것은, 그것이 의도한 바가 아니더라도 죽음에 대한 의미 있는 대화를 적극적으로 회피하는 결과를 가져오고 삶의 마지막을 정리하는 데 집중할 수 없게 한다.

"이건 정말 일어나서는 안 될 비극이야. 너무 슬퍼. 제발 죽지 마."

이런 말도 가급적 피하자. 사랑하는 사람을 잃는 일은 살면서 겪는 가장 큰 상실이기에 그 자체로 매우 비극적이고 슬플 수밖에 없다. 하지만 죽음을 피할 방법이 없다면 결국 잘 받아들여야 한다. 죽어가는 이의 얼마 남지 않은 시간을 당신이 쏟아내는 분노와 슬픈 감정을 감당하는 데 쓰게 하는 것은 큰 낭비다. 행복한 감정 이외의 다른 감정은 환자 앞에서 드러내지 말자. 환자에게 더 무거운 짐을 안겨줄 뿐이다.

"너라면 암을 이겨낼 수 있을 거야. 아무도 모르는 일이잖아."

이런 말도 별 도움이 되지 않는다. 막연한 희망은 치료제가 될 수 없다.

"대체의학이란 게 있잖아. 이걸 시도해보고 나은 사람도 있대."

기적의 치료제로 효과를 얻기란 마치 복권에 당첨되는 행운과 같다. 또한 그런 약을 구하기 위해서는 누군가 많은 비용과 시간과 노력을 써야 하므로 이기적이고 불합리한 선택이다. 삶이 있었다면 죽음도 있다. 모든 사람은 죽는다. 죽음은 다음 세대를 위해 우리의 자리를 내어주는 일이다. 그저 자연스러운 삶의 순리다.

"이런 성경 구절을 읽어봐. 아마 도움이 될 거야."

종교가 있는 사람이라면 차라리 성직자와 이야기하도록 돕는 편이 낫고, 종교가 없는 사람에게 이런 말은 하지 않는 편이 낫다.

그는 죽음을 앞둔 이들과 어떻게 시간을 보내야 좋은지
에 대해 아래와 같이 조언했다.

지루하고 의미 없는 이야기들은 환자 앞에서 꺼내지도 말
자. 그런 이야기를 하는 것은 아무 재미도 없다. 나는 사람들
과 속 깊은 이야기를 나누고 더 긴밀하게 연결되는 데 시간
을 쓰고 싶다. 환자에게 전화해서 수화기에 대고 울지 말기를
바란다. 울음이 터질 것 같으면 전화를 끊고 마음이 진정된
후에 다시 전화를 하라. 우는 것 자체가 나쁜 것은 아니지만
당신의 울음을 듣고 있어야 하는 환자는 비참하다고 느낄 수
있다. 그것만큼 음울한 감정은 없다.

당시 피터에게는 열두 살, 아홉 살, 다섯 살인 아이들이
있었다. 그는 몇 년의 시간 동안 여러 차례에 걸쳐 서서히
자신의 죽음에 대해 아이들과 이야기를 나누었다.

내가 더 이상 너희 곁에 있지 못하는 날이 올 거고 그날은
생각보다 일찍 찾아올지도 몰라. 우리 모두는 죽어. 막내 너
도 예외가 아니란다. 죽음은 삶의 일부야. 우리의 존재는 레

고로 만든 집과 비슷하단다. 집을 자꾸 짓기만 하면 더 이상 집을 지을 조각이 남지 않게 되지. 오래된 집은 다시 부수고 무너뜨려야 새로운 집을 지을 수 있단다. 우리가 죽고 새로운 생명은 또 태어나는 거야. 그것이 바로 생의 수레바퀴란다.

피터는 죽음이 우리 삶의 중심에 자리하고 있음을 일찍부터 아이들에게 가르쳤다. 우리에게는 오직 제한된 시간만이 주어졌고 그 시간이 모두 지나갔을 때 삶이 끝났음을 인지하고 잘 받아들여야 한다고 아이들에게 알려주었다. 그는 아이들과 죽음의 의미에 대해 대화할 수 있음을 다행으로 여겼다.

피터의 투병 생활은 가족과 친구들을 강하게 결집시켰고, 그들은 피터의 삶 속에 더 깊숙이 들어왔다. 암 진단 이후 매 순간을 의미 있고 충만하게 보냈던 그는 죽음 덕분에 삶이 더욱 풍요로워지는 경험을 했다고 전한다. 피터는 가족들의 작별 인사 속에서 2016년 10월 4일 벨기에에서 안락사로 생을 마감했다.

죽음이 임박해지기 전에 우리는 사랑하는 사람들과 죽음에 대한 대화를 시작해야 한다. 불편하고 피하고 싶은 주제라도 맞닥뜨리는 용기가 필요하다. 죽음에 대한 감정과 생각을 나누고 죽음의 의미를 이해하려는 대화가 없다면 죽음 이후에 남은 이들이 망자의 죽음을 건강하게 받아들이는 데 더 큰 어려움을 겪는다. 죽음이라는 현실을 부인하거나 기억 저편으로 억눌러버리기도 하고 비정상적인 애도 반응을 오랫동안 보일 수도 있다. 죽음이 예고되었다면 자신의 삶을 돌아보고 그 의미가 되어주었던 이들과 대화를 시작해야 한다. 이것이 남겨질 이들에 대한 배려이자 죽음의 두려움 속에서도 삶을 사랑하는 방법이다.

죽음의 공포를
어떻게 극복해야 할까

31세의 교사 엠마는 얼마 전 손발이 저린 증상으로 병원을 찾았다가 다발성경화증을 진단받았다. 치료가 시작되면서 증상은 나아졌지만 불면증이 찾아왔다. 불을 끄고 누우면 부정적인 생각이 끝도 없이 이어져 잠에 들지 못했다. 억지로 잠을 청해보려 수면제를 먹고 누웠다가도 계속해서 깨어났다. 그러다가 다시 잠드는 일은 더욱 힘들었다. 불 꺼진 방에 홀로 누워 천장을 바라보면 어둠 속으로 빨려 들어가 이 세상에서 사라져버릴 것만 같았다. 엠마가 느끼는 소멸 공포는 죽음에 대한 두려움이었다.

죽음의 공포는 병으로 인해 당장 죽어가는 사람들만의 것이 아니다. 언제 죽음이 올지 모르고 언젠가 죽음을 맞을 것이 분명한 우리 모두 의식적으로 또는 무의식적으로 죽음의 공포를 느낀다. 미국의 정신과 의사인 어빈 얄롬이 쓴 책 『보다 냉정하게 보다 용기 있게』에는 신체적으로 건강하지만 죽음의 공포를 마주한 이들의 불안감이 고스란히 담겨 있다. 그는 실체를 모르는 모든 불안은 죽음에 대한 불안이라고 보았다. 죽음에 대한 불안은 우리의 무의식에 늘 존재하며 우리가 종교, 섹스, 젊음, 지식, 부, 권력에 보이는 집착 역시 죽음의 공포를 극복하기 위한 무의식적인 보상 행위라고 주장한다.

얄롬은 서기 341년에 태어난 그리스의 철학자 에피쿠로스의 지혜를 통해 죽음의 공포를 이겨내는 몇 가지 방법을 제시했다. 첫째로, 죽는다는 것은 태어나기 전의 상태와 같다고 말한다. 실체가 없고 존재하지 않는 무의 상태로 돌아가는 것이므로 끝이 아닌 '시작되기 전'이라는 관점으로 보아도 무방하다고 본 것이다. 둘째로, 육체의 죽음은 영혼의 죽음을 동반하므로 의식이 떠난 신체는 죽음을 인지할 수 없다는 이론이다. 에피쿠로스와 얄롬은 무신론적이고 비종교적 관점에서 죽음을 이해했다. 죽어서 의식을 잃은 우리는 죽음을 인지할 수 없으므로 두려워할 필요가 없다고 본 것이다. 셋째로, 받아들이든 거부하든 죽음은 어김없이 찾아온다는 사실이다. 두려워한다고 해서 피할 수는 없다. 차라리 깨어 있는 지금 이 순간을 즐기는 편이 낫다. 마지막으로 얄롬은 죽음의 공포를 타인과의 연결로 이겨낼 수 있다고 보았다. 인간은 원래 혼자이고 외로운 존재이지만 삶에서 죽음만큼 고독한 사건은 없다. 부귀영화와 권력을 누렸던 옛 이집트인들이 죽음을 맞이하면서 자신의 무덤에 가족이나 노예들을 함께 묻었던 행위는 외로움을 극복하고자 했던 관점에서 해석될 수 있다.

누구도 대신할 수 없는 자신만의 고통을 감당하며 살아

야 하는 것이 인간의 숙명이지만 우리에게는 타인의 아픔을 공감할 수 있는 능력이 주어졌다. 편견 없이 이야기를 들어주고 고통을 있는 그대로 안아주는 순간만큼은 서로가 연결되어 있다고 믿는다. 그런 누군가가 내 삶에 있다는 것만으로도 우리는 살아갈 힘을 얻는다. 죽음의 공포에 시달리는 이들이 마음 편히 털어놓을 수 있도록 독려하고 들어주는 순간만큼은 눈을 마주치며 마음을 집중해서 함께 존재해야 한다. 이런 공감만큼이나 중요한 것은 당신의 존재 자체다.

아무 말도, 어떤 노력도 할 수 없다면 그저 옆에 있어주자. 가볍게 등이나 어깨를 쓰다듬거나 그의 손 위에 당신의 손을 포개어 당신의 존재를 느끼게 해주어도 좋지만, 여의치 않다면 그냥 옆에 존재하기만 해도 좋다. 누군가 나를 위해 시간을 내서 옆에 있어준다는 사실만으로도 죽음의 공포는 줄어들 수 있다. 혼자 겪어야 하는 일이지만 곁에 누군가 있다는 것을 깨달을 때 공포는 사라진다.

톨스토이는 『이반 일리치의 죽음』이라는 소설을 통해 죽음의 실체는 우리를 파괴하지만 죽음에 대한 생각, 즉 언제든 나에게도 닥칠 수 있는 일이라는 사실을 마음으로 깨닫는 것은 우리로 하여금 제대로 된 삶을 살도록 이끈다고 했다. 이것은 죽음이 우리에게 선사하는 '깨달음의 순간'이다. 죽음의 공포를 통해 내게 주어진 현재를 잘 살고 있는지 돌아보는 계기가 주어지는 것이다. 나다운 삶을 살지 못하고 있을 때 우리는 실존적 죄책감을 느낀다. 태어난 우리에게는 나다운 삶을 창의적으로 만들어가며 살 실존적 의무가 있다. 나의 운명, 내 삶의 존재 이유, 내게 주어진 역할, 나만이 해낼 수 있는 무언가가 세상에는 존재하며 그것을 찾아내고 실현하며 살아야 하는 것이 우리의 의무다. 무엇이 나의 역할이고 존재의 의미인지 모르고 살거나, 알면서도 그것을 실현하지 않고 사는 이들에게는 실존적 죄책감에서 비롯된 삶의 고통, 몸과 마음의 병이 찾아온다.

몇 번의 면담 치료 후 엠마는 죽음의 두려움으로부터 벗어나려고 굳이 애쓰지 않게 되었다. 그 공포에서 완전히 벗어나는 건 불가능함을 인정했다. 그저 그 두려움을 알아차리고 '그래, 너 또 왔구나' 한 뒤 구름처럼 흘려보내는 연습을 하고 있다. 두려움이 차갑고 축축한 담요처럼 그의 현재를 뒤덮어 압도해버릴 때는 따뜻했던 지난 추억들을 부적처럼 끄집어냈다. 사랑했고 사랑받았던 기억과 지금 곁에 있는 사람들을 떠올리며 마음에 다시 온기를 불어넣었다.

병이 진행되어 건강할 때 누리던 정상적인 삶이 일찍 끝나 버린다고 해도 실패한 삶이라고 생각하지 않기로 했다. 자신을 힘들게 하는 손발 저림의 원인을 알아냈고 치료가 시작되었다. 이제 병을 삶으로 받아들이고 달라진 삶을 인정해야 했다. 이것은 무기력함도 포기도 아닌 그저 살아갈 용기다.

프로이트는 일시적이고 유한한 것일수록 그 즐거움의 가치는 높다고 했다. 삶이 꼭 그러하다. 죽음의 공포는 우리가 지금 여기에 집중하며 살도록 한다. 그런 의미에서 죽음은 삶을 더욱 풍요롭게 한다. 죽음은 실패가 아니다. 죽음에 맞서 싸우는 것은 이길 수 없는 싸움을 시작하는 것이다. 우리는 모두 결국 패배할 것이기 때문이다. 우리는 삶을 사랑하고 후회 없이 살다가 언제일지 모를 그 끝을 끌어안아야 하는 운명이다.

죽음을 지켜볼 용기

2020년에 출시된 디즈니 애니메이션 〈온워드〉의 주인공 이안은 자신이 태어나기도 전에 병으로 죽은 아빠를 만나고 싶어서 형인 발리와 함께 여행을 떠난다. 갖은 고난과 역경을 헤치고 수수께끼의 답을 찾아서 정해진 시간 내에 원하는 것을 얻어내면 짧은 시간일지라도 그리운 아빠와의 만남이 허락된다. 불가능해 보이는 목표를 향해 가며 형제가 각자의 아픔을 치유하고 화해하는 모습을 그려낸 전형적인 디즈니식 성장 애니메이션이다.

소심한 성격의 이안과는 달리 발리는 거침이 없다. 스스로의 결정에 확신을 갖고 재빨리 행동에 옮기는 발리를 보며 이안은 문득 궁금해졌다. 형의 용기는 어디서부터 나오는 걸까. 발리는 이안에게 아빠의 죽음에 관한 이야기를 들려준다. 죽음을 앞둔 아빠와 작별 인사를 할 시간이 왔을 때 어린 발리는 죽어가는 아빠의 마지막 모습을 지켜볼 용기가 없었고 결국 임종을 함께하지 못했다. 발리는 그런 자신을 용서할 수 없었고 그날 이후로 더 이상 겁쟁이로 살지 않기로 결심했다고 말한다.

사람은 어떤 모습으로 죽어갈까. 어린 발리는 아빠의 어떤 모습을 상상했고 왜 끝내 마주하지 못했을까. 살아 있는 동안의 반짝이던 생명력을 모두 내려놓고 자연으로 돌아갈 준비를 마친 육체의 마지막 모습은 어떠할까. 죽어가는 사람을 지켜보는 이들의 마음속에는 어떤 일이 일어날까. 우리는 왜 죽음을 마주하는 데 용기가 필요할까.

이처럼 후회하지 않으려면 우리는 죽음 앞에 선 인간의 육체가 어떤 모습인지 조금은 알아둘 필요가 있다. 궁금하지만 마주하고 싶지 않고, 알고 싶지만 알 필요가 없는 일이길 바라는 마음이 들어도 괜찮다. 자연스럽고 당연한 마음이다. 하지만 무슨 일이든 그 실체를 알면 막연한 두려움은 줄어든다. 두려움만 통제할 수 있어도 우리는 더 좋은 선택을 할 수 있다. 더 좋은 선택은 후회 없는 선택이다.

1985년 미국의 호스피스 간호사 바버라는 발리처럼 사랑하는 사람의 죽음을 지켜봐야 하는 이들을 위해 『내 시야에서 사라지다Gone from my sight』라는 16쪽 분량의 책을 세상에 내놓았다. '작고 푸른 책'이라고도 불리는 이 책은 지금까지 7개 언어로 번역되고 전 세계적으로 3000만 부 이상 팔렸다.

집은 사랑하는 가족들과 마지막까지 의미 있는 시간을

보낼 수 있는 가장 좋은 장소다. 오랫동안 살고 가꾸며 추억을 쌓아온 집에서 삶의 마지막을 맞이하고자 하는 사람들을 위해 가정 호스피스 서비스는 존재한다. 호스피스 의료진은 환자의 집을 직접 방문해서 환자를 돌보는 일 이외에도 24시간 전화 서비스를 통해 환자와 가족들의 어려움을 원격으로 돕는다. 호스피스 간호사로 일하던 바버라는 죽음을 앞둔 환자가 보이는 달라진 행동과 전에 없던 낯선 신체 반응을 접하고 당황하는 가족들의 전화를 많이 받았다고 한다. 가족들은 새로운 증상을 보이는 환자를 걱정했고 어떤 의미인지 몰라 두려워했으며 병원으로 돌아가 치료를 받아야 하는 상황인지 혼란스러워했고 극적인 변화 때문에 정신적인 충격을 받기도 했다. 바버라는 그런 증상들이 지극히 정상적인 죽음의 과정임을 알려주었고 신체가 기능을 상실하면서 나타나는 자연스러운 현상들을 있는 그대로 받아들일 수 있도록 안내했다. 이런 대화가 반복되면서 그는 사랑하는 사람의 마지막을 곁에서 지켜야 하는 많은 사람들을 위해 죽음의 과정을 기술한 대중적인 지침서를 쓰기로 결심했다. 작고 푸른 책은 그렇게 탄생했다.

책에는 죽음에 이르기 1~3개월 전의 환자는 어떤 모습이고 어떤 증상을 나타내는지, 1~2주 전에는 어떤 새로운 증상이 나타나는지, 1~2일 전에는 어떤 반응을 보이고, 죽기 몇 시간 전 그리고 몇 분 전에 나타나는 상태에 대해서도 비교적 상세하게 적혀 있다. 죽음을 처음 접하는 이들은 어떤 증상을 보일 때 환자가 고통에 빠져 있고 언제 의료진의 도움을 받고 치료를 받아야 하는지 잘 알지 못한다. 지켜보는 가족의 입장에서 불편해 보일 수 있는 증상도 환자에게 고통을 주지 않는다면 굳이 약을 쓰거나 처치를 하여 부담을 더할 필요가 없다. 반대로 환자에게 전혀 고통스럽지 않은 증상이라도 지켜보는 가족들에게 너무 큰 정신적 스트레스를 준다면 증상 치료를 위한 돌봄을 제공할 수도 있다.

바버라의 작고 푸른 책은 36년이 흐른 지금까지도 죽음을 앞둔 환자와 그의 가족들에게 여전히 훌륭한 길잡이가 되어주고 있다. 죽음은 지극히 개인적이고 사람의 신체는 모두 다르므로 죽음 전에 보이는 현상들이 그의 안내처럼 일관되게 나타나지는 않는다. 하지만 죽음 앞의 변화들이 무섭거나 두려운 것이 아니며, 어떤 종류의 실패도 아니며, 자연스럽고 정상적인 과정이라는 것을 보통의 사람들에게 공개적으로 알렸다는 점에서 그의 책은 크다.

누군가의 죽음을 지켜보는 일은 나 역시도 언젠가 죽음

을 맞이할 유한한 존재라는 사실을 떠올리게 한다. 나의 죽음, 나의 유한함을 마주하는 것은 무의식 깊은 곳에 잠재되어 있던 실존적인 절망을 불러일으킨다. 그때는 내가 존재해야 하는 이유와 내 삶의 의미를 다시금 검토하고 재발견해야 하는 시점이다. 실존적인 절망감은 내가 지금 잘 살고 있는 것인지, 삶의 마지막에서 어떤 후회가 남을 것인지 돌아보고, 삶의 우선순위를 재정비하는 과정을 통해서 해소된다. 죽음을 지켜볼 용기는 내 삶을 들여다볼 용기를 말한다.

아빠와 마지막 인사를 나누지 못한 발리의 이야기는 나에게 조부모님과의 이별을 떠올리게 했다. 겁쟁이 발리는 나의 이야기고 우리의 이야기다. 나는 병원에서 생을 마감하신 할머니의 마지막 모습을 기록하지 못했고 기억하지 못한다. 디즈니 애니메이션의 바깥세상에 사는 나는 아무리 애를 써도 할머니를 다시 만날 수 없다. 대신에 나는 할머니가 나를 보러 오실 때마다 한 손에 들고 계시던 초코파이 한 박스와 오빠와 다투고 토라진 나를 달래기 위해 만들어주신 양은냄비 계란찜을 평생 기억하려고 한다. 사랑하는 사람의 마지막을 지키지 못했다고 해도 사랑한 기억을 지켜내면, 그만하면 괜찮지 않을까. 나를 용서해도 괜찮지 않을까.

부모님의 부모님

가족들을 떠나 미국에 온 이후로 하루도 가족이 생각나지 않은 적이 없다. 나는 엄마와 각별한 사이다. 형제 셋 중 가장 늦게 태어나 엄마와 가장 적은 시간을 보낸 막내이기에 엄마는 그게 늘 애틋하다 말하곤 하셨다. 어린 시절에 나는 하루 중 있었던 일을 늘 조잘조잘 엄마와 공유하며 지내는 편이었다. 엄마와 일상을 공유할 때 즐거웠고 엄마로부터 이해받고 보호받는 느낌이 좋았다. 하지만 시간이 지나 내가 다 자란 이후부터는 엄마에게 모든 것을 있는 그대로 말하지 못하게 되었다. 내 이야기를 듣는 엄마의 입장에서 기쁠 일일지 마음 아플 일일지 미리 검열을 하게 된 탓에, 되도록 좋았던 일만 말하고 힘든 일은 다 지나가 해결되고 나서야 "그때 그런 일이 있었었어" 하고 아무렇지도 않게 쓱 흘리듯 이야기했다.

부모님으로부터 독립하고 의사가 된 이후부터 내게 부모님은 기댈 수 있는 존재이기보다는 지켜드려야 하는 존재가 되었고 의사로서, 더욱이 노인정신과 전문의로서 부모님이 여생을 건강하고 행복하게 보낼 수 있게 나의 역할을 해야 한다는 생각은 부모님이 살아온 세월의 길이만큼 매해 더해만 갔다.

그러던 중 이런 결심을 무너뜨리는 사건이 벌어졌다. 언어도 문화도 낯선, 아는 이 하나 없는 미국 땅에서 레지던트 생활을 시작하고 3개월쯤 되던 때였다. 내가 왜 가족과 친구들을 떠나 이곳에서 사서 고생하고 있나 하는 생각에 유독 서러웠던 날, 나는 참지 못하고 엄마에게 전화를 했다.

"엄마, 나 힘들어서 밥 지어 먹을 힘이 없어. 너무 힘들다. 그냥 맥주나 마시고 잘까 봐."

거름망 없이 터져 나온 투정에 엄마는 이렇게 말씀하셨다.

"우리 딸 많이 힘든가 보구나. 그래, 아무것도 안 먹는 것보다는 그거라도 마시는 게 낫지. 그렇지만 힘들긴 해도 미국에 가길 잘했지?"

그때 엄마는 내게 왜 밥을 제때 챙겨 먹지 않느냐고 다그치지도, 밥 안 먹고 술을 마시면 되겠느냐고 잔소리하지도 않으셨다. 힘들 때 왜 힘든지 더 캐묻지 않고 힘들어하는 나의 마음을 그냥 통째로 안아버리셨다. 그 이후로도 엄마는 단 한 번도 "힘들면 그만두고 한국으로 돌아와"라는 말을 하신 적이 없다. 힘들다는 말보다는 힘든데도 견뎌내고 싶은 마음을 읽었기 때문이었다. 그날 엄마가 "힘들면 돌아와"라고 하셨다면, 나는 그날 이후 엄마에게 더 이상 힘들다는 말을 못 했을 것이다. 나를 있는 그대로 안아준 분이기에 있는 그대로 보여드리는 것이 가능했다. 다 자란 내가 이제는 엄마를 지켜드려야 한다고 생각했지만 내가 틀렸다. 엄마는 역시 나의 엄마다.

항상 나를 믿고 내 선택을 묵묵히 지켜봐주시는 아빠는 늘 든든한 존재였다. 가정은 언제 이룰 것인지, 한국에는 언제 돌아올 것인지, 아빠 딴에는 알고 싶은 것들이 많으셨을 텐데도 나를 다그치거나 본인의 생각을 강요하는 일은 없었다. 나에 대한 아빠의 믿음은 내가 중요한 선택의 기로에서 있을 때 가장 큰 힘이 되었다. 이런 나의 부모님도 누군가의 아들, 딸이었다는 것을 나는 가끔 떠올린다.

안타깝지만 나는 외할머니와 친할아버지에 대한 기억이 전혀 없다. 외할아버지는 내가 어릴 때 돌아가셨는데 대나무와 한지를 가지고 튼튼한 연을 만들어주셨던 것이 마지막 기억이다. 외할아버지가 돌아가시고 엄마가 누군가에게 "나는 이제 고아가 되었어"라고 말씀하시는 것을 우연히 들은 적이 있다. '고아라니. 엄마는 엄마인데, 고아라니.' 나는 그때 나의 엄마가 누군가의 딸이었다는 것을 새삼 깨달았다.

엄마의 엄마는 엄마가 고등학생일 때 세상을 떠나셨다.

어릴 때 외할머니 묘를 찾을 때마다 나는 눈을 꼭 감고 '할머니는 엄마를 일찍 떠나셔야 했지만, 우리 엄마는 제게서 일찍 데려가지 말아주세요. 엄마가 건강하도록 할머니가 지켜주세요'라고 기도드렸다. 어릴 때 엄마를 잃었던 엄마의 아픔만은 절대 겪고 싶지 않았다. 외할머니가 일찍 돌아가셨다는 것은 오래전부터 알고 있었지만 왜 그렇게 일찍 돌아가셨는지 나는 최근까지도 자세히 알지 못했다. 내 궁금증이 엄마의 아픈 기억을 들추어낼까 봐 걱정이 앞섰기 때문이다.

외할머니의 죽음은 갑작스러웠다. 외할머니는 그 며칠 전 막내 외삼촌을 출산하셨는데 출산 중에 심각한 감염에 노출되었고 이내 급격하게 패혈증이 진행되어 제대로 된 치료를 받지도 못하고 사망하셨다고 했다. 엄마는 외할머니의 미지막을 함께하시 못했다. 그날 수업 때문에 학교에 있었어야 했다는 이야기를 하며 엄마는 눈물을 흘리셨다. 50년도 더 지난 일인데도 외할머니를 잃던 날의 엄마의 기억은 전혀 흐릿해지지 않았다.

엄마의 이야기를 들으면서, 엄마가 외할머니의 죽음에 대해 이야기를 꺼내면 마음 아파할 것이라는 내 생각이 틀렸다는 것을 깨달았다. 엄마는 엄마의 기억을 누군가와 공유할 수 있다는 것을 오히려 기쁘게 생각하셨다. 외할머니의 죽음에 대해 물어보아서 마음이 아픈 것이 아니라 그 기억을 혼자만 간직해야 해서 아프셨던 것이다. 나는 우리 엄마를 키워내신 살아생전의 외할머니를 직접 보지 못하고 함께 시간을 보내지 못한 것이 몹시 섭섭하지만 외할머니에 대한 이야기를 엄마로부터 들을 수 있어서 다행이라고 생각했다. 엄마 역시 엄마의 엄마를 기억하는 사람이 한 명더 늘어난 것에 안도했으리라 생각한다. 외할머니는 그때의 내 소원을 들으셨는지, 아직 엄마는 건강하게 가족 곁에 계신다. 그렇게나마 나는 외할머니와 내가 연결되어 있다고 믿는다.

나의 친할머니는 우리 부모님의 부모님들 중 가장 장수하셨다. 덕분에 나를 '똥강아지'라고 부르셨던 친할머니에 대한 어린 시절의 기억이 많다. 나는 어릴 때 공부를 곧잘 했는데도 할머니는 "가쓰나가 무슨 공부고. 아빠 고생시키지 말고 여상 가서 얼른 돈 벌고 시집이나 가야지"라고 말씀하며 내게 상업 고등학교에 가라고 종용하셨다. 그래도 나는 할머니가 좋았다. 아빠는 할머니의 아들이고, 나는 할머니의 똥강아지였으니까.

내가 대학생일 때 친할머니는 암 진단을 받으셨다. 평생을 피운 담배가 원인이라고 했다. 할머니는 날로 쇠약해져 갔다. 스물두 살의 나는 할머니의 귀여움만 받을 줄 알았지 아픈 할머니를 어떻게 대해야 할지는 몰랐다. 스스로 걷지 못할 만큼 기력이 떨어져 누워만 계시던 어느 날에 나는 할머니를 만났다. 무슨 말을 해야 할지 몰라 할머니의 초점 없는 눈만 바라보다가 겨우 말했다. "할머니, 일어나셔야죠. 다시 건강해질 수 있어요." 할머니는 "할매는 이제 틀린 것 같다"라고 짧게 말씀하셨다. 그때 나는 할머니의 눈가로 눈물 한 방울이 흘러 귀에 가 닿는 것을 보았다. 그것이 나와 할머니의 마지막이었다.

얼마 지나지 않아 할머니는 돌아가셨다. 나는 그날 밤 잠에서 깨어 병원에서 걸려온 아빠의 전화를 받았다. 할머니의 임종을 진하는 아빠의 목소리는 평소와 크게 다르지 않고 담담했다. 나는 병원에 가봐야 한다고 생각하면서도 생명이 빠져나간 할머니의 육체를 마주할 용기가 나지 않아서 그냥 이불을 뒤집어 쓰고 밤새 흐느껴 울었다.

몇 년 전까지만 해도 나는 조부모님의 죽음이 내 삶에 어떤 영향을 미치고 있는지 크게 의식하지 못했다. 호스피스 완화의료를 전공하는 의사들과 이야기를 나누면 각자의 인생에서 자신들을 이 길로 이끈 어떤 결정적인 사건이 있기 마련이었는데, 왠지 나만 어떤 드라마도 없다는 생각마저 들었다. 좋은 죽음에 대해 공부하면서 나는 조부모님의 마지막이 궁금해지기 시작했고 그 죽음이 부모님과 나에게 어떤 영향을 끼쳤는지 조금씩 더 생각해보게 되었다. 친할머니에게 끝내 작별 인사를 하지 못하고 이불 속에서 울고만 있었던 자신에게 화가 나 있었다는 것도 알게 되었다. 할머니에게 감사했다고 사랑한다고 이제 편히 쉬시라고 인사드렸어야 했다는 것을 그때는 알지 못했다. 좋은 죽음이 어떤 것인지 누군가가 나에게 가르쳐주었다면 나는 그날 할머니의 임종을 지켰을 것이다. 할머니가 마지막 숨을 내쉬는 순간까지 "할머니의 사랑을 받고 자라서 저는 지금 이렇게 밝고 건강한 사람이 되었어요. 할머니는 참 좋은 할머니였어요"라고 할머니의 귀에 대고 조잘댔을 것이다.

사랑하는 사람을 잃을 때 우리는 살아가면서 겪을 수 있는 가장 큰 상실감을 경험한다. 나는 우리에게 주어진 시간이 유한하고 내 곁의 소중한 사람들의 시간 또한 유한하여, 언젠가 우리 모두가 이별할 것이라는 사실을 조금씩 받아들이면서 죽음을 마주할 용기를 키우게 되었다. 마주할 수 있게 되자 대처할 수도 있게 되었다. 죽음을 두려워하기만 한다면 삶의 마지막에 닿았을 때 우리는 제대로 된 작별 인사조차 나누지 못할 것이다. 죽음 그 자체보다도 제대로 끝맺지 못한 삶을 우리는 더 두려워해야 한다.

초보자를 위한
죽음 안내서

미국의 호스피스 완화의료 의사 비제이 밀러가 대학교 2학년일 때 겪었던 일이다. 친구와 시간을 보내고 귀가하던 중 그는 오래된 철로 위에 서 있는 낡은 전차를 발견했다. 호기심이 발동해 전차 위로 폴짝 뛰어 올라간 순간 그는 1만 1000볼트의 전기에 감전되었다. 이 사고로 밀러는 한쪽 팔과 양쪽 다리를 잃었으며 화상병동 집중 치료실에서 몇 번이나 죽을 고비를 넘겨야 했다. 회복한 후에는 남은 한쪽 팔로 휠체어에 올라타는 연습을 하고 의족으로 걷는 연습을 시작하며 천천히 자신을 일으켜 세웠다. 지금의 몸과 과거의 몸을 비교하지 않는 법을 배워나가고 오늘을 잘 살아남는 데 집중하면서 그는 삶을 다시 이어갔다. 이 사고를 통해 삶과 죽음은 그리 멀리 떨어져 있지 않고 죽음은 언제든 갑작스럽게 찾아올 수 있음을 절감한 밀러는 호스피스 완화의료 의사가 되기로 했다.

밀러는 죽음을 앞둔 사람들이 남은 시간을 무엇에 어떻게 쓰고 삶을 어떻게 정리해야 하는지 알려주기 위한 책 『초보자들을 위한 죽음 안내서A Beginner's Guide to the End』를 2019년에 펴냈다. 죽음이 처음인 우리 모두를 위한 책이다.

완치를 위한 치료를 멈추고 생명 연장을 위한 치료도 그 할 일을 다 했을 때, 우리는 고통을 줄이기 위한 치료에 집중한다. 이제 예측되는 남은 생은 몇 주에서 몇 개월 또는 며칠에서 몇 주 정도다. 내게 남은 시간이 몇 주 또는 몇 달에 불과하다는 것이 확실해졌을 때 우리는 삶의 마지막을 어떻게 보내야 할까?

밀러는 먼저 방구석에 잠들어 있는 잡동사니들을 정리할 것을 권한다. 나에게는 소중했지만 남들에게는 아무 의미가 없을 수도 있는 물건들을 처분하고, 친구나 가족들에게 나누어 줄 물건들에도 이름표를 붙여둔다. 오래된 문서들이나 지로용지, 보험증서, 연금, 계약서, 영수증 등도 필요한 것들만 서류 파일에 구분해서 넣어둔다. 아무렇게나 뭉쳐져 있는 종이 더미에 오래된 개인의 비밀이나 남들에게 숨겨뒀던 사생활이 담겨 있을 수 있다. 남은 이들이 발견하고 충격을 받거나 상처받는 일이 없도록 미리 버려야 한다. 이런 정리 없이 떠나게 되면 무엇을 버리고 무엇을 보관해야 할지 모르는 가족들에게 큰 짐을 떠안기게 된다. 가뜩이나 슬픔에 잠긴 그들에게 더 큰 고통을 주지 않도록 배려해야 한다.

오랫동안 추억을 기록해왔던 개인 SNS가 있다면 이것 역시 정리가 필요하다. 페이스북의 경우에는 개인 정보 설정에서 사후에 계정 관리를 어떻게 할 것인지 누구든 미리 결정할 수 있게 해두었다. '다른 사람에게 위탁 관리' 또는 '계정 소멸' 중에서 선택할 수 있다. 계정 소멸을 선택할 경우 사망한 것이 확인될 때 계정에 담긴 모든 게시물과 사진은 자동으로 삭제된다. 사망 이후에 나의 과거가 사이버 공간을 하염없이 떠돌지 않도록 한다.

무엇보다도 밀러는 되도록 일찍 가족들과 대화를 시작하기를 권한다. 삶의 정리에서 가장 중요한 것은 물건이나 서류의 정리가 아닌 관계의 정리다. "사랑한다, 고맙다, 미안했다, 나를 용서해줘, 나도 널 용서할게"라는 말을 제때 전하지 못하고 살았다면 용기를 내 먼저 말을 건네어야 한다. 내 인생의 한 지점에서 중요한 존재였던 이들에게 내가 어떤 사람으로 기억될지 결정할 수 있는 마지막 기회다. 말로 전하는 게 어색하다면 글로 대신해도 된다. 인생을 살면서 몸소 얻어낸 소중한 삶의 교훈도 전해주자. 살아갈 시간이 아직 남은 이들에게 좋은 가르침이 될 것이다. 나를 오랫동안 기억할 만한 추억이 담긴 작은 물건을 준비하는 것도 좋다. 당신을 기억하고 그리워할 이들에게 소중한 선물이 될 것이다.

매일 밤 잠에 들 때 우리의 삶은 잠시 멈춘다. 수술대 위에 누워 마취를 받고 의식을 잃을 때에도 마찬가지다. 시간은 흐르지만 우리의 삶은 멈춘다. 그래서 수면과 마취는 일시적이고 가역적인 죽음의 경험이다. 죽음을 미리 연습하며 우리는 삶을 돌아볼 기회를 얻는다.

통계적으로 열 명 중 한두 명은 예고 없이 갑작스러운 죽음을 맞는다고 한다. 반대로 말하면 대부분의 사람들은 다행히 예고된 죽음을 맞는다는 뜻이다. 예고된 시간만큼 우리는 좋은 죽음을 준비할 시간을 얻는다. 하지만 우리 중 누가 한두 명에 해당할지는 알 수 없다. 내가 아니길 바라지만 내가 아닐 이유도 없다. 준비 없는 죽음은 남은 이들에게 더 많은 상처와 아픔을 남긴다. 삶을 돌아보고 잘 살고 있는지 점검도 해가며 삶의 의미를 더해주는 사람들에게 사랑과 감사를 표현하는 죽음을 한 번쯤 연습해보길 바란다. 갑작스러운 죽음을 맞이할 운명에 놓였더라도 '이만하면 잘 살다 가는구나' 담담히 작별을 고하고 떠날 수 있도록 말이다.

끝내 전하지 못한 말

일본의 작은 바닷가 마을 오추치에는 조금 특별한 공중 전화 부스가 있다. 태평양이 내려다보이는 바람 부는 언덕 위에 위치한 부스에는 오래되고 낡은 검은색 전화기가 한 대 놓여 있다. 이 전화기의 송수신을 담당하는 전선은 땅에 가 닿지 않고 삐죽하게 잘린 채로 바람과 맞닿아 있어 '바람의 전화'로 불린다. 이 전화로는 누군가에게 전화를 걸거나 받을 수 없지만 매년 수많은 사람들이 이 전화를 사용하기 위해 오추치를 찾는다.

　바람의 전화는 오추치에 사는 마을 주민 이타루 사사키에 의해 설치되었다. 2010년 어느 날, 이타루는 아끼던 사촌 형제를 갑작스럽게 잃었다. 아무런 작별 인사 없이 떠나보내야 했기에 깊은 슬픔과 상실감에 빠졌다. 이타루는 어떻게든 그와 다시 연결되어 대화를 나누고 싶었다. 일반 전화로는 닿을 수 없는 곳에 가 있는 사촌을 향한 그리움을 달래기 위해 그는 바람과 연결된 전화기를 설치했다. 수화기를 들고 사촌에게 남기고 싶은 말을 하면 바람이 메시지를 대신 전해줄 것만 같았다. 사촌과 여전히 연결되어 있다고 느낄 때 그는 위안을 얻었고 사촌을 잃은 슬픔에서 조금이나마 벗어날 수 있었다. 바람의 전화는 그렇게 탄생했다.

2011년 3월 일본에 지진과 쓰나미가 찾아왔다. 이 일로 1만 9000명이 넘는 사람들이 생명을 잃었으며 많은 이들이 실종되었다. 오추치는 일본에서 가장 피해가 큰 마을 중 하나였다. 쓰나미는 겨우 30분 만에 마을 인구의 10퍼센트에 달하는 사람들을 휩쓸어 갔고 수많은 사람들이 사랑하는 이들을 갑작스럽게 떠나보냈다. 이타루는 쓰나미로 사랑하는 이들을 잃고 상실감에 빠진 사람들이 바람의 전화를 이용할 수 있도록 했다.

이곳을 찾은 사람들은 일상의 안부를 전하기도 하고 먼저 떠난 이를 원망하는 말을 쏟아내기도 하고 지켜주지 못한 죄책감을 털어놓기도 했으며 죽음을 담담히 받아들이고 작별 인사를 전하기도 했다. 생전에 미처 나누지 못한 말과 생각을 수화기에 대고 말함으로써 떠난 이들과 풀리지 않은 갈등을 풀기도 하고 먼저 떠난 이들의 고통을 달래고 그들이 편히 떠날 수 있도록 안심시키기도 했으며 그저 그들을 오래 기억하겠다는 마음만을 전하는 이도 있었다. 죽은 이와 직접 대화할 수는 없지만 바람을 통해 자신의 마음이 그들에게 닿기를 소망하며 오늘날까지도 많은 이들이 이곳을 찾고 있다. 전화 부스는 어떤 말도 할 수 있고 어떤 감정도 드러낼 수 있는, 누구에게나 열린 안전한 공간이었다. 울부짖는 그들을 위로하는 사람 하나 없지만 치료적인 공간인 셈이다. 이곳을 찾는 이들은 떠난 이들을 향한 그리움을 마음 편히 털어낼 수 있는 공간이 있다는 것만으로도 많은 위안을 얻었다. 지금까지 2만 5000명이 넘는 사람들이 이곳을 찾아 죽은 이들과의 대화를 시도했다.

준비되지 않은 갑작스러운 이별은 더 아픈 법이다. 알코올 중독 문제로 치료받던 젊은 여자는 힘든 가족사를 내게 털어놓았다. 자신에게 씻을 수 없는 상처를 준 아버지에 대한 원망, 아버지로부터 자신을 지키지 못한 어머니에 대한 분노로 우울감과 불면증에 시달리고 때때로 손목을 그어 자해도 했다. 꾸준히 치료를 받으며 술을 끊고 일상에 다시 적응해가던 무렵 아버지가 갑작스럽게 사망하였다. 아버지와의 갈등을 끝내 풀어내지 못하고 떠나보낸 것이다.

이후 그의 증상은 더욱 악화되었다. 과음하는 날이 많아지고 약을 복용하지 않는 날이 늘고 약속된 시간임에도 진료실에 나타나지 않았다. 자신의 분노가 아버지를 죽음으로 이끌었을지도 모른다는 죄책감에 시달렸고 아버지가 살아 있을 때 갈등을 해결하지 못해 안타까워했다. 그는 아버지를 향한 복잡한 마음을 평생 안고 살아갈까 봐 두려워했고 그 마음이 앞으로의 인간관계에 어떤 영향을 미칠지에 대해서도 불안해했다. 무엇보다도 스스로를 평생 용서하지 못할까 봐 걱정했다. 이렇게 자라난 우울과 불안을 달래기 위해 술을 마셨다. 술은 그에게 일종의 도피처였다. 술을 마시는 동안에는 우울과 불안에서 도망칠 수 있었지만 취기가 사라지면 더 큰 우울과 불안이 몰려왔다. 자존감은 더욱 떨어졌고 미래의 희망마저 없어 보였다. 결국 그는 자살을 시도했다. 죽으면 아버지를 만날 수 있을지도 모르니 대화하고 갈등을 풀 수 있을 거라는 무의식적 소망이 마음속에 자리했던 것이다. 마지막 대화도 정리도 없는 갑작스러운 이별은 이렇게 살아남은 이들의 마음에 씻기 힘든 생채기를 남긴다.

삶을 마무리하기 전, 우리는 서로에게 꼭 해야 하는 말들이 있다. 미국의 호스피스 의사인 아이라 바이오크는 죽음을 앞둔 사람과 가족들이 서로 나누어야 할 가장 중요한 네 가지 대화 주제를 이렇게 정리했다.

"나를 용서해줘."
"나도 너를 용서할게."
"그동안 고마웠어."

"사랑해."

    간단하지만 꺼내기 쉽지 않고 단순하지만 울림이 큰 말들이다. 떠나는 사람은 용기 내 이런 말들을 꺼내야 한다. 남아 있는 이들이 나에 대해 좋은 기억을 갖고 살아갈 수 있도록, 내가 그들에게 주는 마지막 선물이 될 수 있다. 사랑을 확인하고 화해할 수 있는 시간은 누구에게나 주어지는 당연한 일이 아니다. 갑작스러운 이별은 우리 주변에서 매일 일어나기 때문이다. 어쩌면 우리가 죽음을 앞두고 해야 할 말들은 오늘 당장 해야 할 말인지도 모른다.

사랑의 크기, 애도의 무게

캐서린은 귓불까지 내려오는 구불거리는 짧은 은발이 잘 어울리는 80대의 노인이다. 그는 작년에 남편을 잃었고 아직 그 슬픔에서 벗어나지 못했다. 남편 생각이 떠오르거나 누군가 그에 대한 이야기를 꺼낼 때마다 눈물이 흘렀으며 한번 터져나온 눈물은 멈추기가 어려웠다. 우울감이 심한 날에는 일상생활을 하거나 스스로를 챙기는 일도 힘들었다. 오랫동안 앓던 당뇨병 때문에 먹는 것에 신경을 쓰고 적절히 운동도 해야 했지만 자기 관리에 소홀해지면서 혈당 수치가 위험할 정도로 솟구쳐 응급실을 찾는 날도 잦아졌다. 생을 끝내고 싶다는 생각이 이따금씩 일상을 파고들기 시작하자 그는 아들의 손에 이끌려 나에게로 왔다.

"오늘은 아드님과 같이 안 오셨네요?"

"네, 늘 바빠요. 같이 살아도 얼굴 보기 힘들어요."

캐서린은 남편과 함께 살던 집을 처분하고 얼마 전 아들이 사는 낯선 도시로 이사를 왔다. 그는 이제 평생의 동반자인 남편뿐 아니라 남편과 함께한 추억이 가득한 집, 평생의 터전이 되어준 익숙한 환경과 친근한 이웃까지 잃었다. 아들의 권유로 그의 집 한쪽에서 살게 되었으나 오랜 세월 동안 멀리 떨어진 채로 별개의 삶을 꾸려나갔던 모자지간에는 애틋함보다 서먹함이 크게 자리했다. 캐서린은 며느리에게 짐이 되는 것 같아 마음이 편치 않았다. 그가 소속감을 느낄 만한 요인은 이 동네에 아무것도 없었다.

애착을 두었던 대상을 잃은 사람들이 치르는 심리적 비용을 우리는 '애도'라고 부른다. 그 대상은 사망한 배우자일 수도 있고 추억이 담긴 물건일 수도 있으며 사랑을 거둬들인 연인일 수도 있고 나를 해고한 직장일 수도 있으며 무너져버린 건강일 수도 있고 코로나로 인해 사라진 우리의 일상일 수도 있다. 애도 반응은 저마다 다르게 나타나며 딱히 정해진 유효기간이 없다. 우리가 각자의 방식대로 그 대상을 사랑했듯 애도하는 방식도 각자 다르다. 우리는 슬프거나 화가 나거나 무기력하거나 멍한 감정 상태로 지낼 수도 있다. 의식적으로 느껴지는 감정은 없지만 입맛이 없거나 잠을 못 자거나 소화가 안 되거나 두통에 시달리는 등, 원인을 알 수 없는 신체적인 변화만 보일 수도 있다. 별 도움 없이도 서서히 나아지다가 얼마 안 가 다시 일상을 되찾는 이들도 있고, 많이 나쁜 날과 그럭저럭 견딜 만한 날들이 파도처럼 밀려왔다 밀려나는 식의 고통이 잔잔하고도 꾸준히 이어지는 경우도 있고, 일상을 덮치고 삶을 헤집어놓는 큰 해일에서 몇 년 동안 벗어나지 못하는 경우도 있다. 캐서린처럼 여러 가지 상실이 짧은 기간 동안 연달아 일어난 경우에는 더 많은 증상과 더 오랜 기간 동안 일상의 어려움을 불러일으키는 복합성 애도를 겪을 가능성이 높다.

어빈 얄롬은 전 세계적으로 명성을 얻은 미국의 정신과 의사이자 베스트셀러 작가다. 내가 레지던트를 처음 시작하며 면담 치료의 중요성을 깨달을 때부터 정신의학과 호스피스 의학을 함께 전공하며 삶의 고통과 죽음의 고통을 아울러 치료하는 의사가 된 지금까지 그의 책들은 든든한 멘토가 되어주었다. 어빈은 몇 해 전 혈액암으로 아내를 잃었다. 그는 열다섯 살 때 만난 아내 메릴린을 평생에 걸쳐 사랑했다. 메릴린은 혈액암으로 인한 죽음이 확실해지자 남편에게 마지막 책을 함께 쓰자고 제안했다. 마치 연애 소설 『냉정과 열정 사이』처럼 어빈이 한 챕터를 쓰면 메릴린이 한 챕터를 쓰는 형식이었다. 그들은 투병 생활과 죽어가는 과정 속에서 일어나는 일들에 대한 서로의 관점과 생각을 각자의 챕터에 적어 내려가기로 한다. 메릴린은 자신의 죽음을 받아들이는 과정 속에서 겪는 고통과 두려움, 죽음을 앞두고 삶을 정리하는 모습, 그리고 어떤 죽음을 원하는지를 기록했다. 어빈은 고통받는 메릴린을 가까이에서 지켜보는 마음, 사랑하는 메릴린을 지킬 수 없는 무기력감, 메릴린 없이 여생을 살아가야 하는 두려움, 그리고 혼자 남겨진 자의 삶을 기록했다.

이 책을 쓸 당시 88세였던 어빈은 정신과 의사가 된 이후로 사람들이 지닌 마음의 문제를 셀 수도 없을 만큼 도왔다. 죽음에 대한 여러 권의 단행본과 전문서를 쓰고, 죽음의 공포를 경험하며 사는 말기 암 환자들을 위한 그룹 치료도 평생에 걸쳐 해왔으며, 3년 동안 매주 시행한 애도 반응 개인 면담 치료를 기록한 저서도 펴냈다. 그런 그도 아내의 죽음 앞에서는 속수무책이었다. 자신이 만난 환자들이 겪은 상실감에 비해 메릴린을 잃은 자신의 상실감이 훨씬 크다고 털어놓은 대목에서 나는 잠시 읽기를 멈추어야 했다. 상실의 고통이 비교 대상이 아님을 잘 아는 어빈이 왜 이런 생각을 했고 굳이 글로 남겼을지 궁금했다.

어떤 대상을 잃었는지 또는 어떻게 잃었는지는 상실감의 크기와 비례하지 않는다. 사랑의 크기가 크고 그 기간이 길수록 애도 과정을 힘들게 겪는다고 주장하는 이들도 있지만, 이혼으로 아내를 잃었건 죽음으로 남편을 잃었건 친구와의 우정을 잃었건 직장을 잃었건 추억이 담긴 아끼는 물건을 잃었건 각각의 상실이 주는 고통의 크기는 지극히 개인적이다. 고통을 이겨내기 위해 우리가 활용하는 마음의 도구 즉, 방어기제와 스트레스 극복 기술도 각자 다르므로 각자가 겪는 상실감의 무게와 크기를 비교할 수는 없다. 그렇지만 한 가지 확실한 것은 세상에서 가장 큰 상실은 '내가 겪는 상실'이고 세상에서 가장 큰 고통은 '나의 고통'이다. 나는 상실의 고통 속에서 울부짖는 어빈의 모습이 떠올라 마음 한쪽이 아릿했다.

미국의 정신과 의사 엘리자베스 퀴블러 로스는 1969년에, 죽음을 받아들이는 다섯 단계를 담은 책 『죽음과 죽어감』을 펴냈다. 이 책에서 그는 인간이 자신의 죽음을 마주했을 때 보이는 다섯 단계를 '부정-분노-협상-우울-수용'으로 보았다. 여기서 말하는 '단계'는 결코 기술된 순서대로 나타난다는 게 아니며 어떠한 단계를 이미 거쳤더라도 다시 겪을 수 있다. 사람에 따라 이런 단계를 전혀 거치지 않을 수도 있고 부분적으로만 경험하기도 한다. 죽음의 과정은 철저히 개별적이고 개인화되어 있다. 세상에 똑같은 삶이 없듯 똑같은 죽음도 없는 것이다. 그럼에도 불구하고 다섯 단계로 마음 상태를 명명하고 구분해둔 것은 죽음을 앞둔 사람들이 자신의 감정을 알아차리고 언어로 표현할 수 있게 하려는 목적이 크다. 감정을 표현하지 못하면 우리의 신체가 감정을 통째로 삼켜서 담아내버리게 된다. 억눌려진 감정은 몸의 여기저기가 아프다거나 상황에 맞지 않게 눈물이 터져서 멈추지 않는 등 스스로 제어할 수 없는 신체 반응으로 터져 나온다.

죽음을 앞둔 이들이 느끼는 혼돈의 정체를 밝혀내고 내 마음의 상태를 언어로 표현해낼 수 있으면 자기조절감이 커진다. 자기조절감을 통해 우리는 죽음이 주는 무기력감에서 조금은 벗어날 수 있다. 반면에 혼란에 빠져서 예민해지고 감정 조절을 못 하게 되면 나를 사랑하고 내 곁에 있어 주는 사람들에게 의도치 않은 상처를 줄 수도 있다. 혼란스러운 상태에서는 스스로를 통제하는 힘도 약해지기 때문이다. '아무것도 생각할 수가 없어. 모르겠어. 불편하고 불안해. 어떻게 해야 할지 모르겠어.' 이런 생각에서 벗어나 '내가 지금 화가 났구나. 두려워하는구나. 무기력하구나. 우울하구나. 나는 지금 어떻게든 죽음을 피할 방법을 찾고 있는 거구나' 이렇게 구체화하는 것이 가능하다면 타인에게 내 마음을 더 잘 이해받을 수 있고 도움을 받기도 쉽다.

또한 이런 심리적 반응이 나 혼자만 겪는 일이 아니며, 죽음을 앞둔 사람이라면 누구나 죽음을 받아들였다가 다시 부정하고 분노하고 우울해할 수 있음을, 이런 마음이 지극히 당연하고 정상적인 현상임을 암묵적으로 전달하는 데 이 다섯 단계의 목적이 있다. 퀴블러 로스는 다섯 단계가 죽은 이들을 떠나보낸 사람들이 겪는 애도 과정에서도 나타날 수 있다고 덧붙였다. 우리는 사랑하는 이의 죽음을 받아들이지 못하고 그가 여전히 살아 있다고 믿으며, 상실에 대해 분노하고 슬퍼하며, 그를 살려낼 수 있다면 무엇이든 하겠다는 태도를 취한다. 가끔 어떤 하루는 그의 죽음을 인정하고 받아들이며 그가 없이도 살아낸다. 그러다가도 어떻게 나한테 이런 일이 있을 수 있는지 분노하고 왜 하필 그 사람에게 일어나야만 했는지 억울해한다.

데이빗 케슬러는 퀴블러 로스가 살아 있을 때 함께 『인생 수업』이라는 책을 쓰고, 퀴블러 로스가 사망한 후에도 뒤를 이어 좋은 죽음과 애도 과정에 대해 사람들을 교육하고 상담하며 수십 년간 활발히 활동해온 심리전문가다. 그는 몇 해 전 스물한 살의 아들을 갑작스럽게 잃었다. 아들을 잃은 슬픔은 이루 말할 수 없을 만큼 컸고 그는 무기력과 상실의 고통 속에서 몸부림쳤다. 어빈의 경우와 마찬가지로 심리전문가라고 해서 남들에 비해 슬픔을 덜 느끼는 건 아니었다. 퀴블러 로스의 다섯 단계를 겪는 자신을 관망하며 그는 무언가 충분치 않다고 느꼈다. 아들의 죽음을 받아들이는 수용의 단계에 이르렀을 때 그는 아들의 짧은 생과 예기치 못한 죽음이 남은 이들에게 어떤 영향을 주고 있는지 생각해보게 되었다. 아들의 삶과 죽음이 어떤 의미로든 남고 기억되기를 바랐다. 케슬러는 상실을 통해 자신이 겪게 된 변화와 깨달음을 깊이 고민했고 애도 과정의 다섯 번째 단계인 수용 이후에는 '의미'라는 단계가 더해져야 한다고 결론 내렸다.

의미의 단계는 상실의 고통을 받아들이는 수용의 단계를 거친 다음에만 구할 수 있다. 그렇다고 의미의 단계에 이르렀다 해서 상실의 고통이 사라지는 것은 아니다. 살아 있는 한 그 고통은 삶의 일부로 남는다. 하지만 상실한 대상의 존재 의미, 상실이 가져다준 삶의 의미, 더 나은 우리와 우리 사회를 위해 개선해야 할 것들에 대한 깨달음을 구할 수 있다면 상실의 고통 역시 조금은 줄어들 수 있다고 케슬러는 주장한다. 최근 우리나라에서 지정된 스쿨버스 교통사고로 사망한 아이들의 이름을 딴 법, 음주운전 사고로 인해 사망한 피해자 이름을 딴 법들은 망자가 된 이들이 우리에게 남긴 의미이며 그들이 영원히 사는 길이기도 한 것처럼 말이다.

우리는 살아가는 한, 그리고 사랑하는 한 상실과 애도를 피할 수 없다. 이별의 고통을 느끼지 않기 위해서 다시는 누군가를 사랑하지 않겠다고 장담하는 사람도 있다. 그렇지만 기억해야 한다. 사랑하지 않는 삶은 살지 않은 삶이다. 상실감을 피하기 위해 사랑을 포기하는 것은 삶을 포기하는 것이다. 사랑의 시작과 끝은 우리의 의지대로 정할 수 없으며 사랑의 강도도 마음대로 조절할 수 없다. 애도는 사랑이다. 사랑했던 대상은 사라졌지만 그 사랑은 아직 끝나지 않았다. 애도 과정을 겪는 이들에게 왜 아직도 슬퍼하냐고, 이만하면 되지 않았느냐고, 이제부터는 당신의 삶을 살라고 말하는 것이 아무 소용 없는 이유가 여기에 있다. 사랑은 아직 멈출 수가 없다. 고통스러운 감정을 억누르거나 못 본 척 무시하는 일은 애도 과정을 연장시킬 뿐이다.

뜨거웠던 사랑이 까맣게 다 타서 재가 될 때까지, 우리는 바닥 끝까지 내려가 슬퍼해야 한다. 바닥에 가 닿았을 때야 딛고 설 단단한 땅을 만나기 때문이다. 그때 일어서면 된다. 그때도 여전히 사랑한다면, 기억하면 된다. 기억하는 한 그는 영원히 내 안에 산다. 그러니 매일 사랑하고 매일 이별하는 우리, 슬퍼해도 괜찮다.

나는 완치될 수 없는 병을 안고 사는 사람이 정신적인 고통을 호소할 때, 질환은 당신의 일부일 뿐 삶의 전체는 아니라는 것을 다양한 방법으로 알려주려고 애쓴다. 비록 병 때문에 당신의 삶이 전보다 훨씬 많이 제한되어 삶의 계획을 대폭 수정해야 한다고 해도, 당신은 병보다 더 큰 존재이고 당신의 삶은 당신이 앓고 있는 병보다 훨씬 넓고 깊다.

또한 완치되지 않는 병을 평생 안고 살아가야 한다는 사실을 되도록 빨리 받아들이고 이제부터 어떻게 살 것인지 고민해야 한다. 그래야 조금이라도 더 빨리 삶을 되찾을 수 있다. 남들보다 조금 더 복잡하고 까다로운 삶이긴 하지만, 그래도 여전히 당신의 삶이다.

제3장

아프고
힘들어도,
그래도 삶

Time to read death

고통이란 무엇인가

1983년 어느 날, 스물여섯 살의 엘리자베스 보비아는 캘리포니아 리버사이드의 한 정신병원에 자의로 입원했다. 그때 그의 마음속에는 오랫동안 품어온 한 가지 계획이 있었다.

엘리자베스는 심한 뇌성마비를 갖고 태어났다. 팔다리를 자신의 의지대로 움직이지 못했고 뻣뻣해진 신체를 감당하지 못한 온몸의 관절에 만성적인 염증이 생겨 심한 통증을 앓고 있었다. 겨우 손가락 몇 개와 얼굴 표정 정도만 자신의 의지대로 움직일 수 있을 뿐 스스로 앉거나 똑바로 누울 수 없는 삶이 계속되었다. 혼자의 힘으로 식사하거나 용변을 보는 것도 불가능하여 하루 대부분의 활동을 타인에게 의지해야 했다. 그를 24시간 내내 돌보아줄 수 있는 사람을 구하는 것은 매우 어려운 일이었고 가족들은 이미 삶에서 멀어진 상태였다. 벗어날 수 없는 고통으로 가득 찬 삶을 멈추는 것만이 그에게 남은 유일한 선택 같았다.

그는 자신의 고통을 자살로써 끝내기로 결심했다. 하지만 신체적 장애 때문에 스스로 목숨을 끊을 수 있는 방법을 찾을 수 없었다. 그래서 일단은 정신병원에 입원한 뒤 통증을 줄이는 치료를 받고 제공되는 음식을 거부함으로써 천천히 자신의 삶을 끝낼 계획을 세웠다. 입원 과정에서 병원은 그 의도를 알게 되었고 그의 정신을 감정했다. 감정 결과 스스로 합리적이고 이성적인 결정을 내리지 못하게 하는 지능장애나 정신장애는 그에게 없는 것으로 판단했다. 하지만 그의 계획이 병원에서 실행되는 것을 용인할 수 없었던 병원 측은 그에게 식사를 하도록 강요했다. 음식을 거부하는 그를 제압하기 위해 식사 때마다 4명의 직원들이 동원되었고 코를 통해 관을 삽입하여 위까지 닿게 한 뒤 액체 형태의 음식을 강제 주입하였다. 결국 그는 병원이 개인의 주체적이고 독립적인 의사결정을 무시하고 자신의 몸에 강압적인 폭력을 행사했다며 고발했다.

캘리포니아주 법원은 엘리자베스가 스스로 목숨을 끊을 권리가 있다고 해도 사회가 그것을 도울 의무는 없다고 판결하여 병원의 손을 들어주었다. 그는 이 판결에 불복하였고 재판은 상급 법원으로 보내졌다. 상급 법원은 개인이 이성적인 판단을 할 수 있는 능력을 갖추고 있다면 자신의 판단에 의해서 치료를 거부할 권리가 있으며, 이 판결이 사회적인 물의를 일으켜 그와 비슷한 장애를 앓고 있는 다른 환자들을 보호하지 못하더라도 개인의 선택권을 법이 우선적으로 보호해야 한다며 앞선 판결을 뒤집었다. 그는 이제 자신의 의지대로 합법적으로 스스로를 굶겨 죽일 수 있게 되었다.

2018년에 있었던 일이다. 68세의 토머스는 이웃의 신고를 받고 출동한 경찰에 의해 UCLA 병원 응급실로 옮겨졌다. 이웃들은 토머스의 집에서 무언가 썩는 냄새가 심하게 난다고 했다. 경찰이 토머스의 집으로 찾아갔을 때 그는 몹시 우울해 보였고 말을 횡설수설하였다. 그의 몸에서는 살 썩는 냄새가 났다. 드러난 그의 왼쪽 팔은 한쪽이 깊게 파여 피고름과 진물이 흘렀고 구더기와 이름 모를 벌레들이 상처 주변을 감염시키고 있었다. 응급실에서 토머스를 진찰한 의사들은 그의 왼쪽 팔에 생긴 악성 피부암이 치료되지 않은 채로 오래 방치되어 피부뿐만 아니라 피부 아래 연부조직들이 이미 돌이킬 수 없을 정도로 망가졌다고 했다.

더 이상의 감염이 진행되는 것을 막기 위해 왼쪽 팔을 절단하는 수술이 계획되었으나 그는 수술을 거부하였다. 토머스는 어떤 치료도 받고 싶지 않다고 했다. 팔을 잘라내지 않으면 전신 감염으로 인해 생명을 잃을 수 있는데도 한쪽 팔 없이 살아가는 삶은 상상할 수 없다고 했다. 그는 차라리 이대로 죽는 것이 낫다며 이미 젊은 시절부터 자신을 괴롭

혀온 우울증으로 살아가는 의미를 잃은 지 오래라고 했다. 그는 오랫동안 가족들과 연락을 하지 않고 지냈으며 8시간 떨어진 거리에 사는 여동생이 한 명 있을 뿐이었다. 토머스는 온전한 몸으로 삶을 끝내고 싶다며 고통 없이 조용히 죽을 수 있게 도와달라고 호소했다.

엘리자베스와 토머스가 호소한 고통은 단지 신체의 통증만은 아니었다. 그들은 친구도 가족도 없이 홀로 고립된 생활을 했고, 살아갈 의미가 없다고 생각했으며, 살아갈 만한 이유나 목적이 될 만한 어떤 것도 찾지 못했고, 자신의 삶을 끝낼 계획을 갖고 있었다.

이들이 겪는 병의 증상으로 인한 신체적 통증, 병 때문에 홀로 고립되어 드러나는 정신사회적 통증, 그리고 내 삶의 무가치감·무의미함·절망감이 주는 영적 통증을 통틀어 총체적 통증이라고 한다. 이 개념을 처음으로 주창한 사람은 1950년대에 호스피스의 현대적 개념을 처음으로 발전시킨 영국인 의사 시슬리 사운더스다. 사운더스는 총체적 통증이란 개념을 고안해내고 환자를 질환으로서만 접근할 게 아니라 한 명의 인간으로서 이해하고 알아가는 것이 중요하다고 주장했다. 어디가 아프고 어떤 증상이 있는지

외에 어떤 삶을 살아온 사람인지, 가장 가깝게 느끼고 의지하는 사람은 누구인지, 그를 도와줄 수 있는 이웃은 있는지, 어떤 활동을 할 때 행복을 느끼는지, 삶의 가치와 의미는 어디서 찾는지, 종교적인 믿음은 있는지를 알고 있어야만 의학적 치료뿐 아니라 정신사회적 고통을 덜어주는 다면적인 보살핌을 함께 제공할 수 있고 그것이야말로 진정으로 환자의 고통을 덜어주는 길이라 보았다.

미국의 의사이자 의료 윤리학자인 에릭 카셀은 '고통이란 병으로 인해 원래 나로서의 삶을 이어나갈 수 없고 그로 인해서 자아정체성이 무너지는 상태'라 정의 내렸다. 그에 따르면 고통의 크기는 통증이 신체에 미치는 영향보다 그의 현재 삶 전체와 미래에 미치는 영향에 달려 있다. 한 인간은 개인으로서 가질 수 있는 모든 측면에 의해 정의된다. 이것은 자아나 인격보다 훨씬 광범위한 개념이다. 그의 과거, 가족의 과거, 가족이나 친구들과의 관계, 그가 살아온 문화적·사회적 환경, 그가 하는 일, 사회에서의 역할, 자신의 신체상, 무의식, 정치적 성향, 남들에게 드러내지 않았던 비밀스러운 사생활, 꿈꾸고 있는 미래, 종교적인 신념과 관점 등…… 이 모든 것들이 모여서 하나의 온전한 전체로서의 인간을 이룬다. 내 삶을 위협하는 질병이 찾아왔을 때 우리는 나를 나답게 하고 내가 어떤 사람인지를 정의하는 이런 요소들을 하나둘 잃으며 더 이상 이전의 나로서 살아갈 수 없게 된다. 이렇게 본연의 모습을 상실하면 내가 앓고 있는 질병이 나를 정의하고 내 인생 전체를 압도하고 있다고 느끼게 된다. 더 나아가 이것이 쉽게 나을 수 없는 질병이라면 고통을 끝내는 유일한 방법은 삶을 끝내는 것이라는 생각까지 할 수 있다. 그렇다면 우리는 고통에서 어떻게 벗어날 수 있을까?

우선 토머스의 이야기로 돌아가보자. 토머스의 주치의는 존엄사를 선택하겠다는 그의 의사를 존중해 호스피스 완화의료팀에 상담을 청했다. 그렇게 나는 토머스를 처음 만나게 되었다. 나는 토머스가 궁금했다. 악성 피부암에 걸렸다는 걸 오래전에 알고도 왜 치료를 적극적으로 받지 않았는지 궁금했고, 가족들과는 어쩌다 연락을 끊게 되었는지, 젊고 건강했을 때는 어떤 삶을 살았고 무엇이 그를 행복하게 했었는지 궁금했다. 나는 토머스의 우울증이 얼마나 심각한지 알고 싶었고 우울증을 치료해주면 그의 선택이 바뀔 수 있을지 고민해보았다. 피부암이 이미 뇌까지 전이된 상태였으므로 토머스 본인의 인격이 아닌 뇌에 자리 잡은 암이 그의 인격을 지배하여 선택을 좌우하고 있는 게 아닌지도 알아보고 싶었다. 토머스의 허락하에 그의 여동생으로부터 건강할 때의 모습을 전해 들을 수 있었다. 여동생은 오빠가 수술을 받고 당장의 패혈증 위험으로부터 벗어날 수 있기를 바랐으며, 이미 암이 진행되어 완치가 어렵더라도 얼마간의 삶을 이어갈 수 있다면 항암 치료를 받게 하고 그의 남은 생이 외롭지 않도록 돕고 싶다고 했다.

토머스와의 대화는 쉽지 않았다. 혼자 고립되어 생활한 시간만큼 마음의 빗장도 단단했다. 나는 그의 병실에 매일 찾아가 그가 이야기할 준비가 될 때까지 아무 말 없이 옆에서 기다렸다 오기를 반복했다. 아무런 대화도 할 수 없는 날들도 있었지만 그가 나의 방문을 반가워하거나 안부를 묻는 날도 있었다. 토머스는 내가 진심으로 그를 알고 싶어 하고 돕고 싶어 한다는 것을 알게 되면서 조금씩 자기 이야기를 시작했다. 그에 대해 알아가는 동안 나는 주치의에게 우울증과 통증을 동시에 줄이는 데 효과적인 케타민을 처방하도록 권했다. 시간이 가면서 팔의 통증이 줄어들고 우울감 역시 나아졌다. 결국 그는 왼쪽 팔을 절단하는 수술에 동의하였고 무사히 수술을 마친 뒤 항암 치료를 시작하게 되었다. 상담 의사로서의 역할이 끝나 마지막으로 방문하였을 때 그는 이런 작별 인사를 전했다.

"수술을 받도록 설득해주어서 고마워요. 얼마 남지 않은 삶이라도 조금 더 오래 여동생과 시간을 보낼 수 있게 되어서 다행입니다. 이제 정말 후회가 없을 것 같아요."

1983년의 엘리자베스는 결국 어떻게 되었을까? 판결을 통해 자기결정권을 보장받게 된 그는 오히려 반대의 선택을 했다. 죽지 않기로 한 것이다. 그의 사연이 알려지면서 도움의 손길들이 이어졌고 점차 그의 친구가 되겠다는 사람들이 생겨났다. 세월의 흐름과 함께 그는 더 발전된 의학의 도움을 받을 수도 있게 되었다. 친구들과 함께 시간을 보내면서 그는 자신만의 삶의 의미를 발견해나갔다. 또한 언제든 죽을 수 있으므로 지금 당장 죽지 않아도 되었다. 2018년에 확인된 바로, 그는 아직 생존해 있다.

이와 같이 신체적, 정신사회적, 영적 통증을 개별적으로 인지하고 동시에 통합적으로 치료하는 의료 시스템과 사회적 지지체계를 만들어나가는 것은 중요하다. 토머스도 엘리자베스도 이런 포괄적인 도움이 없었다면 더 이상 생을 이어가지 못했을 것이다.

포괄적 의료 시스템을 만들어나가는 것 이외에 우리가

스스로를 위해 할 수 있는 일이 있다. 건강하고 어떤 일이든 할 수 있을 때, 나를 구성하고 내 삶을 설명하는 여러 요소들을 다양하고 균형 있게 성장시켜놓는 것이다. '내 인생에서 이거 아니면 끝이야, 나는 이것만을 위해서 살아'라고 생각한다면, 내 정성과 시간을 그것 이외의 다른 것들에 쓰지 못하고 있다는 뜻이다. 나의 직업을 내 인생의 전부로 만들거나 나를 정의하게 해서는 안 된다. 내가 병 때문에 직장 생활을 못 하게 되면 내 인생은 곧장 쓸모없는 것으로 여겨질 것이기 때문이다. 직장 생활을 하지 못해도 여전히 좋은 부모일 수 있고 좋은 친구일 수 있다. 병을 이겨낸 이후에 이전 직업으로 돌아갈 수 없다면, 평소에 즐기던 취미나 놀이가 새로운 삶의 의미가 되어줄 수도 있다. 지금 당신이 일에만 집중하는 삶을 산다면 가족과 친구들에게 한 번 더 사랑을 표현하고 짬을 내서 좋아하는 일 한 가지쯤은 취미로 키워보길 바란다. 여러 종목으로 분산 투자를 한 사람이라면 한 종목이 무너진다고 주식 시장에서 모든 것을 잃진 않는다. 내 삶에도 분산 투자가 필요하다. 건강한 자아정체감을 위해서는 내 삶을 이루는 요소들이 어떤 것이 있는지 평소에 생각해보고 나의 시간과 노력을 분산 투자해 골고루 나답게 가꾸어나가야 한다.

『죽음의 수용소에서』를 쓴 정신과 의사 빅터 프랭클은 '인간은 고통으로 인해 파괴되는 것이 아니라 고통의 의미를 찾지 못할 때 파괴된다'고 말했다. 나를 나일 수 없게 만든 고통을 계속 참아내야 하며 설사 그 고통으로 인해 신체의 기능을 일부 상실한 삶이더라도, 이 고통을 어떻게 받아들이고 이해할 것인지는 여전히 우리에게 달려 있다.

통증이 심해도 어느 정도 조절할 수 있다고 생각하고, 나아질 거라는 믿음을 갖고, 통증을 지닌 채 사는 삶이 나의 뉴 노멀이라는 것을 받아들일 수 있는 사람은 고통의 정도가 크지 않다. 크지 않은 통증이라도 이것이 끝나지 않을 것이라 믿고 희망이 없다고 생각할 때 훨씬 더 큰 고통이 찾아온다. 실제로 척추마비 환자들의 척추 손상 위치에 따른 마비의 정도나 신체 장애의 정도가 우울증의 심각도와는 아무런 관계가 없다는 연구도 있다.

고통을 통해 자신의 삶을 돌아보고 더 나은 삶을 계획하는 사람들도 있고, 빅터 프랭클처럼 고통을 통해 얻은 깨달음을 다른 사람들에게 전하여 삶의 의미를 넓힌 사람들도 있다. 어떤 상황에서도 더 나은 지금을 위해 내가 할 수 있고 바꿀 만한 것은 있다. 그게 무엇인지 고민하고 내 삶을 더 나은 현재로 만드는 것, 이것이 삶이라는 선물을 얻은 우리 모두에게 주어진 권리이자 의무다.

생애 첫 정신과 방문을
앞둔 당신에게

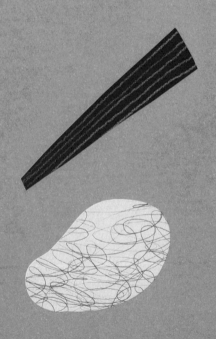

코로나 상황이 심각해지면서 진료 또한 화상 전화 또는 일반 전화를 이용하는 일이 점차 늘어나고 있다. 정신과 진료는 환자가 자발적으로 말해주는 우울감, 불안감, 불면 같은 증상 외에도 표정, 시선, 태도, 자세, 옷차림, 꾸밈의 정도, 위생 상태, 얼굴과 몸의 미세한 움직임의 변화 등과 같이 비언어로 표현되는 마음의 상태를 진단의 중요한 근거로 활용하므로 급하게 시작된 원격 진료의 질은 그리 만족스럽지 못하다. 그렇지만 환자의 안전을 최우선으로 생각하는 의사 입장에서는, 환자를 감염에 노출시키는 위험을 감수하느니 차선의 진료를 하는 편이 낫다.

기존에 만남을 이어오던 재진 환자들과는 달리 새로운 환자를 처음 만나는 진료 앞에서 나는 늘 긴장하게 된다. 원격 진료는 거기에 어려움을 더한다. 초진의 경우 한 시간 정도의 대화를 나누는 동안 지금껏 어떤 환경에서 어떻게 성장했는지, 발달 과정에 트라우마는 없었는지, 학업과 직업은 수행 가능한지, 인간관계는 어떠한지, 약물 중독의 경험은 있는지, 앓고 있던 기존의 내과적 질병은 있는지, 머리를 다친 적이 있는지, 현재의 병이 어느 정도 심각하며 얼마나 안정되었는지, 무슨 치료를 받았고 어느 정도 도움을 받았는지 등의 정보를 환자로부터 얻어야 한다. 이런 광범위한 정보들은 환자의 협조 없이는 알아내기 힘들기 때문에 첫 진료의 성패는 환자가 나와 의미 있는 대화를 이어나갈 수 있는지와 내 질문에 대답해줄 의지가 있는지에 달려 있다. 종종 환자들에게 "내가 당신을 잘 도울 수 있게 나를 도와주세요"라고 부탁하는 이유가 여기에 있다. 환자 입장에서는 즐겁고 행복했던 기억보다는 힘들고 아픈 기억들을 끄집어내야 하는 시간이어서 어느 정도 건강한 자아를 유지하고 있어야 이런 면담도 가능하다. 덮어두었던 상처를 다시 여는 작업이기에 면담이 끝난 이후에 오히려 환자가 더 우울해지는 일이 흔하므로 늘 조심스럽다.

내가 환자의 안팎 모습을 총체적으로 파악하려고 하듯이 환자 역시 나를 본다. 그는 나의 인종, 성별, 외모나 말투, 태도에 처음부터 호감 또는 비호감을 가질 수 있고 내게 얼마나 솔직할 수 있을지, 나를 얼마나 신뢰할 수 있을지 무의식적으로 결정 내릴 수 있다. 의사와 환자의 만남이기 이전에 인간 대 인간의 만남이기 때문이다. 환자가 방어적인 태도를 취하거나 나에 대한 신뢰가 부족하여 현재 겪고 있는 상황들을 솔직하게 말하지 않았을 때 걱정되는 것은, 내가 처방하는 약이 오히려 독으로 작용하는 경우다. 예를 들어 날트렉손이라는 약을 알코올 중독 환자의 술에 대한 갈망을 낮춰주기 위해서 처방했는데, 만약 그가 마약성 진통제를 남몰래 남용하고 있다는 사실을 나에게 말해주지 않았다면 그 약을 복용한 환자는 고통스러운 금단 증상을 겪게 된다. 의도치 않았어도 나는 결과적으로 그에게 해를 끼치게 되는 것이다. 그러므로 환자에게 제대로 된 도움을 주는 의사가 되려면 나는 환자들의 '마음에 드는' 편이 낫다.

처음 만나는 환자이더라도, 대부분의 경우에 나는 그에 대한 정보를 누군가로부터 미리 받는다. 응급실 의사, 이전에 그를 담당했던 정신과 의사, 그의 상태를 먼저 점검하고 외래 예약을 해주는 누군가로부터 그가 어떤 환자인지에 대한 전체적인 큰 그림을 전달받으면 만나기 전에 그를 상상해보고 어떤 도움을 주면 좋을지 준비하는 데 도움이 된다. 이것은 질 좋은 진료를 위해 필수적이지만 그런 과정에서 만나기도 전에 그에 대한 선입견이나 편견을 갖기 쉽다. 예를 들면 중독성이 강한 약들을 지속적으로 요구해왔던 환자나 큰 이유 없이 여러 차례 의사들을 바꾸길 반복했던 환자, 특정 인격장애 성향으로 치료자들 사이의 관계를 이간질하거나 정보를 왜곡하고 거짓으로 말했던 환자라든지, 성범죄를 저지른 적이 있는 경우라든지…… 이런 경우 속단하여 진단과 치료 방향을 어느 한쪽으로 단정 지어버리려는 유혹에 빠지기 쉽다. 그래서 나는 믿을 만한 정보를 미리 받는다고 해도 그를 처음 마주하는 시간 동안은 최대한 그를 백지상태로 대하려고 한다. 편견 없이 대했을 때 그 사람에 대해 더 많은 것을 더 빠른 시간 내에 파악할 수 있었고, 그와의 장기적인 관계 형성에도 도움이 되었으며, 놓쳐버릴 수도 있었던 중요한 임상적 근거를 얻어내 더 정확한 진단을 찾아냈기 때문이다.

호스피스 병동에서 일하던 중 나는 내과 의사들로부터 환자들과 좋은 관계를 맺는 요령이 있느냐는 질문을 받은 적이 있다. 나는 "편견 없는 중립적인 태도로 순수한 호기심을 가지고 대할 때 상대방은 안심하고 솔직하게 있는 그대로의 자신을 내보여줄 수 있습니다"라고 답했다. 환자에 대해 많이 알수록 더 폭넓은 보살핌을 제공할 수 있는 것은 당연한 일이며 그런 태도는 언젠가 나에게 더 좋은 일이 되어 돌아오기도 한다. 중립적으로 다가가는 데 성공했다면, 이제 잘 들어야 할 차례다. 치료에 적합한 약을 더하고 빼고 조절하는 일이 나의 주된 일이지만 때로는 환자가 살아가는 이야기를 듣는 데 더 많은 시간을 쓰기도 한다.

어떤 중년의 여성과 전화 진료를 통해 만난 적이 있다.

그는 조울증과 경계선 인격장애를 진단받아 의사와 논의해 어떤 약을 복용할지 함께 골랐지만, 결국엔 먹지 않고 상의 없이 단번에 약을 중단해서 더 힘든 금단 증상을 겪고 있었으며 결과적으로 약의 효과도 알 수 없는 상태였다. 그는 도와달라면서도 동시에 도움을 거절했으며, 자기는 힘든데 약은 효과도 없고 아무도 도와주지 않는다며 벌컥 화를 내었다. 그는 무기력감과 좌절감으로 힘들어했고 우울증 치료의 최전선에 있는 전기경련 치료도 받아봤지만 별 효과가 없었다고 했다. 나는 목소리 톤으로 짐작은 하되 얼굴에는 어떤 감정이 흐르고 몸짓은 어떠한지 알 수 없는 상황에서 진료를 시작했다.

그는 새로 처방된 약 역시 먹지 않았고 괴로움에 삶을 놓아버리고 싶다며 눈물 섞인 호소를 거칠게 털어놓았다. 나는 그가 약에 어떤 두려움을 갖고 있으며 약을 통해 어떤 효과를 기대하고 있는지 물어보려다가, 그가 대화에 참여하려는 의지가 없어 보여 약에 대한 이야기를 잠시 접어두기로 했다. 어쩌면 그는 이 질문을 십수 년이 넘도록 다른 정신과 의사들에게서 귀가 아프게 들었을지도 몰랐다. 대신에 지금 당신이 겪고 있는 어려움이 어떤 것인지 들어보고 싶으니 불편하지 않을 만큼, 할 수 있는 만큼만 말해줄 수 있는지, 나는 지금 모든 관심을 당신에게 집중하고 있고 이야기를 들을 준비가 되어 있다고 진심을 담아 수화기 너머로 목소리를 전했다.

  그는 최근에 겪은 상실감과 사회적 고립으로 인한 외로움을 쏟아내듯 털어놓았고 이 이야기를 나에게 할 수 있어서 안도하고 홀가분해했다. 나는 아프고 힘든 이야기를 들려준 그에게 고맙다고 한 뒤, 과거의 상실과 트라우마 그리고 현재의 어려움을 약이 해결해줄 수는 없지만 약을 통해 기분 변화를 줄일 수 있어서 조금은 안정된 일상을 보낼 수 있다는 점을 이야기해주었다. 또한 약은 당신의 인생을 변화시킬 수 없으며, 주저앉은 당신이 스스로의 힘으로 다시 일어설 수 있도록 잠시 손을 잡아주는 역할을 하는 것뿐이라 말해주었다. 약이 내 머리를 지배해서 통제력을 잃을지도 모른다는 두려움과 효과가 드라마틱하지 않았을 때 느낄 좌절감을 막기 위해, 약을 먹는다고 해서 내가 약에 지배당하는 것이 아니며 약이 마법처럼 내 인생을 변화시킬 수도 없다고 알려주었다.

  환자와 좋은 관계를 맺고 싶은 소망에도 불구하고, 안타깝지만 내가 가지고 태어난 본질적 특성이 모두의 호감을 사기는 불가능하여 가끔은 환자들로부터 욕도 먹고 때로는 다른 의사로 교체되는 수난을 겪기도 한다. 그렇지만 내가 환자로부터 해고되는 일이 드물지 않게 있는 것처럼 다른 의사들로부터 큰 도움을 받지 못했던 환자들이 내게 와서 안정을 찾는 경우도 종종 있다.

모든 의사가 내 마음을 잘 알아주는 것은 불가능하며, 그 역시 모든 환자들에게 좋은 의사일 수는 없다. 이것은 의사와 환자 관계에서뿐 아니라 인간관계의 핵심이다. 나는 모든 사람들로부터 사랑받을 필요가 없고 받을 수도 없다. 그러므로 내가 만난 정신과 의사가 내 마음을 잘 알아주지 못한다고 해도 좌절하지 말고 나와 합이 더 잘 맞는 의사를 다시 찾아보길 권한다. 소문난 명의라 할지라도 나의 어려움을 들여다보지 못할 수 있다. 이름난 의사보다 내 마음을 잘 알아주는 의사에게 도움받는 것이, 똑같은 약을 처방받아도 효과가 더 좋다. 위약 효과는 실제 약의 효과만큼이나 중요하기 때문이다.

나는 당신과 정신과 의사의 첫 만남이 조금은 설레기를 바라는 마음에서 이 글을 쓴다. 설렘과 두려움은 아마도 비슷한 심장 박동일 것이다. 낯선 의사와의 만남을 두려워하여 도움받기를 망설이기보다는, 그 의사 역시 당신의 호감을 얻기 위해 노력하는 한 인간이라는 것을 기억해주길 바란다. 그는 당신을 위해서 존재하며 당신의 정신건강에 도움을 주려는 사람이니 그 도움이 미약하다면 그 생각을 솔직하게 전해보기를 바란다. 그런 노력에도 불구하고 원하는 도움을 적절히 받지 못했다면, 걱정 말고 미련 없이 다른 의사를 찾아 나서길 바란다. 그 의사 역시 본인이 모든 환자를 다 치료할 수 없다는 사실을 너무나 잘 알고 있으며 비록 도움이 되지 못했지만 당신의 행복을 바라는 마음만은 진심이기 때문이다.

어느 청년 암 환자의 이야기

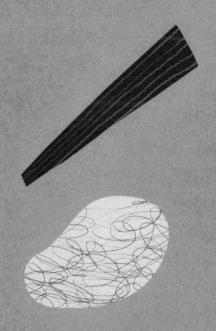

딜런은 스물아홉에 암을 진단받았다. 의사에게 그 소식을 들었을 때 그는 귀가 멍해지고 세상으로부터 육체가 떨어져 나가 끝도 없는 블랙홀로 빨려 들어가는 느낌을 받았다. 아무 생각도 할 수 없는 멍한 상태가 이어지다가, 누군가의 실수로 검사지가 다른 사람과 바뀌었거나 영상의학과 의사가 이미지를 잘못 판독했을 거라는 현실 부정이 뒤따랐다. 유체를 이탈하여 타인의 몸속에 빙의되어 다른 사람의 삶을 사는 것 같았다. 그는 자신에게 주어진 현실을 받아들이지 못해 어찌할 바를 몰랐다.

암 진단을 받았음에도 일상은 계속되었다. 하루아침에 그는 암 환자가 되었지만 세상은 달라진 게 없어 보였다. 그를 빼놓고도 세상은 여전히 아무 일 없이 잘 굴러갔다. 그는 그 무심함이 서운했고 철저하게 혼자가 된 것만 같아 외로웠다. 환자가 된다는 것은 기다림의 시간을 끝없이 견뎌내야 한다는 뜻이기도 하다. 의료진을 믿고 기다리는 것 말고 그가 할 수 있는 일은 아무것도 없었다. 무기력감이 밀려왔고 우울과 불안이 곧장 그 뒤를 따랐다. 걱정의 무게는 너무나 묵직해서 그의 몸과 마음을, 일상을, 하루를 무겁게 짓눌렀다. 그는 두려웠다. 잘 다니던 직장을 그만둘 수 없어 일에 집중하려 노력했지만 자꾸 예민해지고 작은 일에도 심사가 뒤틀렸다. 치료를 받기 위해 병가를 신청해야 했지만 직장에서 자신을 어떻게 생각할지 먼저 걱정되었다. 치료가 끝나면 직장에 복귀할 텐데 병력 때문에 더 이상 남들처럼 일할 수 없다고 평가받을까 봐 겁이 났다.

공부하고 일하는 데 20대를 다 보내고 남들처럼 번듯한 가정도 아직 이루지 못했다. 완치되더라도 암에 걸렸었다는 사실이 앞으로 누군가를 만나 사랑하고 사랑받는 데 장애가 될까 딜런은 걱정이 앞섰다. 누군가에게 심리적인 도움을 받고 싶었지만 망설여졌다. 친구들의 도움이 필요하면서도 이야기를 털어놓으면 모두가 자신을 동정의 눈초리로 쳐다볼 것 같았다. 그가 없는 자리에서 그들끼리 수군거리며 나눌 말들이 짐작되어 쉽게 입이 떨어지지 않았다. 누군가의 심심풀이 이야깃거리나 술자리의 안줏거리가 되고 싶지 않았다. 친구들을 생각할수록 왜 나한테만 이런 일이 일어난 것인지 억울한 감정이 요동쳤다. 건강하게 일하고 결혼해서 행복한 가정을 꾸릴 친구들을 보면 질투가 일었다.

암을 안고 살아가는 것은 2등 시민이 되는 일 같았다. 피해자가 되는 것 같기도 하고 사회적 약자가 되는 것 같기도 했다. 방향을 알 수 없는 분노가 화염처럼 일었다가도 마음이 쪼그라들어 매사에 소심해지고 기운이 빠졌다. 온전치 못한 육체를 지닌 자신이 남들보다 열등한 존재로 여겨졌다. 그는 암을 품은 자신의 몸을 더 이상 사랑하고 싶지 않았다. 신체의 건강이 무너지며 마음의 건강도 물거품처럼 힘없이 꺼져버렸다. 성벽같이 건재하던 그의 자존감도 허물어졌다. 그는 이제 자신의 삶을 있는 그대로 사랑할 수 없게 되었다.

이처럼 앞길이 구만리 같은 20~30대 청년 암 환자들이 늘고 있다. 넓디넓은 대양을 바라보며 부푼 마음으로 짐을 꾸리고 항해를 시작하려는데 범선의 출발이 무기한 연기된 셈이다. 허무하고 허탈하고 불안하다. 죽음의 문턱에 가보았기 때문에 삶의 작은 것들을 더 사랑할 수 있게 되었다는 이야기는 이들에게 크게 와닿지 않는다. 작은 것에 의미를 부여하고 행복해하기에는 아직 못 해본 것도, 하고 싶은 것도 너무나 많은 청춘이다.

젊은 나이에 암을 진단받는다는 것은 미래를 함께 계획하며 소중히 가꾸어가던 인간관계에 타격을 주고, 치료를 위해 하던 일을 그만두거나 진로를 변경해야 하는 일도 생긴다. 수술, 항암, 방사선 등의 치료를 받는 동안 전쟁터로 변해버린 자신의 몸을 마주하고 받아들일 수 있어야 하며 치료가 끝나고 관해 판정을 받더라도 재발에 대한 두려움과 불안을 다스리며 삶에 다시 집중하는 법도 배워야 한다. 무엇보다도 무너진 자존감을 회복하고 삶이란 원래 완벽하지 못하다는 것도 인정해야 한다. 꼭 암이 아니래도 삶이란 게 원래 외롭고 억울한 법이다.

암에 걸렸다는 것은 훈장도 주홍글씨도 아니다. 그저 살면서 누구에게나 일어날 수 있는 일이 어쩌다 나에게 일어났을 뿐이다. 특별하지도 열등하지도 않다. 아직 살아갈 날들이 많이 남았다. 그리고 생각보다 더 좋은 날들이 우리를 기다리고 있을지도 모른다.

치료가 끝난 다음의 삶

어느 중년 여성이 남편과 함께 진료실을 찾았다. 그는 얼마 전 유방암 수술을 받고 항암과 방사선 치료를 모두 마친 상태였다. 다행히 치료가 잘되어 길었던 병원 생활을 마무리하고 집으로 돌아갔지만 병원을 다시 찾은 그의 얼굴은 왠지 어두웠다. 나는 고개를 푹 숙이고 진료실 바닥에 시선을 둔 그에게 요즘 어떻게 지내는지 물었다. 대답을 망설이는 아내의 눈치를 보며 남편이 먼저 말을 꺼냈다.

"이 사람 때문에 가족들이 다 고생하고 이제 숨 좀 돌릴까 하는데 뭐가 그렇게 힘들다는 건지. 치료 끝나고 암이 다 사라졌으면 환자 아니잖아요? 치료는 잘됐다는데 애들 밥도 챙겨줄 생각을 안 하고 하루 종일 피곤하다고 누워만 있으니…… 저는 그렇다고 쳐요. 아이들은 이제야 엄마를 되찾는가 싶었는데 치료받을 때보다 지금이 더해요. 집에 있으면 뭐 합니까? 엄마 노릇을 못 하는데요. 치료받을 때야 치료받느라 힘들어서 그런가 보다 했죠. 그런데 요즘 이 사람이 왜 이러는 건지 너무 답답해서 저도 같이 와봤어요."

그동안 내내 고개를 들지 못하던 아내는 눈물을 뚝뚝 흘리기 시작했다.

"남편은 제가 자꾸 꾀병을 부린다고 하지만 계속 몸이 피곤하고 아직 통증도 남아 있어요. 통증이 찾아오면 재발한 건가 싶어서 겁이 나고 걱정돼서 잠도 잘 못 자요. 가슴 한쪽이 사라진 것도 아직 너무 적응이 안 돼요. 거울을 보거나 샤워를 하는 것도 싫어요. 내 삶이 왜 이렇게 된 건지……"

아내의 말이 끝나기도 전에 남편이 끼어들었다.

"살아남았으면 된 거잖아. 치료가 잘 안된 것도 아니고 암이 없어진 것만 해도 얼마나 감사한 일인데, 긍정적으로 생각하고 기운을 내야지 자꾸 우울하다고 집 밖으로 안 나가려 하고 사람들도 안 만나려고 해요. 저도 이제 너무 힘들고 지쳐서 직장 생활에 지장이 있을 정도예요. 애들도 엄마 없이 자기들끼리 잘해보려고 여태 무진장 노력했는데 아이들 보기도 너무 미안해요. 엄마가 퇴원해서 집에 오기만을 기다렸는데 막상 엄마가 오고 나서 집안 분위기가 더 안 좋으니 애들도 엄마 눈치만 봐요."

그러자 아내가 말을 이어갔다.

"저도 남편과 애들한테 너무 미안해요. 그래서 힘을 내고 싶고 원래의 저로 돌아가고 싶은데 그게 잘 안돼요. 선생님, 저는 왜 암에 걸린 걸까요? 제가 도대체 뭘 그렇게 잘못 산 거죠? 왜 하필 저한테 이런 일이 생겼는지 알고 싶어요. 유기농 식재료가 비싸서 자주 사 먹지 못했는데 그것 때문일까요? 환경호르몬 때문인가요? 아니면 최근 몇 년간 직장 스트레스를 참고 살아서일까요? 뭘 바꿔야 하고 앞으로 어떻게 살아야 할지 모르겠어요."

암 치료를 잘 끝내고 관해 상태에 이른 이들을 우리는 '암 생존자'라고 부른다. 처음 암의 존재를 알게 되고 치료를 받는 동안에는 환자도 가족도 그야말로 정신이 없다. 치료와 검사 일정에 맞춰 이리저리 오가느라 병원에서 하루의 대부분을 쓰기도 한다. 통증과 암으로 인한 여러 증상들을 감당해내는 데만도 혼이 쏙 빠질 지경이므로 지금 이 병을 겪고 있는 내 마음 상태가 어떤지 내 삶에 지금 어떤 변화가 일어나고 있는 것인지 생각해볼 여유가 없다. 내게 일어난 일을 인식하고 받아들이고 곱씹어 생각하거나 돌아보지 못하다가 막상 모든 치료가 끝나고 나면 소위 말하는 '현타'가 온다.

'나한테 무슨 일이 일어난 거지? 앞으로 어떻게 살아야 하지? 왜 하필 나에게 이런 일이 일어난 거지? 내가 뭘 잘못하고 살았지?' 몸의 문제가 줄어들고 나면 그제야 기다렸다는 듯 마음의 문제들이 하나씩 드러나기 시작한다. 암 진단 후 가장 흔하게 나타나는 심리적 어려움을 우리는 '적응장애'라고 한다. 어디에 적응을 못 한다는 뜻일까?

먼저 새로워진 나에게 적응해야 한다. 암을 겪어낸 나는 이제 예전과 같은 사람이 아니다. 병과 치료를 겪어낸 몸은 이전과 다르다. 흠결 없던 피부에 남겨진 수술 흉터와 비어 버린 신체의 일부를 바라보아야 하는 삶을 살아야 한다. 암은 발생한 부위에 일으키는 국소적 증상 말고도 부수적으로 전신적 증상도 일으킨다. 피로감, 불면, 우울감, 낮은 에너지 레벨, 신체 감각과 운동 능력의 변화, 기력의 저하로 자신과 가족을 돌보지 못하고 예전에 즐겨 했던 활동들을 할 수 없는 상태가 되는 것이 대표적인 전신적 증상이다. 정신이 개운하지 않고 멍한 상태가 지속되며 기억력과 집중력도 떨어진다. 암 자체뿐 아니라 항암 치료나 방사선 치료 역시 이런 전신적인 부작용을 일으킨다.

진단과 치료를 받으면서 삶을 이해하는 관점과 가치관도 달라질 수 있다. 내가 달라지면 타인과의 관계도 달라진다. 알고 지내던 주변의 사람들은 새로워진 나를 마주하게 되며 이전과는 달라진 나와 새롭게 관계를 맺어가야 한다. 달라진 자신을 새로운 나로 인정하고 받아들이는 데는 생각보다 긴 시간이 필요하다. 치료의 상흔이 남고 장애를 가진 나를 있는 그대로 사랑할 수 있게 되기까지는 더 긴 시간이 걸린다. 가족과 친구, 내가 믿고 의지하는 주변 사람들의 도움 없이는 불가능한 일이기도 하다. 내가 사랑하는 사람들에게 있는 그대로 받아들여질 수 있을지, 달라진 내가 여전히 그들에게 사랑받을 만한 존재인지 걱정하는 것은 자연스러운 일이다. 예전처럼 일하거나 활동하지 못하고, 즐겁지 않고 전과 같이 세심하지 못하더라도, 나를 엄마이자 아내로 받아들여주고 인정해줄 것인지 걱정하는 마음에 가족들의 불만이 더해지는 상황은 모두에게 긴장감을 안겨준다.

달라진 그에게 왜 예전과 같지 않느냐고 다그치는 것은 왜 과거로 시간을 돌릴 수 없느냐고 탓하는 것과 같다. 암이 남기는 전신적인 후유증은 시간이 지나면서 점차 나아질 수 있다. 그렇지만 가족들 사이에 오고 갔던 염려와 죄책감이 되레 화살이 되어 비난과 모진 말로 이어지게 되면 그 상처는 영원히 남을 수 있다. 지금 당장 받아들일 수 없고 이해할 수 없다면 서로에게 시간과 공간을 주어야 한다. 내가 나 자신을 이해할 수 없을 때 남이 나를 이해하기를 기대할 수 없다. 달라진 나를 먼저 받아들이고 인정하는 것이 무엇보다도 첫 번째가 되어야 한다. 가족들 역시 예전으로 돌아가야 한다는 강박을 내려놓고 새로운 변화를 받아들여야 한다. 여전히 우리는 공동의 목표를 마음에 품고 있다. 삶이 다시 안정을 찾고, 그 삶 속에서 사랑하고 사랑받는 것. 변화의 파고를 타고 넘을 우리는 함께라는 사실을 가족은 잊지 말아야 한다.

암 치료가 끝난 후 일상으로 돌아간 사람들은 앞으로 어떻게 살아가야 할지, 무엇을 바꾸어야 할지에 대해 고민한다. 왜 자신이 암에 걸렸어야 했는지 나름의 가설을 세우고 섣부른 결론을 내리기도 한다. 술과 담배를 끊고 식습관을 바꾸는 사람들도 있고 직장을 그만두거나 삶의 태도와 가치관을 바꾸는 사람들도 있다. 밝고 긍정적인 세계관을 가지고 스트레스를 받지 않는 성격이어야 암이 재발하지 않는다고 믿고 자신의 근본적인 성향을 통째로 바꾸려는 노력도 한다.

1970년대 말 암 환자의 정신건강을 다루는 학문인 정신종양학을 탄생시키는 데 지대한 역할을 한 미국의 정신과 의사 지미 홀랜드는 2000년에 펴낸 『암에 대처하는 최선의 방법』이란 책에서 몸과 마음과 암의 연관성에 대해 언급했다. 스트레스와 암의 연관성에 대한 수많은 연구에도 불구하고 담배가 폐암을 일으킨다는 식의 뚜렷한 연관성을 스트레스와 암 사이에서는 찾아볼 수가 없다는 것이 그의 결론이었다. 긍정적인 삶의 태도를 갖고 인생에서 큰 스트레스 없이 편안히 살았던 사람들은 암을 덜 겪는다는 확실하고 직접적인 증거가 없었다. 과학적으로 암을 유발하는 위험인자라 증명된 요인들 중에 어린 시절 트라우마나 배우자의 사망, 이혼, 실직 등과 같은 스트레스는 해당되지 않았다. 특정 성격장애나 세상에 대한 비관적인 관점, 부정적인 삶의 태도가 암 발생률을 높인다는 근거도 없었다.

20년이 지난 지금도 같은 결론일까? 스트레스와 암 발병 및 진행 속도의 연관성에 대한 연구는 그 이후로도 계속되어왔고 여전히 논란의 중심에 있다. 급성 스트레스와 달리 만성적으로 오래 지속된 스트레스가 면역과 호르몬 체계에 영향을 미쳐 암의 생성과 진행에 어느 정도 영향을 미친다는 연구들은 꾸준히 발표되었다. 하지만 장기적으로 큰 스트레스를 받았다고 해도 그것을 한 개인이 어떻게 받아들이고 대처하는지는 천차만별이고 스트레스를 측정하는 객관적이고 유일한 방법이 표준화되어 있지 않기 때문에 스트레스와 암의 직접적인 연관성은 아직 깔끔한 결론에 이르지 못했다.

스트레스가 암을 유발하는지 아닌지를 밝혀내는 것만큼이나 중요한 것은 어떤 특정한 삶의 태도 때문에 암에 걸렸다고 속단하거나 비난하지 않는 자세다. 자신이 원해서 암에 걸린 것도 아닌데 마치 잘못 살았기 때문에 암이 찾아왔다고 느끼게 해서는 안 된다. 이것은 성추행을 당한 사람에게 행실이 똑바르지 못해서 그런 일을 당했다고 비난하는 것과 마찬가지다. 또한 냉소적이며 비관적인 성격을 가졌다고 해서 스스로 병을 삶으로 끌어들였다고 손가락질 받아서도 안 된다. 긍정적인 마음과 밝은 에너지만으로 병을 예방하고 치료할 수는 없다. 타인의 삶을 다 알거나 이해하지 못하면서 나의 잣대로만 평가하고 판단하지 말길 바란다.

암을 진단받았고, 힘든 치료와 검사를 견디고, 여전히 암이 불러오는 증상과 치료로 인한 부작용을 겪고 있고, 암으로 인해서 삶이 달라지고 생명이 단축될 수도 있는 불확실성을 안고 사는 사람에게 "다 잘될 거야"라는 격려의 말을 하는 것도 주의해야 한다. 다 잘될 거라는 예언은 현실적인 상황에도 맞지 않고 병을 안고 살아가는 사람의 정서적인 맥락과도 맞지 않는다. 바라는 대로 현실이 흘러가지 않을 수 있다는 것을 인정하고, 상황이 어떻게 바뀌더라도 그 시간을 함께 견디겠다는 메시지를 주는 것이 차라리 낫다.

긍정적이고 밝은 마음을 가지라는 조언도 크게 위안이 되지 않는다. 그는 분명 이미 최선을 다했고 지금도 스스로를 위해 할 수 있는 모든 일을 하고 있을 것이다. 자신에게 가장 필요한 것은 본인이 가장 잘 안다. 도움을 주고 싶어서 이런저런 조언을 하는 마음도 귀하긴 하지만, 그에게 필요한 것은 더 많은 조언이 아니라 아픔을 공감해주는 마음과 따뜻하게 손을 잡아주는 존재다. 어두운 터널을 지나가는 사람에게 터널 바깥에서 이래라저래라 소리치기보다는 터널 안으로 들어가 옆에서 함께 걸어주는 것이 낫다. 그게 안 된다면 터널 끝에서 그를 기다리고 있는 당신의 존재감을 묵직하게 전달해주는 것도 좋다.

암 이후의 삶이 당신에게 왔다. 치료를 이겨내지 못하거나 암으로 인해 이른 죽음을 맞았을 수도 있었을 당신에게 다시 한번 생이 찾아온 것이다. 힘든 시간을 지나온 스스로를 칭찬하고 몸과 마음을 회복하는 데 충분한 시간을 쓰자. 암이 찾아왔다고 꼭 나를 바꿀 필요는 없다. 주위의 조언에 휘둘리기보다는 여전히 나와 내 선택을 믿고 나답게 회복하자. 그리고 다시 삶을 살자. 암은 당신의 잘못이 아니다.

완치될 수 없는 병과
함께 사는 사람들

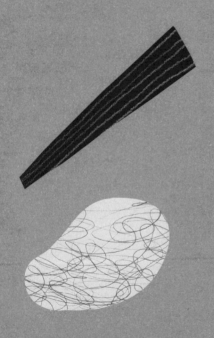

레지던트 3년 차 때의 일이다. 아침 외래 진료를 시작하려는데 당일 예약된 환자에 대해 미리 상의할 일이 있다며 지도교수님이 내 진료실을 찾았다. "이 환자가 말이야. 선생한테는 새로운 환자로 예약되어 있긴 한데 우리 외래에서는 이미 유명한 환자야. 선생한테 배정되기 전에 이미 두 명의 다른 의사가 이 환자를 평가했는데, 환자가 의사들이 다 맘에 들지 않는다며 바꿔달라고 요청했더라고. 그 의사들 얘기로는 환자가 엄청 까칠하고 예민하다고 하는데⋯⋯ 선생이랑은 잘 맞으면 좋겠네. 아무튼 잘 도와주도록 해."

환자가 외래를 담당하는 의사를 바꿔달라고 요청하는 일은 드물지 않다. 다른 진료과에서도 마찬가지겠지만, 정신과 진료의 특성상 나의 아픔을 잘 들여다보고 이해해줄 만한 의사를 만나는 일은 치료를 위해 매우 중요하다.

환자의 차트를 열어보았다. 베트남 전쟁에 참전했던 퇴역 군인 출신인 노년의 백인 남성이었다. 그는 제시간에 늦지 않게 도착했다. 함께 온 아내는 대기실에 기다리도록 하고 혼자서 진료실로 들어온 그에게 나는 일어나 악수를 청했다. "만나서 반갑습니다. 앉으시죠." 진료실에는 보통 여러 개의 의자를 둔다. 신체적인 장애를 겪는 환자들은 특정

의자를 더 편하게 느낄 수 있고 정신과 의사와 마주 보는 게 불편한 환자들은 멀찍이 대각선으로 떨어진 의자를 찾는 경우도 있어서, 보통은 스스로 앉을 의자를 선택하게끔 하는 편이다. 그는 책상 바로 앞, 나와 정면으로 마주 보는 자리에 있는 의자를 택해 앉더니 등을 꼿꼿이 펴고 팔짱을 낀 채로 내 눈을 똑바로 바라보았다.

"오늘 제가 어떻게 도와드릴까요?"

"내 차트를 이미 읽지 않았나요? 나를 만날 준비도 미리 안 했던 거요?"

"네, 차트는 이미 읽었고 저한테 오시기 전까지 다른 의사들과 어떤 얘기를 나눴는지는 알고 있습니다만 어떤 점을 제일 힘들어해서 오늘 오셨는지는 제가 환자분의 목소리로 직접 듣고 싶어서요."

"불안하고 불면증이 있소."

"불안하고 잠이 안 오신다니 많이 불편하겠네요. 무엇이 불안하게 만드는지 조금 더 자세히 말씀해주시면 제가 더 잘 도울 수 있을 것 같은데요. 제가 드리는 질문들에 대답하기 곤란하다면 안 하셔도 되고요. 할 수 있고, 하고 싶은 만큼만 말씀하셔도 됩니다."

"뭣 때문에 불안한지 그걸 내가 알면 여기 왜 오겠소?"

"이해합니다. 나를 불안하게 만드는 게 무엇인지 쉽게 알 수 있는 경우도 있고 이유 없이 불안한 경우도 있으니까요. 그러면 제가 몇 가지만 더 구체적으로 여쭙겠습니다. 최근에 어떤 환경상의 변화나 인간관계의 변화를 겪으셨나요? 이를테면 이사를 했다든지 가족들과 불화가 있다든지요."

"그런 건 없소. 아내와 사이는 좋고."

"그렇다면 다행입니다. 참전 이후 외상 후 스트레스 장애를 진단받으신 적이 있는데 과거에 다른 신체 질환을 진단받은 적도 있나요?"

"부정맥이 있어서 왼쪽 가슴에 심장 제세동기를 가지고 있소."

"그렇군요. 심장 제세동기를 달 정도면 부정맥 때문에 많이 불편하셨을 것 같네요. 그리고 부정맥 때문에 심장이 불규칙하게 뛰는 게 느껴지면 불안감이 더 커지기도 하지요. 부정맥이 심해서 제세동기가 전기 충격을 보내온 적도 있었나요?"

"있었소."

"그때 어떤 느낌이 들었나요?"

"그 느낌은…… 아주 불쾌하오. 일단 깜짝 놀라고 통증도 심하고."

"저로서는 상상하기도 힘든 어려움일 것 같은데요. 그럴 때 불안감이 더 심해지기도 하나요?"

"그렇소. 그리고…… 얼마 전에…… 심장마비가 와서 의식을 잃은 적이 있소."

"아……."

"구급차가 와서 병원으로 실려 갔고 심폐소생술을 받고서야 다시 살아난 거요."

"그런 큰일이 있었던 줄은 몰랐네요."

"사실 그 이후로 분노가 자꾸 치민다오. 자꾸 예민해지고 아내한테 화도 자주 내고."

"언제 또 심장이 멎을지 모른다는 걱정이 들기도 하나요?"

"당연한 것 아니오. 겁이 나서 외출을 할 수가 없소. 잠에 들면…… 자다가 갑자기 심장이 멎어서 죽을까 봐 겁이 나 잠도 잘 수 없고. 나도 가족들에게 그러고 싶지 않은데 예민해져서 자꾸 화를 내다 보니 상처만 주게 되고……."

"많이 힘드시겠습니다. 죽음에 가까이 가보는 이런 경험은 당사자가 아니면 아무도 이해를 못 하죠. 많이 불안하고 걱정되시겠네요. 게다가 예민해진 자신의 마음이 가시가 되어 사랑하는 가족들에게 상처를 준다고 생각한다면, 마음이 많이 아프시겠어요. 죽을 뻔한 경험을 한 후에 예민해지는 것은 환자분의 잘못이 아니고 당연하며 자연스러운 심리적 반응인데요.”

“……이해해줘서 고맙소.”

“네, 이런 이야기를 오늘 처음 만난 낯선 저에게 하는 게
쉽지 않았을 텐데 힘든 이야기를 해주셔서 감사합니다. 약
물 치료로 예민함과 불안감, 불면증을 어느 정도 가라앉힐
수 있습니다. 앞으로 저와 정기적으로 시간을 가지면서 약
물 치료를 받고, 예민함을 분노로 표현하는 것 말고 좀 더 건
강하게 풀어낼 수 있는 다른 방법을 같이 찾아보도록 해요.”

환자와 이야기를 나눈 뒤 나는 대기실에서 기다리고 있
는 그의 아내를 불러들였다. 아내는 남편이 겪은 최근의 어
려움을 재차 확인시켜주며 건강할 때의 남편은 한없이 따
뜻한 사람이었다고 했다. 부부는 내 치료 계획에 동의했고
그는 그렇게 나의 환자가 되었다.

몸의 병은 때로 마음의 병까지 부른다. 만성질환을 가진
사람들은 건강한 이들과 조금은 다른 일상에 새롭게 적응
해야 하고 적응에 실패했을 때 우울증, 공황장애, 불안장애,
적응장애 등을 앓게 된다. 부정맥 환자들은 아무 경고도 없
이 덜컹 내려앉는 듯한 심장의 불규칙한 움직임 때문에 언
제 심장이 갑자기 멎을지 모른다는 불안감을 안고 산다. 특

히 심정지를 한 번이라도 겪었다면 혼자 외출했다가 아무에게도 발견되지 않은 채 길에서 죽을까 두려워 일상생활을 제대로 하지 못하기도 한다.

만성 폐쇄성 폐질환을 앓는 사람들은 우리가 물속에서 수영할 때 느끼는 호흡곤란을 항상 느낀다. 필요에 따라 외출할 때는 휴대할 수 있는 산소통을 가지고 다녀야 하며 반듯하게 누워서는 숨을 잘 쉴 수 없어서 앉은 채 잠을 자기도 한다. 대기 오염이 심해져 숨 쉬기가 더 불편한 날에는 공황 증상에 빠지기도 하고 감염에 취약해 폐렴에 걸리기라도 하면 갑작스럽게 사망에 이를 수도 있다. 신장 이식을 받을 수 있을 때까지 혈액 투석을 받아야 하는 만성 신장질환을 앓는 사람들은 한 번에 4시간씩 걸리는 투석을 일주일에 두세 번 받는다. 병원에서 보내야 하는 시간이 길다 보니 일상이 무너지고 멀리 여행을 가기도 힘들다. 제1형 당뇨병 환자들은 어릴 때부터 자신이 먹는 음식과 먹는 시간, 활동량을 지켜봐야 하고 그에 맞게 인슐린 주사를 맞아야 한다. 어린 나이의 당뇨병 환자는 이런 일들을 체계적으로 해내기 어려워 결국 심한 합병증으로 응급실로 실려 오거나 장기가 손상되어 생명의 위협을 받기도 한다.

이처럼 먹고 싶은 음식을 원하는 때에 마음껏 먹지 못하고 하고자 하는 활동을 원하는 때에 마음껏 못 하게 되는 만성질환을 앓는 경우, 삶에서의 자기통제감을 잃고 무기력감을 느끼기 쉽다. 이 무기력감은 우울감으로 표현되어 자기 관리와 병원 치료에 더욱 소홀해지고 결과적으로 병이 더 빠르게 진행되기도 한다. 병으로 인해 내가 언제 죽을지도 모른다는 공포는 분노로 드러나기도 한다. 원래 다정하고 친절하던 사람이 신경질적이고 분노가 많은 사람으로 변했다면 그 밑바닥에 극도의 공포와 두려움이 깔려 있을 수 있다. 감정과 행동이 갑작스럽게 변할 경우 그의 마음속 변화를 알아채는 일은 그 사람을 제대로 돕기 위해 매우 중요하다. 무턱대고 이유 없이 화를 낸다며 멀리하고 피하기보다 그가 안전하고 편안하게 느낄 환경으로 데려가 마음속 이야기를 털어놓도록 손을 내밀어주어야 한다. 좀처럼 낫지 않는 만성질환은 내가 건강할 때 누렸던 일상을 바꾸고 자율성과 독립성을 제한한다. 잠시라도 죽음 가까이에 가본 사람은 자신의 삶을 잃어버리는 상실감을 넘어서, 자신이 무너져 소멸되는 자아 붕괴의 공포를 느껴본 이들이다. 이것은 인간이 느낄 수 있는 극한의 공포다. 만성질환을 앓는 이들을 잘 돕기 위해서는 이런 마음을 헤아릴 수 있어야 한다.

나는 완치될 수 없는 병을 안고 사는 사람이 정신적인 고통을 호소할 때, 질환은 당신의 일부일 뿐 삶의 전체는 아니라는 것을 다양한 방법으로 알려주려고 애쓴다. 비록 병 때문에 당신의 삶이 전보다 훨씬 많이 제한되어 삶의 계획을 대폭 수정해야 한다고 해도, 당신은 병보다 더 큰 존재이고 당신의 삶은 당신이 앓고 있는 병보다 훨씬 넓고 깊다. 또한 완치되지 않는 병을 평생 안고 살아가야 한다는 사실을 되도록 빨리 받아들이고 이제부터 어떻게 살 것인지 고민해야 한다. 그래야 조금이라도 더 빨리 삶을 되찾을 수 있다. 남들보다 조금 더 복잡하고 까다로운 삶이긴 하지만, 그래도 여전히 당신의 삶이다.

앞서 두 명의 의사를 해고했던 그는 나와 몇 달의 시간을 함께했다. 그동안 그는 한 번도 외래 진료를 미루거나 놓친 적이 없으며 처방한 약들을 성실히 복용하고 약의 효능과 부작용을 꼬박꼬박 의논해왔다. 그는 더 이상 가족들에게 괜한 상처를 주지 않아도 되어서 마음이 편안해졌다고 했다.

그런 그가 어느 날 예고도 없이 예약된 외래 진료에 나타나지 않았다. 나는 혹시나 하는 마음에 응급실 진료 기록을 조회했다. 그리고 며칠 전 그가 또 한 번의 심정지를 겪었으며 응급실에 도착하기 전 사망했다는 사실을 알게 되었다. 심한 부정맥이 왔고 가슴에 삽입된 제세동기가 작동했으나 심장 박동을 정상으로 되돌리는 데 실패하고 결국 심장이 멈춰버린 것이다. 나는 제세동기가 그의 심장에 마지막으로 전기 충격을 가했을 순간을 상상해보았다. 그리고 그가 부디 너무 큰 통증을 느끼지 않았기를, 그가 너무 두려워하면서 마지막 숨을 들이쉬지는 않았기를 그저 바랐다.

당신 인생의 필연적 결말

얼마 전 정신과 외래 진료실을 처음 찾은 스무 살의 제니는 이미 조울증과 불안장애를 진단받았고 한 번의 입퇴원을 거친 상태였다. 그가 열 살이 되던 해에 우울과 불안, 식이장애가 시작되었고 곧이어 정신병적인 증상인 환청과 환시, 누군가 나를 따라다닌다는 피해망상이 나타났다. 증상은 약물 치료를 받을 땐 좋아졌다가도 약을 끊으면 곧바로 다시 나타나 일상을 송두리째 흔들어놓았다. 스무 살이면 젊다 못해 어린 나이인데 정신과에서 볼 수 있는 대부분의 증상을 이미 다 겪은 그는 꽤 중증의 정신질환을 앓고 있는 것으로 보였다.

　혹시나 하는 마음에 가족력을 기입한 난으로 눈을 돌렸다. 제니는 아홉 살 때 아버지를, 열한 살 때 어머니를 잃었고 부모 모두 헌팅턴병 환자였다. 아버지는 심한 우울증에 여러 차례 자살을 시도했고 심장마비로 사망하였다. 헌팅턴병은 가족 내에 우성 유전되는 신경계 질환으로, 부모 중한 명이 그 병에 걸렸을 경우 자녀는 50퍼센트의 확률, 부모 둘 다 걸렸을 경우 75~100퍼센트의 확률로 헌팅턴병을 진단받게 된다.

　헌팅턴병은 신체와 정신을 함께 무너뜨리는 잔혹한 질

환이다. '코레아(chorea)'라고 부르는 증상은 환자가 더 이상 자기 몸의 주인으로 살지 못하게 만든다. 마치 춤추듯 온몸의 수의근육들이 의지와 관계없이 쉬지 않고 움직인다. 걷거나 물건을 집는 것, 음식을 삼키고 대화하는 것도 힘들어진다. 이 모든 것이 근육의 정교한 움직임으로 가능하기 때문이다. 그뿐 아니다. 이 병은 더 이상 나를 나일 수 없게 한다. 성격이 변하고 참을성이 없어지며 쉽게 화를 내고 폭력적이면서도 충동적이 된다. 인지 기능이 떨어져 젊은 나이에 치매가 오고, 우울과 불안, 환청과 피해망상 등 다양한 종류의 정신과 증상을 보인다. 우울하고 불안한 마음에 충동이 더해지면 반복적인 자해와 자살 시도를 하게 된다. 거기에 폭력성이 심해지면 곁에 있는 가족들도 위험해진다. 병이 진행됨에 따라 환자들은 혼자 생활할 수 없어 요양 보호 시설에서 24시간 전적인 관리를 받는다. 결국 계속해서 중심을 잃고 넘어져 다치거나, 삼킴 장애로 인해 흡인성 폐렴에 걸려 입원하고, 또는 영양실조를 앓다 이른 나이에 사망한다. 안타깝게도 이 병은 치료제가 없다. 병의 진행을 되돌리거나 속도를 늦추는 약도 아직 없다. 다양한 약물을 조합해서 증상을 줄이고 언어 치료와 삼킴 치료 등의 재활 치료를 병행하는 것이 최선의 돌봄이다.

부모 모두 제니가 어릴 때 사망했던 것으로 보아, 둘 다 젊었을 때 증상이 발현되기 시작했다는 것을 짐작할 수 있었다. 헌팅턴병의 유전자를 가지고 태어나더라도 노년기에 증상이 시작되는 것과 청년기에 시작되는 것은 예후가 확연히 다르다. 제니의 조울증이 헌팅턴병에 의한 2차적인 증상이라면 소아청소년기에 이미 병이 시작되었을 가능성이 높았다. 젊을 때 증상이 시작될수록 병의 진행이 빠르고 경과가 나쁘다는 것을 잘 알고 있었기에 나는 그를 만나기 전부터 마음 한구석이 무거웠다.

　　병의 유무를 알기 위해서는 유전자 검사를 받아야 한다. 제니는 헌팅턴병이 유전될 수 있다는 사실을 어렴풋이 알고 있었지만 검사를 받을 생각은 아직 해본 적이 없다고 했다. 스무 살은 삶의 큰 결정을 내리기에 아직 어린 나이다. 스무 살의 내가 유전자 검사를 받고 난 뒤 헌팅턴병을 진단받았다고 해보자. 가까운 시일 내에 정신과 질환을 얻을 것이고 치매에 걸릴 것이며 누군가에게 100퍼센트 의존해 살아야 하는 미래를 알게 되었다. 스무 살에 내 미래는 이미 그렇게 정해져버렸다. 나는 감정을 통제하는 데 어려움을 겪을 것이고, 학업을 성취하고 직업을 유지하기도 힘들 것이며, 인간관계를 안정적으로 만들어나가는 일도 쉽지 않을 것이다. 무슨 공부를 언제까지 하고 어떤 일을 할 수 있을까. 함께 미래를 꿈꾸는 사랑하는 사람이 있다면 어떨까. 그 사람과 가정을 꾸리고 싶고 아이를 함께 낳아 기르고 싶다면 어떨까. 이 사랑을 지속하는 것이 나를 사랑하고 나와 인생을 함께하기로 결정한 사람에게 너무 잔인한 일은 아닐까.

이 모든 게 이제 막 성인이 된 사람에게는 쉽지 않은 인생의 큰 결정들이다. 그래서 헌팅턴병의 가족력을 가지고 있지만 이제 막 성인이 된 사람들의 경우에는 검사를 받기 전에 깊이 오랫동안 생각해보도록 권한다. 선택의 권한은 전적으로 본인에게 있으며 실제로 평생 검사를 받지 않는 사람들도 있다. 살다가 언젠가 발병하면 그때 받아들이면 되니 진단을 받더라도 몇 살에 증상이 시작될지 모르는데 미리 걱정하며 시간을 허비하고 싶지 않은 것이다. 발병하기 전까지는 건강한 사람들처럼 평범하게 살고자 하는 이들도 있고 그냥 모른 척하며 병을 부정하는 이들도 있다. 가족이 생기고 아이가 태어나서야 헌팅턴병이 있다는 사실을 털어놓아 이혼 위기에 놓인 환자들도 보았다. 반면에 성인이 되자마자 검사를 받는 이들도 있다. 그들은 헌팅턴병을 염두에 두고 앞으로의 인생을 미리 계획해둔다. 하고 싶은 일들을 나중으로 미루지 않고 지금 현재의 행복에 충실하고자 시간을 쓰기도 한다. 병을 진단받는 순간 자녀 계획을 포기하는 이들도 있고 다니던 학교나 직장을 그만두고 쾌락에 몰두해 술과 마약에 빠지는 삶을 선택하는 이들도 있다.

결과가 음성으로 나온다면 마냥 행복할까? 그렇지 않다. 내가 아니라면 나의 형제자매 중 누군가가 양성일 수 있고, 그런 경우 가족을 돌보아야 하는 의무감과 나만 병을 피했다는 죄책감 속에서 살아가기도 한다. 죽어가는 가족을 가까이에서 지켜보며 무기력감과 상실감 속에서 내 삶을 살아나가야 하는 것, 이보다 더 큰 어려움을 상상할 수 있을까. 유전자 검사를 지금 받을지 말지 결정하는 것은 결코 단순한 문제가 아니며 옳고 그름의 문제도 아닌 본인의 선택이다. 결국 어떤 삶을 살고 싶은지 선택하는 것과 같은 맥락이다.

계절이 지나 스물한 살이 된 제니는 이제 마음의 준비가 되었다고 말했다. 그의 마음은 확고했다. 나는 신경과에 협진 의뢰를 보내어 진료를 요청했고 제니는 유전자 검사를 받았다. 결과는 양성이었다. 그는 다니던 학교를 그만두었으며 일에 집중할 거라고 했다. 동시에 이제 누군가를 사랑할 수 없을 것 같고 아이도 가질 수 없을 것 같다고 털어놓았다. 그동안 약을 복용하면서 잘 조절되었던 우울과 불안도 다시 심해졌다.

영화 〈컨택트〉의 원작인 테드 창의 단편소설 「네 인생의 이야기」에는 언어학자와 외계 생명체 헵타포드가 등장한다. 인간은 시간의 순서대로 원인과 결과를 보며 이 세상을 이해하지만, 헵타포드는 현재와 미래를 한 번에 통찰하고 그 안에서 목적과 의미를 인지한다. 헵타포드의 언어를 배우게 된 언어학자는 이제 헵타포드처럼 미래를 볼 수 있게 되었다. 미래를 안다는 것은 자유의지와 양립할 수 없고, 자유의지를 가진다는 것은 미래를 예측할 수 없음을 의미한다. 하지만 미래를 안다고 해서 무기력하게 정해진 대로 운명에 따라 사는 것만은 아니며 우리의 선택, 즉 우리의 자유의지가 우리의 미래와 같은 목적을 가질 수도 있다고 작가는 이야기한다.

자신의 미래를 아는 헌팅턴병 환자들은 이제 헵타포드의 관점으로 세상을 보아야 하는지도 모른다. 그들은 바꿀 수 없는, 이미 정해진 미래를 알아버린 것이다. 이들은 삶의 현재와 미래를 전체의 큰 사건으로 볼 수 있게 되었으며 어떻게 살 것인지, 삶의 목적과 의미를 어디서 찾을 것인지 고민하며 살아야 할 운명이다. 그렇지만 미래는 여전히 불확실하다. 불치의 병은 삶의 일부가 되어버렸지만 삶의 전체는 아니기 때문이다. 그들은 여전히 매 순간 어떻게 살 것인지 결정할 수 있다.

지금 건강한 우리도 다르지 않다. 우리는 우리의 미래가 죽음을 향한다는 것을 이미 알고 있다. 하지만 어차피 죽을 인생이니 어떤 의지나 노력 없이 될 대로 되라는 마음으로 매 순간을 살지는 않는다. 우리 역시 시간의 흐름에 따라 원인과 결과를 이해하고 삶의 방향을 정하는 동시에, 내 삶의 마지막을 인지하고 삶의 의미와 목적을 고민하며 살아간다.

몇 달 후 다시 만난 제니는 자주 균형을 잃어 넘어지고 턱이 제멋대로 움직이기 시작했다고 말했다. 삶을 삶답게 하는 많은 것들을 이미 포기하기 시작한 그에게, 나는 지금부터 너무 많은 것을 결정하거나 포기하지 말아달라는 말과 함께 낫지 않는 병을 안고 살아가는 삶도 의미와 목적을 가질 수 있음을 조심스럽게 알려주었다. 또한 그의 의사로서 삶의 질을 높이기 위해 최선을 다하겠다는 말을 덧붙였다. 그렇게 제니는 스스로 할 수 있는 일을, 나는 내가 할 수 있는 일을, 하나의 팀이 되어 함께 해나갈 계획이다. 우리는 바꿀 수 없는 미래를 받아들이고 지금 현재를 살아가야 한다.

현재를 잘 산다는 것의 의미는 무엇인지, 좋은 삶이란 어떤 것인지 묻는 이들에게 니체는 『차라투스트라는 이렇게 말했다』라는 책을 통해 되묻는다. 당신은 영원히 되풀이되어도 괜찮을 만한 삶을 살고 있는지 말이다. 몇 번이나 죽었다가 다시 태어나도 똑같은 삶이 그대로 재현된다면 천국일지 지옥일지 생각해보게끔 한다. 영화 〈사랑의 블랙홀〉에는 타인에게 불친절하고 업무에는 무성의하며 마음속에는 혐오와 무시를 가득 채운 채 하루를 살아가는 남자가 나온다. 그는 똑같은 하루를 매일매일 반복하게 되며 변화를 시도한다. 그를 통해 영화는 영원히 반복되는 하루에서 벗어날 수 없다면 정말 이렇게 살아도 괜찮은지, 오늘을 좀 더 나은 날로 바꾸고 싶지 않은지 묻는다. 영화 〈어바웃 타임〉도 좋은 삶에 대해 같은 답을 준다. 이미 여러 번 반복해서 살았던 것처럼 오늘을 살아가라고, 다시 산다 해도 바꿀 것은 하나도 없다는 확신이 들 정도로 오늘 당신의 삶과 타인의 삶에 최고의 하루를 선물하라고 말이다.

끝이 있는 우리의 삶 속에서 당신에게 묻고 싶다.
"오늘 하루, 지금 이 시간을 당신은 어떻게 살고 있습니까?"

플라이셔의 세상을 바꾸는 힘

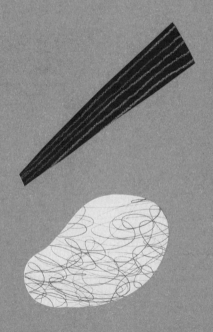

플라이셔 교수는 나와 동갑인 백인 여성이다. 그가 미국에서 정신과 수련을 받고 전문의가 되었을 때, 나는 한국에서 정신과 수련을 받고 전문의가 되었다. 그가 밴더빌트 대학병원에서 정신과 교수로서 첫발을 내디뎠을 때, 나는 같은 병원에서 레지던트 1년 차를 막 시작하고 있었다. 지구 반대편에서 각자의 인생을 살다 밴더빌트라는 낯선 공간에서 우리는 처음 만났다.

플라이셔는 늘 밝고 에너지가 넘쳤다. 레지던트들을 가르치는 데 열정적이어서 그와 함께하는 일정이 잡히면 회진이 끝난 후에도 한참 동안이나 함께 논문을 읽고 더 나은 치료 방향에 대해 토론했다. 그의 넘치는 호기심은 환자들뿐만 아니라 때론 나에게로 향했다. 한국에서 전문의를 따고 왜 미국에까지 와서 레지던트를 다시 하고 있는지 묻고, 그런 나의 용기에 경외심을 표하며 내 목표를 위해 자신이 어떤 도움을 줄 수 있을지 고민하는 그가 고마웠고 그와 친해지고 싶었다.

그는 교수 1년 차를 막 끝냈을 때쯤 '길 위의 정신의학'이라는 새로운 프로젝트를 시작했다. 한국에서는 들어본 적 없는 용어였다. 미국에는 여러 가지 정치, 경제, 사회적 이유와 의료 시스템의 문제로 노숙인들이 많다. 밴더빌트 대학교와 병원이 위치한 내슈빌에는 정해진 주소지가 없는 많은 이들이 고속도로나 다리 밑의 공간에서 텐트를 치거나 차 안을 집 삼아 살고 그날그날 발길이 닿는 대로 떠돌다가 공원이나 주택가의 한적한 길에서 밤을 지새우기도 한다.

한 인간이 살아가는 데 필요한 가장 기본적인 조건이 의식주라고 우리는 일찍부터 배웠다. 심리학자 매슬로는 입을 옷과 먹을 음식, 살아갈 집에 더하여 수면과 배설 등 생리적인 욕구, 나의 신체와 소유물을 안전하게 지키고자 하는 욕구가 인간에게 가장 기본적으로 충족되어야 하며 이들이 충족되지 않으면 누군가를 사랑하거나 사랑받고 꿈을 이루어가는 등의 삶다운 삶을 살아가는 게 불가능하다고 보았다. 기본적으로 보장되어야 할 이 모든 것을 잃은 사람들이 바로 노숙인이다.

길 위에서 생활하는 이들은 그날 하루의 의식주와 안전을 확보하는 데 대부분의 시간을 쓴다. 맘 놓고 쉴 곳이 없고 이동을 위한 마땅한 교통수단이 없는 그들은 깨어 있는 시간 내내 이곳저곳을 쉼 없이 걸어 다녀야 하며, 그 때문에 수시로 발에 상처가 생기고 탈수와 영양실조를 겪는다. 술이나 마약에 중독된 이들도 있고 조울증이나 조현병을 앓는 이들도 있다. 조현병과 같은 정신 장애로 인해 독립적인 생활이 불가능해지면서 노숙인이 된 경우도 있고 노숙인이 되면서 새롭게 우울증이나 중독, 외상 후 스트레스 장애를 앓게 되는 경우도 있다.

이들이 병을 치료하자고 자발적으로 병원을 찾는 일은 굉장히 드물다. 노숙인들은 거리를 오가는 사람들의 언어적, 육체적, 성적 폭력과 혐오에 무방비로 노출되어 있다. 길에서 자다가 성폭행을 당하는 경우도 있고 텐트에서 자는 사이에 누군가 불을 지른 경우도 보았다. 예측할 수 없는 폭력적인 상황을 자주 겪은 탓에 그들은 방어적인 태도를 취하고 남을 쉽게 믿지 않는다. 개인 위생을 제때 챙기기 어렵고 깨끗한 옷으로 자주 갈아입을 수가 없어서 사람들에게 가까이 다가가기 어려워하며 그들을 잠재적 범죄자로 여기는 사람들의 편견도 이들이 제때 의료 서비스를 찾지 못하게 하는 장벽이 되곤 한다.

플라이셔는 병원을 쉽게 찾을 수 없는 이들을 위해서 의사 가운 대신 청바지와 긴팔 티셔츠에 밴더빌트 로고가 새겨진 플리스 재킷을 입고 큰 배낭을 멘 채 거리로 나섰다.

그의 진료실은 노숙인들이 머무르는 길 위가 되었다. 그는 매주 수요일마다 노숙인들이 사는 곳을 찾아가 "안녕하세요. 밴더빌트에서 왔어요!"라고 크게 외치며 텐트 사이를 오갔다. 관심을 보이는 이들이 텐트 밖으로 나오면 그는 자신을 소개하고 그들의 이름을 물었다. 그러고는 그들에게 필요한 양말, 수건, 옷, 모자, 물, 그래놀라 바, 속옷, 위생용품 등을 나눠 주었다.

자연스럽게 대화를 시작하기 위해서 쓰인 이런 물건들을 그는 '관계 형성 물품'이라고 불렀다. 물품을 전달하는 동안 이뤄진 1분 정도의 짧은 대화는 간단한 정신과적 평가도 가능하게 했다. 감정이나 사고의 장애가 있는지 자살에 대한 생각이 있는지 등을 알아보고, 추가로 정신과적 도움이 더 필요할지 빠르게 판단했다. 정신과적 증상으로 인해 생활에 어려움이 있는 경우 조심스럽게 치료를 권하기도 했는데 약물 치료에 동의하기보다 오히려 화내거나 정신질환 자체를 믿지 않는다는 이들이 더 많았다. 그럴 때는 그 생각을 존중했고 그들이 현재 필요로 하는 것들을 제공하는 데 집중했다. 가족과 다시 닿길 바란다거나 무료 식권을 받는 일과 같은 도움에서부터 국가 보조금이나 장애 연금, 주거지 제공 서비스를 신청하는 등의 좀 더 복잡하고 시간이 걸리는 일들도 도맡아 처리해주었다.

아무리 긍정적이고 적극적인 플라이셔라고 해도 노숙인들의 방어적인 태도를 단번에 풀어내기 힘든 날도 많았다. 그래도 그는 좌절하지 않았다. 거리 진료소의 하루 목표는 그저 통성명을 하고 미소를 주고받고 챙겨 간 물품을 제대로 전달하는 것이 전부였기 때문이다. 다음 주에도 또 오느냐고 묻는 노숙인이 있다면 그날은 성공적인 하루였다. 시간이 가면서 매주 수요일마다 그가 오기를 기다리는 이들이 늘어났다. 플라이셔를 신뢰하게 되면서 노숙인들은 정신질환에 대한 선입견을 지워갔고 자신의 병을 이해하고 받아들이면서 약물 치료의 도움을 받는 경우가 점차 늘어났다.

플라이셔는 미국의 불합리한 의료 시스템에 분노했다. 그는 모두에게 공평하게 의료 서비스가 제공되어야 하고 모든 사람을 차별 없이 평등하게 대해야 한다고 믿었다. 길 위의 정신의학 프로그램을 만든 이유도 그런 믿음 때문이었다. 병원으로 오지 못하는 환자들을 위해 배낭 속에 의료 장비들을 챙기고, 중립적인 태도와 한 인간에 대한 순수한 관심과 궁금증으로 그들의 삶 전체를 끌어안아 이해하려

했던 노력은, 결국 노숙인들이 제때 의료 서비스를 받을 수 있도록 이끌었고 나아가 그들의 밴더빌트 병원 응급실 방문 횟수와 입원 기간을 현저하게 줄임으로써 병원 차원에서의 비용 절감도 가능하게 했다.

여전히 그는 매주 수요일마다 큰 배낭 속에 갖가지 약품과 물품을 두둑하게 챙긴 뒤 길을 나선다. 한동안 나는 이 세상은 너무나 크고 복잡하기에 불합리하고 부조리한 세상을 바꾸는 건 개인 혼자서 할 수 없다고 믿고 살았다. 이런 나의 무기력감과는 달리, 플라이셔는 자신이 처한 현재의 위치에서 할 수 있는 일들을 찾아내는 데 주저하지 않았고 현재를 더 나은 내일로 바꾸려는 노력을 두려워하지 않았다. 뜻을 세우고 믿음을 부여한 뒤 사람들을 설득했으며 결국 새로운 시스템을 만들어냈고 그 시스템은 개인뿐 아니라 주변의 이웃과 사회를 더 건강한 곳으로 지켜냈다.

나는 그가 세상을 조금 더 나은 곳으로 만들어나가는 모습을 가까이에서 똑똑히 지켜보았다. 그렇다 해서 오래되고 팽배해진 나의 무기력감이 풍선 터지듯 한 번에 사라지지는 않았다. 다만 나는 그를 통해 조금 더 이웃을 돌아보고 내가 살고 있는 지역 사회를 위해 할 수 있는 소소한 일들에 관심을 기울이기 시작했다. 낯선 이들을 편견 없이 대하고 친절한 말 한마디를 건네는 여유도 배워갔다.

이제 와 돌이켜보니…… 분명 그는 나의 세계도 더 나은 곳으로 변화시켰다.

일론 머스크는 행복할까

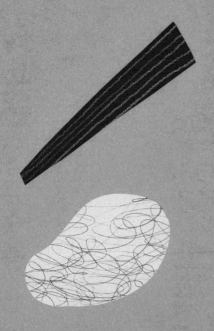

실리콘밸리에서 일하는 사람들로부터 테슬라의 대주주인 일론 머스크의 정신을 분석해달라는 강의를 요청받은 적이 있다. 일면식 없는 일론 머스크를 무슨 수로 분석하겠느냐마는, 기사화된 가십거리와 정리된 글들을 토대로 예측되는 그의 성격을 함께 생각해보고 이곳 실리콘밸리에서 건강하게 살아남으려면 어떻게 해야 하는지 알차게 얘기를 나누었다. 살짝 뜬금없기는 했지만 나는 강의를 마무리하면서 질문을 하나 던졌다. "무엇이 당신을 행복하게 만드나요?" 그들은 일론 머스크가 궁금했겠지만 나는 그 자리에 모인 그들이 궁금했다. 모두들 뜻밖의 질문에 어리둥절해하면서도 가족, 좋은 직장, 게임, 돈, 삶의 주도권 등의 다양한 대답을 쏟아냈다.

몇 달이 지나 그 강의에 참석했던 사람을 우연히 만나게 되었다. 그는 행복에 대해 생각하며 살 기회가 별로 없었는데 덕분에 기억에 남는 의미 있는 시간이 되었다며 강의보다 부록이 재밌었다는 소감을 전했다. 아래는 그때의 행복에 관한 즉석 부록을 옮긴 것이다.

무엇이 우리를 행복하게 할까? 행복은 삶에 있어 가장 중요한 화두 중 하나지만 행복에 관한 질 높은 연구는 그리

많지 않다. 우리를 행복하게 하는 정확한 요인을 파악하는 데 통제해야 할 변수들이 많고 한 사람의 삶을 오랫동안 추적 관찰하기 어려우며, 행복이라는 감정 기준의 범위가 넓고 매우 주관적인 데다가 태어난 환경, 어린 시절의 경험, 타고난 기질, 트라우마에 노출된 정도 등 표준화하기 어려운 많은 차이들 때문에 타인을 행복하게 하는 삶이 나를 행복으로 이끌 것이라 일반화하기도 어렵다.

무엇보다도 '행복을 어떻게 정의할 것인가?'라는 답에는 개인차가 크다. 정점에 이르는 찰나의 쾌락을 행복으로 정의하는 이도 있고 안전에 대한 욕구, 자아 성취에 대한 욕구, 더 나은 삶의 질에 대한 욕구를 충족했을 때 느끼는 은근하게 지속되는 안정감과 충만감을 진정한 행복이라 말하는 이들도 있다.

흥미로운 몇 가지 연구들을 살펴보자. 혼자인 사람보다는 결혼한 사람이 행복하고, 결혼한 사람보다는 이혼한 사람이 행복하다는 연구가 있다. (특히 여성의 경우) 자녀 양육이 생각만큼 그렇게 큰 행복을 주지는 않는다는 연구도 있다. 생계를 유지할 일정 수준 이상의 수입이 있다면 그 이상으로 돈을 더 많이 번다고 해서 더 큰 행복이 보장되진 않는다는 연구도 있다. 사람은 '직장에서의 일, 통근하기, 티브이 보기, 이야기 나누기, 섹스' 순서로 더 큰 행복감을 느끼며 '아무것도 하지 않고 쉬는 것'은 고작 '통근하기' 정도의 행복감에도 미치지 못한다는 연구도 있다.

첫 번째 연구는 혼자인 것보다는 마음 맞는 누군가를 만나는 것이 행복하고, 맞지 않는 사람과 억지로 살 바엔 혼자 사는 게 낫다는 것을 시사한다. 두 번째 연구는 자녀 양육에 동반되는 스트레스와 희생을 감내할 수 있어야 자녀와 함께 행복할 수 있다는 것을 보여준다. 세 번째 연구는 어느 정도의 재산이 있다면 행복의 원천을 다른 곳에서 찾아봐야 한다고 말한다. 네 번째 연구는 복권에 당첨되면 아무것도 하지 않고 그냥 쉬겠다는 생각은 재고해보길 권한다.

과거에 행복이 행운과 동일한 개념으로 여겨지던 때가 있었다. 사회적 자원과 시스템이 빈약했던 그 옛날에는 내가 어떤 집안에서 태어나느냐에 따라 나의 수명과 운명이 좌우되었기 때문이다. 자원의 분배가 조금은 더 골고루 이루어진 요즘의 시대에는 행복의 많은 부분이 스스로 마음먹기에 달려 있다고 한다. 이를 '합리화된 행복(synthetic happiness)'이라고 하는데, 선택의 여지 없이 주어진 대로 받아들여야 하는 경우보다 선택의 기회가 많을 때 우리는 더 불행하다고 느낀다는 연구가 그 예시가 된다. 여러 가지 선택지를 앞에 두고 무엇이 더 나은지 몰라 혼란스러워하고 자신의 선택에 확신하지 못하면 불행감이 높다. 어떤 결과가 주어졌든 '이게 최선이었어'라는 자기 확신, 자기 합리화는 행복한 삶을 위해 꼭 필요한 태도다.

이와 연결된 개념으로 '회복탄력성'이 행복의 요건이라는 이론도 있다. 끝없는 자극과 상처에 노출되며 소용돌이에 휘말리는 예측불가능한 삶을 살지만 우리는 결국 본연의 모습을 다시 회복하며 균형을 찾게 되는데 이때 걸리는 시간이 짧을수록 불행하다고 느끼는 시간도 짧아지는 것이다.

'자기주도권'을 갖고 사는 삶도 행복에 중요한 요건이다. 절대적으로 일하는 시간이 많은 관리자급 리더가 말단 직원보다 행복한 까닭도 단순히 수입이 더 많아서가 아니라 자기주도권의 차이에서 비롯된다는 것이다. 내가 원하는 삶을 선택해서 살고 그 결과에 책임지며 사는 사람들이 더 행복한 이유이기도 하다. 하지만 일론 머스크처럼 돈이 많고 자기 삶의 주도권과 타인의 삶의 주도권까지 거머쥔 사람은 모두 행복할까? 나는 그를 모르고 직접 진료하지 않은 사람의 정신건강을 평가하는 일은 비윤리적이며 틀릴 가능성이 높으므로 '일론 머스크를 비롯해 마크 저커버그나 스티브 잡스처럼 기술을 발전시켜 세상을 바꾸는 힘을 가진 이들이 과연 행복할까?'라는 관점으로 초점을 바꿔 고민해 보고자 한다.

이들의 주요한 특징은 안주하지 않는다는 데 있다. 세상의 불편한 점과 개선되어야 할 점들을 누구보다도 빨리 발견하고 변화를 계획하고 실천에 이르게 하기까지 많은 노력과 시간을 쓴다. 무엇보다도 바꾸지 않고서는 견딜 수 없을 정도로 현재 삶의 어떤 부분을 매우 불만족스럽게 여겨야 가능한 일이다. 지금 현재에 만족하고 때론 불편함도 기꺼이 감수할 줄 알며 세상의 변화보다는 자신의 삶에 집중하고 스스로를 행복하게 하는 데 시간을 쓰는 사람들과 비교해보았을 때, 이들이 과연 더 행복할까? 이 질문에 대한 답은 각자의 가치관에 따라 다를 것이다.

세계에서 가장 긴 수명을 자랑한다는 일명 '블루존'에 사는 사람들을 연구한 결과는 어떤지 살펴보자. 오랫동안 건강하게 사는 사람들의 공통점 중의 하나는 '질 높은 인간관계'다. 단순히 여러 사람들을 알고 지내고 관계를 맺는 것이 아니라, 나를 잘 알고 있고 나를 진정으로 아끼는 사람들과 도움을 주고받고 식사를 함께하고 일상을 나누며 시간을 함께 보내는 것이 행복과 건강 유지에 필수적이라는 것이다.

이처럼 행복에 관한 많은 연구가 상대적이고 어느 것이 다른 것에 비해 나은지 우열을 비교하고 있지만, 아이러니하게도 행복은 나와 다른 사람의 삶을 비교하지 않는 데서 시작된다. 우울감의 반대가 행복감이라는 논리로 한번 생각해보자.

우울감의 인지 왜곡 이론에 따르면 '나는 못났다 - 이 세상도 나를 못나게 여긴다 - 이것은 앞으로도 변치 않을 것이다'라는 인지체계가 우리를 우울하게 만든다고 한다. 그렇다면 반대로 행복감을 위해서는 '나는 괜찮은 사람이다 - 이 세상도 나를 괜찮은 사람으로 여긴다 - 앞으로도 쭉 그럴 것이다'라는 인지체계가 필요하다는 결론에 다다른다. 여기서 눈여겨볼 지점은 타인이 아닌 나의 관점이 중심이라는 것이다. 내가 나 자신을 긍정적으로 바라보고 남들의 나쁜 평가는 적당히 걸러 듣고 좋은 평가는 크게 받아들이고 오래 기억하며 미래에도 괜찮은 사람일 것이라고 나 자신을 믿는 것이다.

끝으로, 행복에 대한 나의 개인적인 경험을 나누어보려
한다. 자존감이 낮고 경쟁적이어서 남들보다 뒤지지 않기
위해 버둥대고 남과 나를 비교하는 데 많은 시간을 할애하
던 때가 내게도 있었다. 그 시간을 극복할 수 있었던 힘은,
결국 내가 어떤 사람인지 이해하고 나의 꿈을 이해하고 내
가 바꿀 수 있는 모습은 바꾸고 바꿀 수 없는 것들은 받아들
이고 인정하는 데서 비롯되었다. 그렇게 나다운 삶을 만들
어가기 시작했고 나를 있는 그대로 사랑하게 되었으며, 나
를 있는 그대로 사랑해주는 사람들을 알아보기 시작하고
그들과 함께 시간을 쓰면서 내 행복은 배가 되었다. 그들과
차곡차곡 쌓은 좋은 추억들이 나의 현재 어려움을 이겨나
가는 데 큰 힘이 되어주었고 그 때문에 불행하다고 여겨지
는 시간은 더 줄어들게 되었다.

행복에 이르는 길은 다양하다. 그중 지금 스스로를 위해
할 수 있는 것을 꼽자면, 오늘의 나를 사랑하고 나의 사람들
에게 감사하며 사랑을 전하고 내일 펼쳐질 나의 하루도 괜
찮을 것이라고 믿어보는 것이다.

악몽 같은 현재를 살고 있다면

1999년에 방영된 미국 드라마 〈앨리 맥빌〉에는 이런 에피소드가 등장한다. 변호사 앨리는 칠흑 같은 어둠을 뚫고 울리는 요란한 전화 소리에 잠에서 깬다. 병원에서 걸려온 목소리는 브리아가 당신을 찾고 있다는 메시지를 전했다. 브리아는 앨리의 고등학교 선생님이었고 오랫동안 만나지 못했지만, 지금 이 순간 앨리의 도움을 필요로 하고 있었다.

부리나케 병원에 도착한 앨리는 브리아에게 몇 주 혹은 몇 개월의 시간밖에 남지 않았으며 병을 치료하기 위해 할 수 있는 게 더 이상 없다는 사실을 알게 된다. 브리아는 앨리와 반갑게 재회하지만 기력이 쇠한 탓에 짧은 인사 후 바로 잠에 빠져들었다. 잠든 브리아를 지켜보던 앨리는 우연히 잠꼬대를 듣게 된다. "헨리, 많이 기다렸죠? 우리 애들은요? 나도 사랑해요."

앨리는 브리아에게 꿈에서만 만날 수 있는 상상 속 연인인 헨리가 있었다는 것을 기억해내며 수십 년이 지난 지금까지도 브리아의 꿈속에 헨리가 살고 있다는 사실에 놀란다. 시끄러운 소리에 흠칫 놀라 잠에서 깬 브리아는 앨리의 손을 붙잡고는 절박하게 애원한다.

"내가 다시는 깨어날 수 없게 해줘, 제발. 현실에서의 나는 이제 걸을 수도 없고 얼마 후면 시력도 완전히 잃을 거야. 나는 가족도 없고 혼자서 외롭게 죽어가고 있지만 꿈속에서는 헨리와 행복한 결혼 생활을 하고 있어. 우리는 아이도 셋이나 있어. 꿈에서 깨어나고 싶지 않아. 코마 상태를 유지하고 싶은데 의사가 그런 도움은 줄 수 없대. 넌 변호사잖니. 날 좀 도와줘. 난 살 만큼 살았고 이 생에는 더 이상 미련이 없어."

앨리는 브리아를 안심시키고자 다 괜찮을 거라고 하지만 브리아는 "괜찮을 거라고 말하지 마. 난 죽어가고 있어"라고 대꾸한다. 약물의 도움으로 인위적인 코마 상태를 유도해달라는 부탁에 의사는 그런 일은 불법적이고 비윤리적이라며 거절한다. 병원 관계자들 역시 브리아에게 통제불가능한 신체적인 통증이 없으므로 모르핀과 같은 마약성 진통제를 고용량으로 써가며 코마 상태를 유지하는 것은 옳은 의료 행위가 아니라고 설명한다.

앨리와 함께 일하는 동료 변호사들조차도 브리아의 뜻을 지지하지 않자 앨리는 판사로부터 법원 명령을 받을 계획을 세운다. 앨리는 브리아의 삶의 질이 깨어 있을 때보다 꿈을 꾸고 있을 때 훨씬 더 낫고, 브리아는 깨어 있는 상태와 잠든 상태 중에서 자신이 더 행복할 수 있는 상태를 선택할 권리가 있으며, 코마 상태를 유지하는 것이야말로 죽어가는 자신의 존엄성을 지키기 위한 방법이라며 브리아의 선택을 정당화한다. 앨리는 브리아가 얼마 남지 않은 생을 고통 없이 편안히 보내기를 바랐다. 그러기 위해서는 신체적 고통뿐 아니라 영적 고통과 실존적 고통을 줄여주는 일 역시 치료의 일부가 되어야 한다고 병원과 의료진을 향해 강하게 주장한다.

태어나는 순간부터 죽음을 향해가는 우리는 언제 터질지 모르는 시한폭탄을 몸에 지니고 사는 것과 같다. 죽음은 언제 어디서든 누구에게든 갑작스럽게 찾아올 수 있다. 인간의 존재는 일시적이고 유한하며 결국 흔적도 없이 사라질 우주의 먼지에 불과하다는 사실을 마음으로 깨닫게 될 때 우리는 자신의 존재 이유와 의미를 찾고 싶어 한다. 어차피 사라지고 마는 존재인데 왜 지금 살아 있어야 하며 무엇을 위해 살아야 하는가. 수많은 사람들 중에 나와 내 삶을 가치 있게 하는 존재 이유는 무엇일까. 죽음이 가까워오고 기력이 쇠하여 스스로 할 수 있는 일들이 줄어들고 병으로 인해 건강한 시절의 자아존중감을 잃어버렸을 때 삶은 더욱 가혹하고 집요하게 이런 질문들을 던진다. 이것이 실존적 고통이다. 최종 판결을 앞두고 마지막 발언 기회가 주어지자 브리아는 이렇게 말한다.

"나에게는 두 가지 삶이 있어요. 하나는 헨리와 함께 우리의 아이들과 행복한 일상을 누리는 삶. 또 하나는 치유할 수 없는 병에 걸려 신체 기능을 하나둘 잃어가며 홀로 외롭고 쓸쓸하게 죽어가는 삶. 어떤 것이 진짜 현실이죠? 지금 내가 말하고 있는 이곳이 꿈인가요, 현실인가요? 나는 지금 이 꿈이기를 바랍니다. 그렇지만 아마도 내가 틀렸겠지요."

환자의 이런 요구가 합법적으로 허용되었던 전례가 없고 코마 상태에 빠진 동안 부차적으로 생길 신체적 합병증이 우려되었지만 판사는 결국 앨리의 논리에 설득당한다.

1999년까지 보스턴에서는 의료진에 의해 유도한 코마 상태가 허용되지 않았다. 그러나 현재는 미국 전역에서 '고통 완화 목적의 진정(palliative sedation)'이라는 이름으로 행해지는 합법적인 의료 행위가 되었다. 생이 얼마 남지 않은 환자들의 고통이 일반적인 치료로는 줄어들 수 없을 때 인위적으로 깊은 진정 상태를 유도하여 고통을 줄여주는 것이다.

6개월 이내의 시한부를 선고받아 호스피스 서비스를 받는 환자 열 명 중 두 명에서 다섯 명이 이 치료를 받는다. 고통 완화 목적의 진정 치료는 신체적 고통에만 적용할 수 있는가? 그렇지 않다. 오히려 실존적 고통을 호소하는 환자들에게 더 자주 활용된다. 치료를 받은 환자의 40퍼센트가 실존적 고통으로 인한 우울과 불안을 이유로 들었고, 30퍼센트가 호흡곤란, 14퍼센트가 안절부절못하는 섬망 상태의 조절을 이유로 들었다.

실존적 고통을 호소하는 환자에게 이 치료를 시작할 경우에는 다음과 같은 조건에 부합해야 한다. 말기 상태에 이른 병으로 인해 죽어가는 과정에 있어야 하며, 우울과 불안 등의 정신과적 증상을 치료하기 위해 가능한 모든 방법들이 이미 시도되었어야 하고, 종교적 지도자들의 도움을 받아 영적인 고통을 치유하기 위한 노력들이 행해졌어야 하며, 치료 도중 신체 기능이 다하여 심장이 멎었을 때 심폐소생술을 시도하지 않고 자연스러운 죽음을 받아들이겠다는 동의가 있어야 한다.

나 또한 건강상의 이유로 수술을 받고 입원을 해야 했던 적이 있었다. 수술은 성공적이었으나 어느 날 예상치 못했던 합병증이 발생했고 예정되었던 퇴원이 취소되었다는 소식을 들었다. 그 순간 언제 회복될지 알 수 없는 불확실함과 지금 이 상황에서 벗어나기 위해 할 수 있는 일이 아무것도 없다는 무기력감이 몰려오면서 나는 견디기 힘든 정신적 고통 속에서 괴로워했다. 주어진 매일의 일을 성실히 하고 친구들과 주말 저녁을 함께하며 즐거운 시간을 보냈던 일상이 꿈처럼 느껴졌다. 이런 나에게 친구는 "걱정 마. 지금이 꿈이고 그때가 현실이야. 지금 너는 꿈을 꾸고 있어. 곧 그 꿈에서 깨어날 수 있을 거야"라고 말해주었다.

우리는 견디기 힘든 현실을 종종 '악몽 같은 시간'이라 부른다. 브리아는 비참한 현실에서 도망쳐 달콤한 꿈속의 깨어나지 않는 삶을 선택했다. 생이 얼마 남지 않은 이들에게만 가능한 선택이다. 현재의 우리에게는 어떤 선택이 가능할까. 누군가는 술이나 약물로 꿈을, 환각을, 기면 상태를 유도하며 현실에서 도망치려 한다. 스트레스를 풀고자 잠을 과하게 자는 사람들도 많다. 그렇지만 깨어 있기 싫다 해서 술만 마시고 잠만 잘 순 없는 일이다. 만약 지금 이 현실이 언젠가는 끝날 악몽이라고, 힘을 내라고, 혼자가 아니라고, 당신을 응원하고 있다고 말해주는 누군가가 있다면 그 말을 한번 믿어보자. 지금 이 순간, 잠에서 깨어 현실을 직시하고 강단 있게 버텨보는 거다. 악몽 같지만 내게 찾아온 현실이고 결국 내 삶의 일부가 되어 새겨질 시간이다. 그 시간을 또렷한 정신으로 당당히 마주하고 겪어낸다면 언젠가 지금의 힘든 시간을 잘 견뎌낸 자신이 대견하고 고마워지는 날이 있을 것이다. 나를 단단하게 하는 밑거름이 되고 내 삶을 풍성하고 의미 있게 만드는 것은 내가 마주하고 견뎌냈던 과거의 시간이다. 미래의 나에게 실존적 고통이 찾아온다면, 삶을 의미 있는 시간들로 채워나갔던 과거의 내가 바로 나의 구원자가 되어줄 것이다.

너와 나를 돕는 위로의 기술

재닛은 재활의학과 의사다. 주중에는 환자들을 돌보고 주말에는 친구들과 모여 식사를 함께하며 일상을 나누는 평범한 하루하루가 쌓여가던 어느 날이었다.

이유를 알 수 없는 열이 오르기 시작한 것은 주말 저녁이었다. 단순한 감기라고 하기에는 열 말고는 아무 증상도 나타나지 않았다. 해열제로 잡히지 않는 열은 오한과 온몸의 근육통으로 이어졌고 밤새 잠을 설쳤다. 아침이 되어서 오한은 가셨지만 그를 괴롭혔던 열의 원인을 알아야겠다는 생각이 들었다. 응급실로 가기 위해 간단한 짐을 챙기고 운전대를 잡았다.

10년을 넘게 매일 출퇴근해온 병원이지만 의사로서 일하러 가는 병원과 환자로서 도움을 받기 위해 가는 병원은 그 형체만 같을 뿐 절대적으로 다른 장소였다. 환자가 되어 병원 문을 들어서고 싶지 않았지만 재닛은 마음을 다잡았다. "자신을 잘 돌보는 일보다 더 중요한 건 없어요. 몸이 호소하는 증상을 무시하지 마세요. 어떤 병이든 진단이 늦어지면 그만큼 치료도 어려워져요." 환자들에게 늘 해왔던 말에 스스로 책임져야 한다고 생각했다.

열이 나는 환자에게 통상적으로 진행되는 검사에는 어떤 것들이 있는지 재닛은 너무나 잘 알고 있었다. 어떤 검사를 받게 될 것이며 시간은 얼마나 걸릴지, 검사 결과에 따라 어떤 조치들이 취해질지 머릿속에 순서대로 그려보았다. 몇 가지의 검사가 진행되는 동안 그는 수액과 항생제를 맞으며 결과를 기다렸다. 그저 잠깐 스쳐가는 감염이겠지 하고 생각했다. 시간이 흐르고 응급실 담당 의사가 병실을 찾았다. "췌장에 종양이 보여서 추가 검사를 해야겠는데요." 납작하고 건조한 의사의 목소리가 공기를 타고 허공을 맴돌다 그의 귓가에서 뱅글뱅글 반복되었다.

췌장에 종양…… 췌장에 종양……
잠시 동안이었지만 그는 숨을 쉴 수가 없었다.

췌장암은 치명적인 암이다. 5년 동안 생존할 확률이 다른 암에 비해 현저히 낮고, 수술이 가능할 정도로 일찍 발견된 경우에도 높은 재발률과 전이로 인해 생존 기간이 2년을 넘기 어렵다. 암 중에서 가장 심한 통증을 유발하기로 악명이 높고 치료가 어려운 탓에 췌장암 환자들은 극복하기 어려운 무기력감과 절망감을 겪게 된다. 췌장암은 우울증과 자살률이 가장 높은 암이기도 하다. 진단이 늦게 되는 암

이어서 수술이 가능한 경우도 많지 않지만, 가능하다고 해도 워낙 고도의 기술을 요하는 어려운 수술이어서 수술 도중 사망률이 높다. 수술이 성공적으로 이루어졌다고 해도 회복하는 데 2~6개월 정도가 걸리며 수술 후 합병증 역시 오랫동안 정상적인 생활을 힘들게 한다.

재닛의 세상에는 즐거운 일들이 모두 사라졌다. 주어진 매일의 일, 가족과 친구들, 그들과 보내는 시간이 일상 속의 행복이었지만 이제는 모든 게 의미 없게 느껴졌다. 더 이상 예전처럼 행복할 수 없을 것만 같았다. 그 누구도, 그 어떤 시간도 그에게 예전 같은 행복을 주지 못할 것 같았다. 재닛은 생애 최악의 날들을 보내고 있으며, 불행하게도 이것이 끝이 아니라 시작에 불과하며, 앞으로 더 고통스러운 시간이 자신을 기다리고 있다는 것을 잘 알고 있었다. 형언할 수 없는 공포가 파도처럼 밀려왔다. 지옥 같은 시간의 시작이었다.

깨어 있는 시간 동안 잠시도 췌장암이라는 단어에서 벗어나기 힘들었다. 매 순간 암이 그의 감정과 생각을 지배했다. 그는 앞으로의 삶을 계획할 수 없었고 크게 웃을 수도 없었다. 조금이라도 웃으려 들면 금세 먹구름이 그를 막아

섰다. '지금이 웃을 때야? 넌 암 진단을 받았어. 넌 지금 우울해야 해.' 작은 악마가 머릿속으로 들어온 기분이었다. 새로운 인격체가 서서히 암과 함께 자라나 자신을 조금씩 좀먹어가고 있었다.

영화 〈쇼생크 탈출〉의 주인공인 앤디는 이렇게 말했다. "희망은 누구도 빼앗아 갈 수 없는 좋은 것이며, 어떤 순간에도 희망을 잃지 말아야 한다." 재닛이 이 영화를 좋아한 이유도 희망에 관한 앤디의 대사 때문이었다. 하지만 지금 재닛의 생각은 달라졌다. 그에게 희망은 그저 무기력감에서 기원한 책임이 따르지 않는 허울 좋은 말장난에 불과했다. 희망이라는 동전의 반대편에는 절망이 있었다. 마치 삶과 죽음을 분리할 수 없는 것처럼, 희망하는 순간 절망을 피할 수 없기에 희망을 품고 싶지 않았다. 희망이라니, 희망은 그의 상황에 하나도 어울리지 않는 단어였다. 췌장의 종양은 너무나 치명적이어서 결말이 뻔한 한 편의 비극을 보는 것만 같았다. 〈해리포터〉에 등장하는 악령, 디멘터가 그의 머리 위를 맴돌며 행복감과 긍정적인 기운을 모두 앗아가고 우울과 절망만 가득한 육체의 껍데기만 허름하게 남겨둔 것 같았다.

태어나지 말았어야 했다는 생각과 죽고 싶다는 생각 사이의 모든 자잘한 생각들과 매 순간 다른 색채와 강도의 희망과 절망이 그의 마음속을 바삐 오갔다. 재닛의 연인 마이클은 그가 쏟아내는 생각들을 묵묵히 들어주었다. 날카로워진 그가 모진 말들을 뱉어낼 때조차도 마이클은 특별한 반응 없이, 그저 산처럼 조용히, 흔들림 없는 눈빛으로 재닛을 바라보며 그의 생각과 감정을 통째로 끌어안았다. 재닛은 자신이 생각 없이 뱉어내는 말들에 마이클이 일일이 대꾸하지 않아서 참 다행이라고 생각했다. 자신이 쏟아내는 말들을 직접 귀로 듣는 순간 그 말을 한 것을 후회했기 때문이다.

　치명적인 병을 진단받은 사람은 온갖 생각과 상상을 다 하며 그 생각이 매 순간 바뀌기도 한다. 환자에게 나쁜 생각을 하지 말라는 말은 아무 도움도 되지 않는다. 그런 말을 들은 환자는 오히려 더욱 자기 혼자만의 어두운 심연에 갇힌다. 누군가에게 내 마음을 이해받지 못했다는 생각은 아무도 자신을 이해할 수 없을 거라는 일반화로 이어질 수 있기 때문이다. 이런 경우 환자들은 더 깊은 절망과 우울감에 빠진다. 죽음의 공포를 느낀 환자가 삶과 죽음에 대한 온갖 생각을 다 하는 것은 자연스러운 일이다. 차라리 이런 감정을 말로 표현하도록 하고 환자 스스로의 귀로 듣고 자각하도록 두는 편이 낫다. 두려움과 공포를 타인과 공유하고 그런 감정이 타인의 편견이나 섣부른 판단 없이 있는 그대로 받아들여졌을 때 우리는 이해받았다고 느낀다. 그렇게 혼자가 아님을 깨닫는다.

환자가 된다는 것은 기다림의 연속이다. 의사를 만날 수 있기를 기다리고, 검사받을 날을 기다리고, 결과가 나오길 기다리고, 치료가 시작되길 기다려야 한다. 이 모든 기다림의 시간 동안 환자가 할 수 있는 일은 아무것도 없다.

재닛은 인터넷을 켰다. 병을 진단받은 환자들은 인터넷에서 자신의 병을 찾아본 뒤 훨씬 더 불안해하고 우울해한다. 그는 늘 환자들에게 "인터넷에는 잘못된 정보도 많고, 다른 환자들에게 그런 일이 있었다고 해도 그건 당신의 이야기가 아닐 수 있고 통계는 숫자일 뿐 개개인의 경우를 설명해내지 못해요. 그러니 인터넷은 그만 들여다보도록 하세요"라고 말해왔다. 정말 현실적이지 않은 조언이었다. 환자가 된 재닛은 인터넷 속에서 췌장암의 증상, 진단, 치료, 예후, 사망률 등을 검색했다. 잘못된 정보를 받아들이고 말고의 문제가 아니었다. 일어날 수도 있는 일들을 미리 알고 대처할 수 있는 방법을 찾는 것이 그가 지금 할 수 있는 유일한 일이었다. 그렇게 해서라도 무기력감을 이겨내고 삶의 결정권과 주도권을 되찾고 싶었다.

환자들에게 더 우울해질 수 있으니 인터넷으로 병에 대해 검색하지 말라고 말해서는 안 됐었다. 차라리 검색으로 얻은 정보에 너무 집착하지는 말라고 했어야 했다. 환자는 병이 자신의 삶에 미칠 영향력의 무게에 비해 자신에게 주어진 정보가 거의 없다고 생각한다. 또 병에 대한 정보를 더 얻으면 불안한 마음도 가라앉을 것이라 믿는다. 알면 대처할 수 있을 거라는 마음도 든다. 때론 의사가 모든 정보를 투명하게 알려주지 않는다고 생각하기도 한다. 이런 여러 이유들로 환자들은 의사보다 접근성이 뛰어난 인터넷에 의지하게 된다. 모두 불안감에서 비롯된 생각들이다. 불안한 마음이 커서 일상생활을 할 수 없을 정도라면 문제가 되지만 불안감을 아예 없애는 것 역시 불가능하고 부자연스럽다. 적당한 불안감을 안고 살아가는 게 우리의 본능이고 정상적인 삶이다. 다만 지금 현재를 불안감에 통째로 헌납해서는 안 된다. 우리는 미래에 대한 불안감을 안고 현재를 사는 법을 배워야 한다.

재닛은 조직검사 결과를 기다리며 생각했다. 그 결과는 그의 인생을 송두리째 바꿔놓을 것이었다. 결과가 나쁘게 나와 죽을 날이 멀지 않았다면, 지금과는 다르게 살고 싶은지 한번 생각해보았다. 죽기 전에 꼭 하고 싶은 일이나 해야 할 일이 있는지도 곰곰이 생각해보았다.

결론은 '없다'였다. 그는 이미 스스로가 꿈꿔왔던 삶을 살고 있었다. 지금까지 후회 없는 삶을 살았으니 이제 와서 바꾸고 싶은 것도, 더 하고 싶은 일도 없었다. 지금의 일과 생활을 모두 내려놓은 채 모아둔 돈을 들고 여행을 떠날지, 부모님 곁으로 돌아가 효도부터 해야 할지 망설였지만, 결국 고민은 하루가 채 지나지 않아 결론에 도달했다. '그냥 살던 대로 살자. 나는 내가 살던 대로 사는 것 말고 다르게 사는 방법을 알지 못해. 달리 원하는 것은 없어. 나는 이미 충분히 좋은 삶을 살고 있으니까.' 남은 것도 남길 것도 없는 깔끔한 삶이라는 생각을 했다.

재닛은 가까운 친구들에게 자신의 병을 알리고 그가 지금의 일상을 계속 누릴 수 있게 도와달라고 말했다. 그를 환자로 대하지 말고 예전과 똑같이 대해줄 것을 당부한 것이다. 병 때문에 자아가 취약해졌을 때는 타인이 나를 어떻게 대하는지가 내가 어떤 사람인지를 정의하게 된다. 재닛은 그들에게 변함없는 친구이고 싶을 뿐 동정의 대상이 되고 싶지 않았다.

병을 알게 된 후로 그는 때때로 논리적으로 판단하고 결정하기가 어려웠다. 격해진 감정에 이성을 맡겨버리고 더 이상 아무 노력도 하고 싶지 않은 순간들이 불쑥 찾아왔다. 도움이 필요했다. 지금의 그를 가장 잘 이해하는 친구 두 명을 찾아 부차적 자아가 되어달라고 부탁했다. 그가 스스로를 위한 좋은 결정을 할 수 없을 만큼 감정적으로 지쳤을 때 평소의 그다운 선택을 할 수 있게 이끌어달라는 부탁이었다. 자신의 두 발로 굳건히 버텨내지 못할 정도로 몸과 마음이 무너졌을 때 누군가 우리의 일부가 되어 양쪽에 서서 일으켜주는 일은 삶이 바스러지지 않기 위해 중요하다.

그는 암 환자가 되었다는 사실을 힘겹게 받아들이는 중이었다. 앞으로 평생을 재발과 전이를 걱정하며 살아야 한다는 사실은 죽을 때까지 변하지 않을 것이다. 그를 둘러싼 주변은 아무것도 변하지 않은 것 같은데 그의 삶은 크게 달라졌다. 어떻게 살아가야 할지 방향을 잃은 느낌이었다. 병을 발견한 시점과 진단이 되기까지의 시간, 진단을 받고 나서부터 수술을 기다리는 동안의 시간, 수술을 받고 회복하는 동안의 시간을 그는 각각 다르게 경험할 것이고 각각의 시간을 거칠 때마다 다시 새롭게 적응해야만 했다. 큰 파도처럼 찾아온 변화 앞에서 그는 휩쓸릴지 파도를 탈지 둘 중 하나를 택해야 했다. 그는 암으로 인해 자신의 몸과 마음이 변하는 것이 두려웠다. 난생처음 겪는 경험을 통해서 스스로 어떻게 변하게 될지, 그 변화를 통제할 수 있을지, 아무것도 알지 못해 두려웠다.

"아무 일 없이도 사람은 변해." 재닛의 연인인 마이클이 말했다. 암 진단처럼 큰일이 아니어도, 우리가 깨어 있고 경험하고 배우고 느끼는 한 우리의 감정과 생각과 삶의 태도는 흐르는 물처럼 시시각각 달라질 수 있다. 마이클은 평온하고 고요한 말투로 지금의 두려움이 살면서 누구나 겪을 수 있는 삶의 한 부분이고 과정이라고 했다. 변화에 대한 두려움이 그의 마음속에서 정체를 알 수 없는 더 큰 두려움으로 변질되지 않도록 마이클은 재닛을 달래주었다.

재닛은 되도록 빨리 슬픔을 이겨내고 원래의 행복한 자신으로 돌아가고 싶었다. 하지만 그 전에 자신에게 일어난 일을 그 바닥 끝까지 온전히 마주해야 한다고 생각했다. 절망에 차 있는 스스로를 섣불리 일으켜 세우고 싶지 않았다. 지금 무슨 일을 겪고 있는 것인지 현실을 직시하고, 그 밑바닥에서 마음껏 슬퍼하고 괴로워한 다음, 천천히 나아지려 했다. 힘든 게 당연하고 울어도 되며 비관적이어도 된다고 스스로에게 말해주었다. 이것은 그가 여태껏 환자를 마주하며 얻은 깨달음이었다.

재닛은 불의의 사고로 신체 기능을 상실하고 재활 치료를 견뎌내야 했던 환자들을 오랫동안 돌보아왔다. 상실에 대한 절망도 애도도 없이 너무 급하게 원래의 밝은 모습을 되찾으려고 했던 환자들은 결국 긴 재활 치료 중에 느닷없이 우울해했고 삶을 비관했으며 비정상적인 애도 반응을 보였다. 재닛은 잃어버린 예전의 건강한 삶을 충분히 애도하는 과정이 회복을 위해 선행되어야 한다는 것을 배웠다. 지금 무슨 일을 겪고 있는지 현실을 마주하고 무엇을 잃었으며 이제부터 어떤 것이 달라질지 이해한 다음에는 바닥에 주저앉아 펑펑 울고 슬퍼해야 한다. 그런 다음에야 스스로를 일으켜 세우는 일이 가능했다. 충분한 절망 없이는 일어서야 할 이유와 삶의 의미를 찾는 일에 절실해질 수 없었다.

재닛은 끝도 없는 깊은 어둠 속에 빠진 스스로를 그렇게 한참 동안 내버려두었다. 그의 친구들 또한 그를 슬픔에서 끄집어내려 애써 노력하지 않았다. 시간을 주고 기다렸으며 도움이 필요할 때 언제든지 달려갈 수 있는 거리에서 그를 지켜봐주었다. 현실로부터 도망치고 싶고 세상에서 홀연히 사라지고 싶은 재닛의 마음을 내려놓게 한 것은, 혼자가 아니니 함께 이겨내자고 말해준 친구들 덕분이었다. 유독 마음이 힘든 날에는 친구들에게 연락을 했다. 그에게 가장 위로가 되었던 말은 다음과 같다. "네가 스스로 생각하는 것보다 잘하고 있어." "지금 같은 상황에서는 누구라도 너처럼 힘들어했을 거야."

친구들의 사랑은 그를 향한 친절한 말과 행동 또는 그를 웃음 짓게 하는 유머로 표현되었다. 어찌 보면 쉽고 간단한 일이었다. 마음이 나아지는 데는 거창한 말이나 위대한 통찰이 필요하지 않았다. 재닛은 삶은 복잡하지만 살아가는 것은 간단하다는 생각을 했다.

마이클은 재닛의 영역을 넘지 않는 선에서 그가 곁에 있음을 잊지 않도록 세심하게 배려했다. 이를테면 그의 한쪽 손을 가볍게 포개거나 어깨에 머리를 기대는 식이었다. 그가 재닛을 품에 안으려고 몸을 당겼다면 재닛은 오히려 거부감을 느꼈을 것이다. 자기 삶의 통제력을 잃었다고 생각하는 그에게 자신의 마음과 신체에 대한 통제감을 잃지 않도록 배려하는 일은 중요했다.

재닛은 지금의 불안감에 대해서 생각해보았다. 이것은 죽음에 대한 공포인가, 암을 갖고 살아가는 삶에 대한 공포인가. 불안감을 없애려면 어떻게 해야 하나. 처음부터 암을 진단받지 않았다면 불안 없이 살았을 것인가. 하지만 살다 보면 또 다른 암에 걸릴 수 있지 않은가. 사고를 당하거나 사랑하는 사람을 잃을까 불안해하면서 살 수도 있지 않은가. 이렇게 사나 저렇게 사나 삶은 불확실하고 예측불가능하다. 어떻게 살든 불안 속에 사는 삶인 것은 분명하다. 암에 걸렸다는 사실 때문에 앞으로 남들보다 더 자주 불안해할 수도 있겠지만, 그는 결국 암을 안고 사는 삶에 적응할 것이다. 지금까지 살면서 마주했던 예상치 못한 어려움들도 어떻게든 극복해오지 않았던가. 암이 아니더라도 살아 있는 한 어떤 병이나 사고도 찾아올 수 있고, 살다 보면 모든 종류의 상실을 경험한다. 결국 암도 삶이다. 나한테만 일어난 불행이라고 슬퍼하기에는 삶은 예측할 수 없고 통제할 수 없고 영원하지 않은 것들로 가득 차 있다.

비록 의사에서 환자가 되었지만 그렇다고 삶을 잃어버린 건 아니었다. 그저 새로운 삶이 시작되었을 뿐이다. 두렵지만 그 새로운 삶 속으로 재닛은 걸어 들어가려 한다. 살면서 그에게 가장 큰 힘이 된 것은 누군가에게 사랑받았던 기억과 혼자의 힘으로 어려움을 이겨냈던 과거의 시간이었다. 누군가에게 소중한 사람이었고 스스로를 사랑할 줄 아는 사람이었으며 과거의 힘들고 어려운 시간을 극복한 경험이 있으니, 지금의 위기도 잘 넘길 수 있을 것이라는 자신에 대한 오래된 믿음이 있었다. 그는 다시 한번 자신과 세상을 믿어보기로 했다.

슬퍼하고 좌절하고 절망하고 다시 일어서기를 반복하는 것이 어차피 삶이라는 생각을 하며 재닛은 크게 숨을 들이마셨다 내쉬었다.

곧 죽을 거지만
지금 죽고 싶어요

"와…… 나 도저히 어떻게 해야 될지 모르겠다. 누가 좀 도와줘."

조용하던 의국에 닐의 외침이 터져 나왔다. 그는 호스피스 완화의료 세부 전문의 수련을 함께 받는 동료였다. 에이즈로 죽어가는 환자가 계속해서 자살 시도를 하는데 어떻게 도와주어야 할지 모르겠다는 하소연이었다. 환자의 남은 생명은 길어야 몇 주에서 몇 달로 예상되었다. 환자는 병으로 인한 증상과 통증으로 많은 약을 복용하고 있었으며 약은 증상들을 통제하는 데 간신히 성공했다. 하지만 환자는 더 이상 살아 있어야 할 이유를 모르겠다며, 어차피 곧 죽을 목숨이라면 지금 당장 생을 끝내고 싶다고 했다. 함께 살고 있는 그의 반려자 역시 어떻게 해야 그에게 삶의 의욕을 다시 불러일으킬 수 있을지 고민이라고 했다.

죽어가는 사람은 모두 우울할까? 그렇지 않다. 충만한 삶을 살았다고 스스로 회고하는 이들은 대부분 죽음을 두려워하지 않는다. 남은 시간이 얼마가 되었든 받아들이고 마지막을 준비할 힘을 낸다. 죽어갈 때 느끼는 우울한 기분으로부터 치료가 필요한 우울증을 감별해내는 것은 호스피스 완화의료 의사가 해야 할 중요한 일들 중의 하나다.

우울한 기분은 살아 있는 한 누구나 느낄 수 있는 자연스러운 감정이다. 죽어간다는 것은 우울한 일이다. 우울할 만한 일이 있으면 우울해야 정상이다. 그러므로 우울한 감정만으로 우울증이 있다고 진단하지는 않는다. 일반적인 우울증의 진단 기준에 포함되는 증상인 식욕이 떨어지고 잠을 잘 못 자는 현상도 호스피스 환자들의 우울증을 진단하는 데는 유용하지 않다. 죽음이 얼마 남지 않은 우리의 몸은 많은 영양분을 필요로 하지 않는다. 신체 대사 능력은 떨어져 외부로부터 들어온 음식을 소화하는 일이 오히려 몸에 부담을 준다. 신체는 스스로를 보호하기 위해 입맛을 떨어뜨린다. 그러므로 생이 얼마 남지 않은 이들의 입맛이 떨어지고 먹는 양이 줄어드는 것은 자연스러운 일이다. 환자가 먹지 못한다고 걱정하여 억지로 음식을 섭취하도록 강요한다면 환자의 몸에는 오히려 부담이 되고 더부룩한 느낌과 함께 소화 불량을 일으켜 대소변을 보기도 힘들어지기 때문에 삶의 질이 더 떨어질 수 있다. 신체의 기능이 떨어지면 수면의 질도 저하되고 수면 패턴에도 변화가 올 수 있다. 우울한 이들이 식사를 거르고 잠을 못 자는 증상과 비슷한 양상이, 호스피스 환자들에게는 우울증 없이도 생길 수 있는 자연스러운 현상인 것이다.

호스피스 환자 중 치료가 꼭 필요한 우울증을 겪는 환자는 자기 자신과 삶에 대한 무가치감, 절망감, 죽음을 앞당기고자 하는 소망, 즉 자살 사고를 통해 드러난다. 끝이 보이는 삶이라 해도 살아갈 가치가 없다거나 살아갈 희망이 없다고 생각하는 것은 정상적인 반응이 아니다. 삶은 여전히 가치가 있고 나는 여전히 누군가에게 사랑받고 누군가를 사랑해줄 수 있으며 남은 시간이 얼마든 관계없이 살아 있는 동안은 어떤 좋은 일도 일어날 수 있다는 희망을 가지는 것이 정상이며, 이것이 좋은 죽음을 맞는 과정이다. 닐의 환자처럼 어차피 죽을 목숨이니 지금 죽어버리는 게 낫겠다고 생각하는 것은 논리적인 사고 과정이 아니다. 이 세상에 태어난 우리는 결국 언젠가는 모두 죽게 되니 지금 죽는 게 낫다는 사고 과정이 옳지 않은 것과 같다.

그렇다면 우울증을 앓는 호스피스 환자는 어떻게 도와야 할까? 정신과 치료의 기본은 약물과 면담이다. 우울증의 약물 치료인 항우울제는 그 효과가 시작되는 데 적어도 한 달의 시간이 걸리며 처음으로 선택한 약물에서 효과를 보지 못하는 경우도 잦다. 첫 번째 약물을 시도하고 한 달이 넘는 시간 동안 지켜본 다음 효과가 없다고 판단될 경우 두 번째 약물을 시도하는 것이 일반적이다. 하지만 남은 생이 몇 주가 될지 몇 달이 될지 모르는 호스피스 환자의 시간을 항우울제 약물 효과가 나타나길 기다리는 데 쓰는 것은 이상적인 치료라 할 수 없다. 또한 우울증의 많은 증상들이 약물 치료를 통해서 나아질 수 있지만 약으로 절대 해결할 수 없는 두 가지 증상이 있다. 첫 번째는 외로움이고, 두 번째는 삶의 의미를 잃어버린 경우다.

외로움은 '연결'을 통해서만 해소될 수 있다. 우리는 내 마음을 이해해주는 누군가와의 진실한 연결을 통해서 외로움을 이겨낸다. 연결의 대상은 오래 알고 지낸 친구, 가족, 직장 동료 또는 연인이 될 수 있다. 우리는 이들을 환자의 삶을 지탱하는 지지체계라고 부른다. 지지체계가 없는 호스피스 환자들의 경우 자신을 돌보는 치료자들과 의미 있는 관계를 맺을 수도 있다. 또는 곁에 있는 반려동물이 그런 존재가 될 수 있다. 외로움은 나 혼자서 해결할 수 없고 주변의 도움을 통해서만 줄어든다. 건강할 때 좋은 사람들을 곁에 두고 함께 행복한 시간을 보냈다면 생의 마지막에 외로움으로 고통받는 일은 드물다. 좋은 삶 없이는 좋은 죽음도 없다.

삶의 의미를 잃은 경우는 좀 다른 문제다. 삶의 의미는 누군가 대신 찾아줄 수 있는 것이 아니다. 내 인생의 주체인 나만이 진정한 삶의 의미를 찾아낼 수 있다. 삶의 의미는 삶의 목표와는 다르다. 목표는 정해진 지점이 있고 그것에 도달하거나 이루어내야만 얻어진다. 삶의 의미는 그보다 더 광범위한 개념이다.

삶의 의미란 무엇일까? 뉴욕의 메모리얼 슬로언 케터링 암센터에서는 절망 속에서 살아가는 말기 암 환자들을 위해 의미 중심의 정신 치료를 고안해냈다. 이 치료는 빅터 프랭클이 제안한 로고테라피를 바탕으로 정신과 의사인 윌리엄 브레이바트가 주축이 되어 개발된 면담 치료다. 프랭클에 따르면 인간은 본능적으로 자신의 존재 이유와 의미를 찾으려고 하며 어떤 고통 속에서도 결국엔 그 의미를 찾아낼 수 있는 능력이 있다고 한다. 또한 존재의 의미를 찾는 것만으로도 우리는 극한의 고통이나 절망적으로 느껴지는 순간도 이겨낼 힘을 얻는다고 말했다. 삶의 의미를 찾는 것은 삶과 다시 연결된다는 뜻이다. 내가 해내는 창의적이고 생산적인 활동, 내가 경험하고 즐기는 것, 내가 남긴 과거의 업적 등 내게 살아갈 의지를 주는 모든 순간의 경험과 기억이 삶의 의미가 될 수 있다.

MBC 다큐멘터리는 스물여덟의 나이에 말기 대장암 진단을 받고 삶의 마지막을 향해 가고 있는 송 씨의 삶을 기록했다. 그는 남은 시간을 의미 있게 쓸 수 있는 방법을 찾느라 고심했다. 평소 독서를 즐기던 송 씨는 어려운 철학책들을 읽고 요약한 뒤 사람들에게 지식을 전달하고 함께 토론할 수 있는 모임을 만들었다. 암이 그의 몸을 짓눌러 숨 쉬기 어려울 정도의 통증을 겪으면서도 이 일을 멈추지 않았다. 그에게 삶의 의미란 내가 잘할 수 있는 일을 통해 누군가에게 도움이 되는 존재가 되는 것이었다. 육체적으로 버거운 시간이었을지 몰라도 모임을 이끄는 동안 그는 행복을 느꼈고 힘이 넘쳤다. 삶의 의미란 이런 것이다. 나를 나일 수 있게 하고 살아 있음을 느끼게 하는 일을 즐기는 것, 지금 이 순간 내가 숨쉴 이유가 되어주는 무언가를 발견하는 것이다.

삶의 의미는 별것 없는 평범한 일상 속에서도 얻을 수 있다. 친구들과 함께 운동하며 뛰어놀고 농담을 주고받다가 박장대소할 때, 가족들과 하루 동안 있었던 일을 나누고 마주 보며 웃을 때, 마음이 통하는 한 편의 글을 읽을 때, 붉게 물든 저녁 하늘을 바라볼 때, 창으로 들어오는 아침 햇살의 따스함을 느낄 때, 마음 깊숙한 곳을 울리는 음악을 들을 때, 눈을 떼기 힘든 한 폭의 그림 같은 풍경을 마주했을 때, 잔디와 풀꽃의 내음을 맡을 때, 햇살과 부딪쳐 반짝이는 꽃잎을 바라볼 때…… 이런 매 순간이 삶의 의미가 될 수 있고 우리가 존재해야 할 이유가 된다. 어제 느낀 삶의 의미가 오늘 느낀 삶의 의미와 다를 수도 있다. 내일은 또 다른 새로운 삶의 의미를 찾으면 된다. 삶의 의미는 거창한 것이 아니다. 지금 내가 들이마시고 내쉬는 숨을 가치 있게 만드는 모든 게 삶의 의미가 될 수 있다. 살아 있음을 감사하게 만드는 모든 순간이 삶의 의미로 다가온다.

하지만 닐의 환자처럼 죽음을 앞둔 호스피스 환자는 삶의 의미를 찾는 데 어려움을 겪기도 한다. 더 이상 남들을 위해 할 수 있는 일이 없어 보이고 나 자신을 위해 할 수 있는 일도 없다고 생각하기 쉽다. 아무도 내 삶을 가치 있게 여기지 않는다고 믿으며 차라리 생을 빨리 마감하는 것이 주변 사람들을 위해서 더 나은 선택이라고 생각하기도 한다. 쇠약하고 기능하지 못하는 육체를 겨우 가누면서 건강한 자아존중감을 가진다는 건 때로는 무척 어려운 일이다.

호스피스 가정 방문에서 만난 80대의 환자 아이반도 그런 마음이었다. 나는 음악치료사인 리사와 함께 아이반의 집을 찾았다. 그는 삶 속에서 기쁨도 의미도 느끼지 못하는 생의 마지막 나날을 홀로 보내고 있었다. 그는 지금 살아 있는 시간이 그저 곧 다가올 죽음의 전주곡 같아 더 고통스럽다고 했다. 아침에 눈을 뜨는 일이 무의미한 일상의 반복 같아서 깨어나고 싶지 않다며 죽음을 앞당기고 싶다고 털어놓았다. 가만히 듣고만 있던 리사는 그에게 어떤 장르의 음악을 즐겨 들었는지 묻고는 가져온 기타를 꺼냈다. 리사는 아이반의 나이를 감안해서 그가 가장 활동적이었을 시절의 유행곡을 찾아 연주하기 시작했다. 한 곡, 두 곡 연주가 이어지자 아이반은 서서히 음악에 빠져들었다. 가사를 흥얼거리기도 하고 눈을 감은 채 리듬에 맞춰 좌우로 몸을 살랑살랑 움직이기도 하더니 이내 "이 음악을 듣던 시절의 나는 말이죠" 하고 자신의 과거를 자랑스럽게 펼쳐놓기 시작했다. 가족 중에 처음으로 대학에 입학했던 일, 사랑하던 여자에게 결혼 승낙을 얻어냈던 일, 큰아이가 태어나던 날의 기억, 회사에서 승진하던 날, 친구들과의 골프 모임에서 승리를 거머쥐던 기억들까지 천천히 끄집어내면서 아이반의 얼굴은 차츰 밝아졌다.

현실에서 더 이상 어떤 삶의 의미도 찾기 어려울 때, 차분히 과거를 돌아보길 바란다. 내가 살아낸 시간들이 때로는 현재의 나에게 살아갈 힘을 주기 때문이다. 젊은 시절 내가 성취해낸 많은 일들, 누군가의 마음속에 남기고 가는 나의 행동과 말들, 소셜미디어에서 많은 공감을 얻은 내 생각이 담긴 글들, 큰 맘 먹고 떠난 여행지에서 남긴 인생 사진들, 내가 누군가에게 전했던 따뜻한 마음, 다음 세대를 위해서 남기고 갈 가르침, 누군가에게 끼친 나의 선한 영향력, 사랑하는 이들의 기억 속에 남을 함께했던 좋은 추억들, 누군가와 마음을 나눈 시간이 담긴 엽서나 편지, 사람들과의 모임을 적극적으로 이끌어 구축해놓은 그 모임의 전통 등 내가 살아온 역사는 나의 유산으로 남아 내가 이 세상을 떠난 이후에도 오랫동안 세상에 존재하고 누군가의 마음속에 살아 숨쉰다.

리사는 음악을 통해 아이반을 과거로 데려갔고 그가 잊었던 과거의 기억을 자연스럽게 불러냈다. 아이반은 자신이 어떤 삶을 살았는지 다시 한번 돌아보는 시간을 가졌고 꽤나 괜찮은 삶을 살았다는 것을 기억해냈다. 그리고 다시 살아갈 힘을 얻었다. 삶의 의미는 이렇게 찾아지기도 하는 것이다. 아이반의 밝은 미소를 뒤로하고 그의 집을 나서며 나는 새삼스럽게 음악의 중요성을 실감했다. 지금 내 삶이 바쁘더라도 시간을 내 즐겨 듣는 음악에 더 많은 추억들을 엮어두어야겠다고 다짐도 했다. 먼 훗날 나이가 들어 과거의 기억이 희미해졌을 때, 지금 내가 듣는 한 곡의 재즈 음악이 잊어버린 젊은 날의 기억들을 끌어올릴 수 있는 마중물이 될 수 있음을 리사에게 배웠다.

브레이바트의 연구에 따르면 인간의 삶을 가장 의미 있는 순간으로 만드는 것은 사랑이었다. 사랑하고 사랑받았던 기억에는 사람을 구하는 힘이 있다. 이것은 과거에도 그랬고 지금도 그러하며 우리의 미래에도 마찬가지다. 내 곁에서 나와 시간을 함께해준 사람들에게 감사하고, 함께 보낸 시간을 기록하고 기억하며, 지금 내 곁에 있는 이들에게 사랑을 표현하고, 그들과 함께할 앞으로의 시간에 끝이 있음을 알고 매 순간을 소중히 여기는 것은 피할 수 없는 죽음의 고통과 절망 속에서도 삶의 이유와 의미가 되어준다. 좋은 삶과 좋은 죽음을 위해 이보다 더 중요한 것은 없다.

삶과 죽음의 고통을 지나며
우리는 서로를 만났다

정신의학과 호스피스. 둘 다 피하고 싶은 주제인지도 모르겠다. 나는 하필 둘 다 전공하고 엮어낸 책을 썼다. 반복적으로 등장하는 '죽음'이라는 단어를 견디지 못하고 책을 멀찍이 떨어뜨려놓는 독자도 있을 것이다.

　삶은 고통이다. 우리는 행복하기 위해서 태어난 것이 아니다. 어쩌다 보니 태어난 것이다. 태어나는 과정도, 살아가는 과정도, 죽어가는 과정도 모두 고통이다. 그러니 매 순간 행복해야 한다고 생각하는 것만큼 피곤한 인생도 없다. 삶이란 애초에 고통으로 가득 차 있는데 그 고통을 완화하며 사는 것이 인생이라고 생각하는 편이 낫다. 정신분석 치료 또한 행복하기 위해서가 아니라 조금 덜 불행하기 위해서 받는 것이라고 프로이트는 말했다.

　나는 삶의 고통이 상실에서 온다고 본다. 피할 수 있으면 피하는 것이 상책이나, 살아 있고 소유하고 사랑받는 동안에 상실을 피할 방법은 없다. 우리는 결국 모든 것을 잃어버리고 죽을 운명이다.

　상실에 대한 두려움이 지금의 내가 되게 했다. 두려움을 극복하고 싶어서 상실을 공부했고, 이렇게 열린 공간에서

왁자지껄하게 상실에 대한 이야기를 한다. 산에서 곰을 만났을 때 뒤돌아 뛰는 순간 우리는 곰의 먹잇감이 된다. 먹히지 않으려면 곰을 정면으로 주시하면서 소리를 내고 몸을 움직여 곰에게 존재감을 드러내야 한다. 나는 상실의 아픔에 덥석 삼켜지고 싶지 않았다.

내 글을 통해 좀 더 많은 사람들이 자기다움을 고민하고, 현재를 살고, 친구를 사귀고, 그들과 감정을 나누고, 머무르는 삶을 불안해하지 않고, 사랑하는 이들을 친절하게 대하기 바란다. 나는 우리가 서로의 고통을 덜어주기 위해 존재한다고 믿는다. 언제 어떤 죽음이 우리를 기다리고 있을지 모른다. 죽음의 공포 앞에서 삶을 더 사랑하자.

불확실하고 예측할 수 없으며 상실로 가득 찬 이 고된 삶을 살아내는 우리 모두에게 건투를 빈다.

책을 마무리하며 나를 나로 살게 하는 반려인 짱아, 삶의 의미가 되어준 가족, 나의 일부가 된 프라밀리 친구들에게 사랑과 감사를 전한다. 내게 집필을 권한 최초의 인간 승화, 출판 계약을 부추겨준 R&K 법률사무소, 내 글을 다듬고 엮어 세상의 빛을 볼 수 있게 해준 다산북스에도 깊은 고마움을 전한다. 이들 덕분에 나의 우주는 또 한 번 팽창하였다.

죽음을 읽는 시간

초판 1쇄 인쇄 2021년 8월 18일
초판 1쇄 발행 2021년 8월 25일

지은이 이유진
펴낸이 김선식

경영총괄 김은영
기획편집 윤세미 **크로스교정** 조세현 **책임마케터** 오서영
마케팅본부장 이주화 **마케팅1팀** 최혜령, 오서영, 박지수
미디어홍보본부장 정명찬 **홍보팀** 안지혜, 김재선, 이소영, 김은지, 박재연, 오수미, 이예주
뉴미디어팀 김선욱, 허지호, 염아라, 김혜원, 이수인, 임유나, 배한진, 석찬미
저작권팀 한승빈, 김재원
경영관리본부 허대우, 하미선, 박상민, 권송이, 김민아, 윤이경, 이소희, 이우철, 김재경,
최완규, 이지우, 김혜진
외부스태프 디자인 형태와내용사이

펴낸곳 다산북스 **출판등록** 2005년 12월 23일 제313-2005-00277호
주소 경기도 파주시 회동길 490 다산북스 파주사옥 3층
전화 02-704-1724 **팩스** 02-703-2219 **이메일** dasanbooks@dasanbooks.com
홈페이지 www.dasanbooks.com **블로그** blog.naver.com/dasan_books
종이 IPP **인쇄·제본** 한영문화사 **코팅·후가공** 평창피앤지
ISBN 979-11-306-4002-0 (03810)

다산북스(DASANBOOKS)는 독자 여러분의 책에 관한 아이디어와 원고 투고를 기쁜 마음으로 기다리고 있습니다.
책 출간을 원하는 분은 다산북스 홈페이지 '원고투고'란으로 간단한 개요와 취지, 연락처 등을 보내주세요. 머뭇거리
지 말고 문을 두드리세요.